KB246435

진설록

율하 新무협 판타지 소설

EXCITING ORIENTAL FANTASY

진설무 1

율하 新무협 판타지 소설

초판 1쇄 찍은 날 § 2007년 9월 11일
초판 1쇄 펴낸 날 § 2007년 9월 21일

지은이 § 율하
펴낸이 § 서경석

편집장 § 문혜영
편집책임 § 이재권
편집 § 조수희 · 이환진

펴낸곳 § 도서출판 청어람
등록번호 § 제1081-1-89호
등록일자 § 1999. 5. 31
어람번호 § 제2-1290호

주소 § 경기도 부천시 원미구 심곡1동 350-1 남성B/D 3F (우) 420-011
전화 § 032-656-4452 팩스 § 032-656-4453
http://cyworld.nate.com/bluebook_
E-mail § blue_book@hanmail.net

ISBN 978-89-251-0908-4 04810
ISBN 978-89-251-0907-7 (세트)

※ 파본은 구입하신 서점에서 교환하여 드립니다.
※ 저자와 협의하여 인지를 붙이지 않습니다.

진설루

說樓

율하 新무협 판타지 소설

EXCITING ORIENTAL FANTASY

1

BLUE K

도서출판

目次

작가서문

  진설무(珍說楸)는 말 그대로 풍성하고 재미 있는 이야기를 담은 글입니다.

  예전에 비해서 보다 많은 인물들이 등장하고 보다 많은 세력들이 등장합니다.

  사건보다는 인물들에 대해서 조금 더 많이 신경 쓰고 개성을 살리기 위해 노력했지만 독자분들의 입맛에 맞을지 걱정이 먼저 앞섭니다.

  가벼움 속에 진지함을 묻어나게 하려 했고 적절하게 유머로 버무리려 했습니다.

  모든 작가가 그렇지만 저도 역시 퇴고한 후에는 되도록 후회를 남기지 않기 위해 많은 수정과 교정을 했습니다. 연재를 할 때보다 훨씬 힘들고 고된 작업이었습니다.

이제 2권까지의 모든 작업은 끝이 났고 독자분들의 판단만이 남았습니다.

이 책이 나오기까지 고생하신 청어람-블루부크 관계자 여러분께 감사드립니다.

또한 제가 글을 쓸 수 있도록 많은 배려와 문의를 해주신 아이하트 IDC 사장님과 임직원 분들께도 감사의 말을 드립니다.

제가 연재를 계속할 수 있게 응원해 주시고 격려해 주신 문피아 독자 분들도 정말이지 감사합니다. 많은 조언과 충고를 얻을 수 있었습니다.

마지막으로 항상 고마우면서도 미안하게 생각하는 저희 가족을 빼놓을 수 없습니다.

이 자리를 빌어 가족들에게 사랑한다는 말을 하고 싶습니다. 저의 반쪽도 당연히 가족에 포함합니다.

제게 힘이 되어주신 모든 분들께 감사의 말을 드립니다.

분당에서 저자 율하

序

진설무

珍說榯

원나라 명종(明宗)의 아들 토곤티무르[妥懽帖木爾]는 숙부인 문종(文宗)과의 권력 싸움에서 패배하고, 대청도로 유배되어 일 년 오 개월 동안의 세월을 보낸다.

고려의 작은 섬인 대청도에서의 유배생활은 토곤티무르에게 고려에 대한 남다른 추억을 갖게 하였다.

원나라로 돌아온 토곤티무르는 당시 황제였던 문종이 아버지인 명종을 살해한 것을 알게 되어 복수를 다짐했고, 비밀리에 원나라 황궁의 호위군인 케시쿠다이와 황궁의 비밀세력인 추밀원(樞密院)에게 그 사실을 알리고 그들의 지지를 얻게 되었다.

힘을 얻은 토곤티무르는 문종을 제압하고 1333년 십이월 당당히 황제의 자리에 즉위한다.

황제가 된 토곤티무르는 곧이어 혜종 순황제(惠宗 順皇帝)의 태평왕(太平王) 앤티무르의 딸인 타나리시를 황후로 맞았는데 후에 앤티무르가 문종과 손을 잡고 아버지인 명종을 죽이는 계획에 동참했다는 사실을 알게 되었다.

이에 순제는 승상 빠앤[白顔]과 손을 잡고 앤티무르를 제거하고 타나리시에게 사약을 내렸다. 그리고 당시 궁녀였던 고려 여인 기씨를 황후로 책봉하려 하였으나 빠앤의 반대로 무산되었다.

원나라는 대대로 몽골 명문인 옹기라트 집안의 여인을 황후로 책정하는 것이 관례였기에 순제는 결국 빠앤후두[佰顔忽都]를 황후의 자리에 올렸다.

그러나 순제는 기씨를 총애하여 제이황후로 책정하였고 그녀는 얼마 지나지 않아 1339년, 아들 아유시리다라[愛猶識理達臘]를 낳았고 황후로서 황실에서의 입지가 확고해졌다.

순제가 방탕에 빠져 국정을 돌보지 않자 원나라의 기강은 흔들렸고 혼란스러워졌다.

원나라에 대한 한족들의 반발이 거세어지는 1364년, 무림의 한쪽 구석 복건성(福建省)의 무이산(武夷山) 끝자락에 위치한 의뢰파(依賴派)의 이야기는 시작된다.

珍說榊

의뢰파의 율법.

첫째, 무림의 일에 관여하지 않는다.

둘째, 의뢰인은 의뢰가 끝날 때까지 반드시 보호한다.

셋째, 의뢰는 중복하여 진행할 수 없다. 단, 금액이 큰 경우는 예외로 한다.

넷째, 의뢰를 진행하는 동안 불가피한 금액의 손실 발생시, 금액에 관해 재협상을 한다.

다섯째, 의뢰가 세 달 이상의 장기간 시간이 걸리는 경우에는 의뢰 완료 후, 추가적인 금액이 발생할 수 있다.

여섯째, 위의 조항에 해당하지 않을 경우의 예외적인 상황 발생시, 문주의 판단을 절대적으로 따른다.

第一章

정파 제일인의 손녀

진설묵

珍說榭

　아직 초여름의 날씨이건만 창문 사이로 들어오는 햇살은 무척이나 강렬했다. 따스한 햇살에 몸이 나른해진 비선(備善)은 탁자에 대자로 누워 기분 좋은 낮잠에 취해 있었다. 손을 바지춤에 넣어 만지작거리고 얼굴에 짙은 희색이 감도는 것을 보니 한바탕 음흉한 꿈이라도 꾸고 있는 것 같았다.

　한 시진 정도가 지났을까?

　누군가가 비선이 누워 있는 허름한 집으로 들어섰다. 그와 동시에 기분 좋은 미소를 지으며 잠을 자던 비선의 눈이 게슴츠레하게 떠졌다. 그리고 그의 몸이 탁자에서 용수철처럼 튀어 오르며 벌떡 일어났고, 허리는 구십 도로 신속하게 꺾였다.

언제 잠이 들었냐는 듯이 쏜살같은 몸놀림이었다.

"어서옵쇼. 잃어버린 사람, 집 나간 개나 고양이를 찾는 일, 받을 돈이 있는데도 못 받고 있다면 제대로 찾아오셨습니다. 친절(親切), 봉사(奉仕), 근면(勤勉)으로 철저히 다져진 저희……."

쉴 새 없이 말을 쏟아내며 서서히 고개를 들던 비선의 말이 거짓말처럼 멈췄고, 환해졌던 그의 얼굴이 마치 똥 씹은 듯한 표정으로 변했다.

"여기가 의리파(義理派)가 맞나요?"

열네 살 정도 되었을까?

조그마한 소녀였다. 고와 보이는 자줏빛 비단옷을 입어 잘사는 집안의 아이로 보였는데 양 갈래로 딴 머리와 깜찍해 보이는 얼굴에서 귀여움이 물씬 풍겨났다.

소녀는 제법 당찬 음성으로 비선을 빤히 바라보며 물었다.

비선은 어이없는 표정을 지었고, 이내 표정이 돌변하며, 인상을 벅벅 긁었다.

"꼬맹아, 이곳은 너 같은 꼬맹이가 올 곳이 아니니까 얼른 가거라."

그는 몸을 돌리며 한 가지를 더 말해주었다.

"그리고 여긴 의리파가 아니라 의뢰파(依賴派)다."

비선은 꽤나 마음이 상했는지 홀로 중얼거리는 것도 잊지 않았다.

"이젠 별의별 놈들이 다 오는군. 굿이라도 해야 되나. 가뜩이나 요즘 일도 없는데."

그는 소녀를 더 이상 신경 쓰지 않고 조금 전처럼 탁자에 벌러덩 누웠다. 그의 말을 들은 소녀는 이내 앙증맞은 작은 발을 움직여 그에게 다가갔다.

비선은 소녀의 움직임을 알고 있었지만 신경 쓰지 않고, 잠을 청했다.

쾅!

그 순간, 그의 얼굴 바로 옆으로 둔탁한 물체가 탁자에 떨어졌고 생생한 그 소리가 천둥과도 같이 비선의 귀에 꽂혔다. 깜짝 놀란 비선이 몸을 벌떡 일으켰고 이내 그 소녀를 향해 소리쳤다.

"이 꼬맹이가 뭐 하는 짓……."

무섭게 온갖 인상을 쓰며 고함을 치던 그가 문득 말을 멈췄다. 맞은편의 소녀는 무표정한 얼굴로 자신이 내려친 탁자를 손가락으로 가리켰다. 자연스럽게 비선의 얼굴이 그곳으로 향했다.

"이, 이건?"

비선은 떨떠름한 표정을 지으며 말을 더듬었다. 그곳에는 열 냥은 족히 되어 보이는 황금 덩어리가 놓여 있었다.

"……."

순간, 아주 짧은 침묵이 흘렀다.

비선은 눈동자를 데굴데굴 굴렸고 깜찍해 보이는 소녀는 여전히 무표정한 얼굴로 그를 빤히 바라보았다.

"한 가지 일을 부탁하려고 해요. 그 황금은 착수금(着手金)이에요. 잔금(殘金)은 일이 성사되면 드리도록 할게요."

소녀는 아무렇지도 않게 말했고 비선의 입이 쩍 벌어졌다. 어린아이답지 않게 당당하게 말하는 소녀를 보며 그는 좀처럼 입을 다물지 못했다.

어느새, 그의 얼굴엔 식은땀이 송골송골 맺혔다.

"……."

또다시 짧은 침묵이 그들 사이에 젖어들었다.

"잔금은 얼마나 되는지?"

비선이 슬금슬금 소녀의 눈치를 보며 조심스럽게 물었다. 소녀는 여전히 별다른 표정 변화 없이 당당히 대답했다.

"잔금은 황금 오십만 냥을 드리도록 할게요."

"오, 오십만 냥?"

비선의 입이 더 이상 벌어질 수 없을 만큼 크게 벌어졌다. 그의 눈동자도 마찬가지로 마치 눈알이 튀어나오기 일보 직전처럼 보였다.

더듬거리며 놀란 그의 음성에 소녀는 여전히 무표정한 얼굴로 고개를 끄덕였다. 소녀의 확인에 엉거주춤하게 몸을 일으키려다 만 자세로 비지땀만 흘리던 비선은 바람이 쌩하니

불 정도로 급격하게 몸을 일으켰다.

"하하. 아주 제대로 찾아오셨습니다, 꼬마 손님. 자, 이쪽으로 앉으시지요. 제 장난이 즐거우셨는지?"

그는 이내 양손을 비벼대며 간사해 보이는 웃음까지 짓고는 탁자에서 의자를 꺼내 손짓했다.

"저희들은 항상 이런 장난을 즐겨한답니다. 하하."

비선은 어색한 웃음을 지었고 땀을 흘릴 만한 날씨도 아닌데 이마에서는 더욱 많은 땀방울이 맺혔다.

소녀는 의자에 앉아 별다른 반응 없이 주위를 둘러보았다. 비선은 숙여 있는 소녀의 얼굴에 자신의 얼굴을 들이대며 능글맞은 웃음을 지었다. 그런 그의 얼굴 표정에는 비굴함이 역력히 드러났다.

"그런데 아름다우신 소녀님께서 도대체 무슨 일을 맡기시려고?"

소녀가 입을 열려는 찰나, 문득 문밖에서 인기척이 들렸고 한 명의 사내가 모습을 드러냈다.

"아, 하삭(河朔) 형님."

비선은 반가운 음성으로 그를 맞았다.

이십대 후반으로 보이는 사내였다. 직업이 사냥꾼인지 사냥꾼 복장을 한 사내는 처음 보는 소녀를 쳐다보며 씨익 웃음을 지었다. 사람 좋아 보이는 인상의 사내는 몸집이 무척 컸다. 보통 사람에 비해 머리 하나는 더 커 보이는 장신(長身)이다. 그는 덥수룩한 수염을 쓰다듬으며 소녀를 빤히 바라보았다. 특이하게도 그는 반백(斑白)의 머리를 지녔다.

"귀여운 꼬맹이네."

마치 호랑이가 울부짖는 듯한 커다란 음성이다.

원래 평소 음성 자체가 큰 모양이다. 하삭이라고 불린 사내의 우렁찬 음성에 소녀는 코웃음을 치며 고개를 돌렸다.

"흥!"

그녀의 반응에 신경 쓰지 않고 사내는 손에 든 토끼 두 마리와 커다란 도끼, 활을 바닥에 내려놓으며 비선에게 물었다.

"설마 저 꼬맹이가 의뢰를 하러 온 거야?"

"그렇습니다. 저기 꽤 많은 돈도 가지고 왔습니다."

비선은 탁자에 놓인 황금을 가리켰다.

"우와. 이게 몇 년 만에 보는 거금이야? 큰형님이 좋아하겠어."

하삭이 웃는 순간, 또 한 명의 사내가 모습을 드러냈다.

"아, 정말 덥구나. 더워."

사내다운 굵직한 음성이었다.

"진설(進屑) 형님."

하삭과 마찬가지로 이십대 후반으로 보이는 사내였는데 호리호리한 체격을 지녔다. 깔끔한 황색의 비단옷에 부채를 들고 있었는데 이목구비가 무척 뚜렷한 것이 미남형의 얼굴이었다. 칼날 같은 눈썹과 또렷해 보이는 눈동자가 강한 인상을 주었고 단정하게 빗어 넘긴 머리에서 깔끔함이 느껴졌다. 얼핏 보면 마치 풍류남아(風流男兒)처럼 보였다.

"손님이 있었군."

대수롭지 않게 지나가는 말투로 한마디 던진 사내는 섭선(摺扇)을 활짝 펴고 가볍게 흔들며 바람을 일으켰다.

게슴츠레한 눈에 멍해 보이는 얼굴을 한 비선은 재빨리 진설이라고 부른 사내에게 다가갔다.

"큰형님, 의뢰가 들어왔습니다."

그의 말에 진설은 섭선을 펄럭이며 피식 웃었다.

"대단한 꼬마 손님인 모양이구나."

그의 시선이 잠시 탁자 위의 황금에 머물렀다.

"무슨 의뢰를 한다더냐?"

"아직 듣지 못했습니다."

비선은 몸을 돌려 소녀에게 다가갔다.

소녀는 갑자기 등장한 사내들의 시선에도 불구하고 태연한 표정으로 그들을 차례차례 살폈다.

"이분들이 본 파의 큰형님과 작은형님입니다. 본 파는 저까지 포함해서 이렇게 세 명입니다. 뭐, 따지고 보면 엄청 많긴 하지만 실질적으로 의뢰를 수행하는 인원인 셈입니다."

비선은 그들을 소개했고, 소녀는 단순히 알겠다는 듯 고개만 끄덕였다. 진설은 부채를 접으며 팔짱을 꼈고, 소녀는 진설을 바라보았다.

"어디선가 본 듯한 얼굴이라 생각했는데 혹시 청쇄문(淸灑門) 사람 아닌가?"

잔잔한 웃음을 지으며 묻는 진설을 바라보자 소녀의 표정이 약간 놀란 듯이 바뀌었다.

"청쇄문?"

덩달아 비선까지 놀란 표정을 지었다.

"혹시 무림인들이 정파제일문(正派第一門)이라는 호칭을 붙여준 청쇄문을 말하는 겁니까?"

그의 놀라는 음성에 진설은 잔잔한 미소를 유지하며 고개를 끄덕였다. 비선은 놀란 눈빛으로 소녀를 바라보았다.

"제대로 알아보시는군요. 맞아요. 제가 바로 청쇄문의 창시자 청무성(淸武成)의 손녀 청려린(淸藜潾)이에요."

소녀가 배시시 웃으며 대답했다.

또박또박 말하는 투가 결코 어린아이 같지가 않아보였다. 여전히 신기한 눈빛으로 소녀를 바라보던 하삭은 혼잣말로 중얼거렸다.

"자타가 공인하는 정파제일고수. 삼황(三皇) 중의 일인이며 정파에서는 그 상대가 없다는 절세무존(絶世武尊) 청무성이라……."

문득 비선이 이상하다는 듯 물었다.

"그런데 우리한테 무엇을 의뢰하러 온 것입니까?"

비선의 말에는 왜 그런 대단한 문파의 사람이 무슨 의뢰를 한다는 것인지 이해가 가지 않는다는 뜻도 담겨 있었다. 당연한 물음이었고 소녀의 얼굴에 잠시 망설이는 기색이 엿보였다.

진설은 턱을 만지작거리며 똑바로 소녀를 바라보았다.

아직 어린 소녀였지만 허리를 덮는 흑발에 눈부시도록 하얀 목덜미를 지녔다. 게다가 또렷하고 촉촉이 젖은 눈동자와 하얀 피부 때문에 더욱 붉게 보이는 입술까지 지녔다.

전체적으로 조그마한 이목구비가 무척 귀여운 느낌을 주었고 어느 정도 익어가는 몸체의 굴곡이 살짝 엿보였다. 살짝 보아도 대번에 예쁘다는 느낌이 강렬한 소녀였다.

"며칠 전에 소문을 들은 적이 있지. 청무성이 죽었다는 것과 청쇄문이 괴문파의 습격에 풍비박산(風飛雹散)이 났다는 이야기를."

유유히 웃는 진설의 태연한 말에 청려린은 입술을 질끈 깨물었다. 그리고 똑바로 진설의 눈을 응시했다.

"아저씨 말은 맞아요. 하지만 그런 것은 상관없잖아요. 어차피 저는 의뢰를 하러 온 것이고, 아저씨는 의뢰를 받을지 말지 결정하면 되는 것 아닌가요?"

흥분한 말투였지만 진설은 팔짱을 풀며 청려린의 말에 고개를 끄덕였다.

"맞는 말이오, 꼬마 손님."

진설은 일말의 망설임도 없이 비선에게 고개를 돌리며 사무적인 말투를 뱉어냈다.

"비선, 의뢰의 금액은?"

"착수금 황금 열 냥. 잔금은 오십만 냥입니다."

비선의 자연스런 대답을 듣고 있던 하삭이 중얼거렸다.

"부자는 망해도 삼 년은 간다더니. 정말 듣기만 해도 엄청 난 금액이군. 설마 당금 황제인 순제의 목이라도 따오라는 건 아니겠지?"

중얼거린다고는 했지만 워낙 우렁찬 그의 음성이 고스란 히 청려린에게 들렸고 소녀는 그를 무섭게 곁눈질로 째려보 았다. 하삭은 어깨를 으쓱이며 두 손을 들었다.

"아아! 나쁜 의도는 아니야. 귀여운 꼬맹아."

"지금 누구한테 꼬맹이라는거예욧?"

청려린이 신경질적으로 소리를 질렀다.

진설은 하삭에게 손을 내저었다.

"하삭, 아무리 어려도 의뢰인은 의뢰인이야. 존칭을 해줘 야지."

"쩝. 알겠습니다."

하삭은 입맛을 다시며 대답했다.

진설은 잠시 무언가를 생각하다가 이내 청려린을 바라보 며 물었다.

"자, 그럼 우리 귀여운 의뢰인이 무엇을 의뢰하려고 왔는 지 말해주겠소?"

그의 눈빛이 순간적으로 빛나며 청려린을 자세히 살폈다.

그의 말에 청려린은 문득 양쪽 소매를 걷어붙였다.

금세 팔이 드러났고 얼굴보다 더욱 뽀얀 속살이 보였다. 청려린은 어깨 어름까지 소매를 말아 올렸다. 아직 어린 나이라서 어깨 정도의 속살을 보여주는 것이 민망하지는 않은 모양이다.

"뭐지?"

비선은 게슴츠레한 눈을 조금 더 크게 떴다. 크게 뜬다고 해봤자 보통 사람의 절반밖에 안 되는 눈동자인 것이 안타까웠지만 본인은 별로 신경 쓰지 않는 모양이다.

"음."

무언가를 발견한 진설은 침음(沈吟)을 흘렸다.

청려린의 눈부시도록 뽀얀 왼쪽 어깨에는 두 개의 뱀이 서로 교차하며 똬리를 틀어 높이 고개를 숫구쳐 올리는 문양이었다. 뱀의 이빨이 무척 날카롭게 그려지고 눈동자가 선명하여 문양을 보는 것만으로도 요사스러움이 물씬 풍겨났다.

오른쪽 어깨는 한 마리의 악귀가 그려져 있었다. 머리에 두 개의 뿔이 나 있고 양손에는 강철과도 같이 단단해 보이는 날카로운 손톱이 삐죽 솟아 있었다. 얼굴은 일그러져 있었고 위쪽으로 얼굴을 올려 입을 크게 벌리고 있는 것을 보니 마치 소리를 지르고 있는 것만 같았다.

그걸 본 비선의 입이 떡 하니 벌어졌다.

"혀, 형님 이건……."

비선은 진설을 가리키며 말을 맺지 못하였고 진설은 가만히 고개를 끄덕였다. 무엇인지 알아본 모양이다.

한참을 바라보던 하삭은 그들과 다른 감탄을 했다.

"누가 새겼는지 몰라도 정말 대단해. 너무 정교하고. 마치 살아 있는 것만 같군. 그런데 왜 이런 문신을 여인의 몸에 새겼을까?"

워낙 우렁찬 음성이다 보니 그가 작게 말해도 듣는 사람은 귀가 울릴 정도로 크게 들렸다.

하삭은 이상한 눈빛으로 청려린을 빤히 쳐다보았다.

청려린은 그의 말에 귀가 멍멍했는지 잠시 인상을 찡그리며 그를 바라보다가 이내 말했다.

"할아버지가 돌아가시기 전에 새겨주신 것이에요."

"이건 사파의 백련교(白蓮教)와 신강(新疆)의 마교(魔教)를 나타내는 문양 같은데."

비선은 조그맣게 중얼거렸다.

진설은 문득 눈가를 가늘게 좁히며 청려린에게 물었다.

"할아버지가 이곳을 찾아가라고 했소?"

청려린은 고개를 저었다.

"할아버지는 이것에 관해 아무 말씀도 없으셨어요. 이걸 그려주신 뒤, 곧바로 떠나셨으니까요. 그 후, 할아버지가 피투성이가 되어 돌아오셨고 곧바로 돌아가셨어요. 그리고 며칠 뒤에 괴한들이 집으로 쳐들어왔고 가족들은 모두 죽었어요. 저만 간신히 정호(鄭呼) 아저씨가 지켜줘서 도망칠 수 있었지만 정호 아저씨는 상처가 심하셔서 돌아가셨어요. 정호 아저씨가 의뢰파를 찾아가서 이 표시를 보여주라고 하셨어요."

말을 마친 청려린의 눈동자가 붉게 물들었다. 그 일은 분명 어린아이가 겪고 이겨 내기에는 참혹한 일임에 분명했다.

한동안 청려린의 떨리는 어깨를 말없이 바라보던 진설은 그녀의 마음이 진정되기를 기다렸다.

예상외로 청려린은 금세 마음을 진정시킨 모양이다. 한 방울의 눈물을 훔치며 애써 태연한 척 진설을 마주보았다. 진설은 그녀의 모습에서 강한 인상을 받았다.

"비선이 어릴 때하고 정말 비교되는 걸."

곁에서 듣던 비선이 어리둥절한 표정을 지었다.

"무엇을 말입니까?"

"아니다."

진설은 피식 웃으며 고개를 저었고 이내 청려린의 뽀얀 얼굴로 시선을 돌렸다.

"사정은 잘 들었지만 우리는 사정이 딱하다고 해서 의뢰를 들어주지는 않소."

"알고 있어요."

언제 눈시울을 붉혔냐는 듯이 청려린은 당당하게 말했다.

"자, 그럼 어떤 의뢰를 하려고 하오?"

"정호 아저씨가 이곳을 찾아가라고 한 이유는 모르겠지만 저는 할아버지를 죽인 사람과 본 문을 습격한 괴한들을 찾고 싶어요. 가능하면 복수를 하고 싶어요. 그 사람들을 죽여준다면 더욱 좋고요."

어린 소녀의 입에서 잔인한 말이 나왔지만 그 말을 뱉은 청려린의 눈에는 독기가 서려 있었다.

그런 그녀를 보며 진설은 표정 없는 눈길로 아무 말 없이 잠시 지켜보았다.

하삭과 비선은 진설의 반응만 살필 뿐 나서지 않았다.

잠시 짧은 침묵이 흘렀고 진설이 부채로 손등을 탁탁 치며 이윽고 입을 열었다.

"사람을 죽이는 일이라면 잘못 찾아오신 것 같소. 본 파는 살인과 관련한 어떠한 의뢰를 받지 않소. 금액이 아무리 크더라도 말이오. 아시겠소? 사람을 죽이는 일이라면 살수를 찾는 것이 빠르오. 잘못 찾아온 것 같소."

말을 마친 진설은 청려린의 반응도 살피지 않고 밖으로 나갔다. 하삭은 그를 뒤따라 나갔고 비선은 잠시 엉거주춤한 모습으로 탁자 위에 놓인 황금과 청려린, 그리고 진설의 등 뒤를 번갈아 살피며 아깝다는 표정으로 주춤거리며 밖으로 나갔다.

밖으로 나간 진설은 잠시 푸른 하늘을 응시했다. 따스한 햇살이 그의 몸에 가득 닿았고 눈부시도록 하얀 구름이 여러 가지 그림을 만들어내며 유람을 하고 있었다. 그런 하늘을 바라보며 진설은 깊은 생각에 잠겼다.

"큰형님, 너무 아깝지 않습니까? 지금까지 저 정도 금액의 의뢰는 없었습니다."

비선은 게슴츠레한 눈으로 진설의 등을 바라보며 조심스럽게 물었다. 아쉬워하는 기색이 역력했다.

진설은 피식 웃으며 대답했다.

"지금 저 아이는 원한에 너무 집착하고 있어. 복수심에만 불타오르는 것은 좋지 않아. 사람들은 각기 자기만의 삶이 있는 법이지. 복수심 하나에 자신의 모든 것을 걸어선 안 돼."

가만히 듣고 있던 하삭이 물었다.

"형님, 무슨 묘안이라도 있으십니까?"

진설은 그의 물음을 가볍게 받았다.

"물론이지. 저 아이는 다른 곳으로 절대 가지 못한다."

그의 말에 비선은 어안이 벙벙해졌다.

"큰형님, 아까 분명 살수를 찾으라고 하셨는데 살수를 찾아갈 수도 있지 않습니까? 저 정도 금액이면 살수들도 눈에 불을 켜고 의뢰를 받으려고 할 텐데 말입니다."

진설은 고개를 저었다.

"아니, 살수가 있는 곳은커녕 이곳에서 벗어나려 하지도 않을 거야."

"예?"

비선은 이해할 수 없는 표정으로 물었다.

"돈 많은 집안에서 자란 탓인지 꽤나 값비싼 옷을 입고 있기는 하지만 거친 흔적이 보이더군. 아마 제대로 잠도 못 자고 도망치듯 부랴부랴 이곳으로 온 것이 분명해. 나름대로 신경을 쓴 것 같더군. 이곳에 들어오기 직전, 옷에 붙은 먼지나 흙은 털어버리려고 한 모양인데 완전히 없애지는 못했지. 헝클어진 머리와 얼굴 곳곳에 묻어 있는 먼지를 보니 다급한 기색이 엿보였지. 단지 약해 보이기 싫었던 모양이야. 정파제일문이라는 자부심을 아직 가지고 있다는 말이지. 그리고……."

진설은 숨을 가다듬으며 손에 든 섭선을 펼쳐 가볍게 부채질하기 시작했다.

"정호라는 사람이 죽은 후로 그녀를 보호해 줄 사람은 전무하다. 혼자 행동해야 되고 그만큼 위험도 뒤따른다는 말이다."

그의 말에 비선이 머리를 탁 치며 말했다.

"아! 청쇄문을 멸문시킨 자들이 뒤를 쫓고 있으니 위험하다는 말이군요. 저 꼬맹이는 그 사실을 알고 도망치듯이 이곳으로 달려온 것이군요."

진설은 고개를 끄덕였다.

"저 아이가 생각할 때에는 분명 그렇겠지만 뒤쫓는 자들은 아마 다른 이유일 것이야. 아마도 검신(劍神) 때문이겠지."

"검신?"

비선이 고개를 갸웃거렸고 하삭의 표정이 급변했다.

"검신이라면 오십여 년 전에 무림에서 그 적수가 없어 천하를 종횡하다가 사라졌다는 그 사람을 말하는 겁니까? 천하제일인(天下第一人)이라는 검신이 맞습니까?"

진설은 선선히 고개를 끄덕였다.

"그렇다."

하삭은 반백의 뒤통수를 긁적이며 또다시 물었다.

"그런데 그 검신이 저 아이와 무슨 상관이 있습니까?"

"검신은 무림 역사상 처음으로 천신기회(天身氣會)의 경지에 오른 자이다. 청무성은 그런 검신의 제자로 알려져 있는 자이고 그의 경지는 지신기회(地身氣會)까지 도달했다고 한다. 지금 무림에서는 청무성이 죽고 청쇄문이 멸문하여 살아남은 생존자 청려린을 찾기 위해 혈안이 되어 있다고 한다. 검신과 청무성의 심득이 담긴 비급을 저 아이가 가지고 있다고 생각하기 때문이지. 청무성은 검신의 제자로 알려져 있으니 당연히 그가 검신의 비급까지 가지고 있다고 생각한 거야."

진설의 말에 비선의 게슴츠레한 눈이 반짝 빛났다.

"그렇다면 저 아이가 정말 그 비급을 가졌을까요?"

진설은 피식 웃으며 비선을 바라보았다.

"궁금하면 직접 물어보던지."

비선은 그의 말이 끝나기 무섭게 냉큼 집 안으로 들어갔다. 진설은 그런 그의 모습을 보며 어쩔 수 없다는 듯이 머리를 흔들었다.

"아무튼 막내는 돈과 관련된 일이라면 말릴 수가 없나 보구나."

"예전에 형님이 구해주지 않으셨더라면 굶어죽을 뻔했으니 그럴 만도 합니다."

하삭이 넉살 좋게 웃었고 진설은 여전히 비선의 뒷모습을 보며 고개를 흔들고 있었다.

하삭은 문득 무엇이 생각났는지 진설에게 물었다.

"그런데 참 이상합니다. 사람의 능력을 완전히 벗어난 지신기회의 경지에 다다른 청무성이 죽은 것도 그렇고, 아무리 무공에 문외한이라고는 하지만 정파제일고수 청무성의 아들인 청사언(淸士彦)이 문주로 있는 청쇄문이 하루아침에 몰락할 수가 있습니까?"

그의 궁금함은 당연했고 진설도 이미 그 점은 생각했었다.

"유약하다고 알려져 있는 청사언은 무공에 전혀 관심이 없었지. 무공 광이었던 아비와는 완전히 상반되었어. 게다가 청무성은 정파를 하나로 단합시키기 위해 거의 모든 시간을 그것에 투자했지. 구대문파와 칠대세가가 그의 말을 따라주지 않아 흐지부지 했지만 그의 노력만큼은 가상했어. 그가 만약 구대문파나 칠대세가의 사람이었다면 아마 정파를 하나로 통일시킬 수 있었을 거야. 더 나아가서는 최초로 무림을 일통했을지도 모르지.”

하삭은 그의 말에 동감했다.

청무성은 대협(大俠)이었다.

누구도 그것을 부정하는 사람은 없었다.

그가 무림에 혜성처럼 등장한 뒤, 이십여 년의 세월 동안 협행을 몸소 실천하였고 그것은 많은 정파의 무림인들에게 귀감이 되었다. 하지만 구대문파나 칠대세가로서는 그것이 못마땅할 수밖에 없었다. 대놓고 말할 수는 없는 부분이었겠지만 굴러온 돌이 박힌 돌을 빼내려고 하니 좋아 할 수는 분명 없을 것이다. 그것이 단합에 커다란 차질을 가져왔고 청무성의 끊임없는 노력에도 불구하고 결국 하나로 뭉쳐지지 못했다.

하삭도 들려오는 소문으로 그 점을 잘 알고 있었다. 사파는 백련교를 중심으로 잘 뭉쳐 있었고 마교는 더 말할 나위도 없었다. 이런 점을 생각해 볼 때, 어쩌면 정파는 바람 앞의 등불일수도 있었지만 구대문파나 칠대세가의 자부심 때문에 단합하기 어려운 현실은 어쩔 수가 없었다.

하삭은 왠지 모를 아쉬움에 입을 열었다.

"청무성이 강압적으로 구대문파와 칠대세가에 무력으로 협박을 했다면 방법을 찾을 수도 있었을 것 같습니다."

진설은 고개를 저었다.

"아니야. 아마 그렇게 했다면 알게 모르게 내분이 많이 일어났을걸. 마음으로 뭉치게 해야지, 무력으로 뭉치게 한다면 그건 모래성을 쌓은 것이나 다름없지."

하삭은 묵묵히 고개를 끄덕였고 진설은 먼 하늘을 바라보며 말을 이어나갔다.

"청무성은 정파를 돌아다니며 소득 없는 일에 시간 낭비를 하느라 집에는 거의 들르지 않았지. 한마디로 자식에게 무공은 쥐꼬리만큼도 가르쳐 주지 않았다는 말이야."

하삭은 왠지 무거워지는 마음을 담아 다음 상황을 유추해 보았다.

"결국엔 청무성이 죽자마자 그와 검신의 비급을 탐낸 다른 문파들이 청쇄문을 쳤고, 청쇄문은 결국 파멸의 길을 걷게 된 것이군요."

"그렇겠지."

진설의 대답에 하삭은 보다 더 적극적으로 파고들었다.

"저 아이의 어깨에 있는 문신을 살펴보니 백련교와 마교의 표식 같던데 그들의 소행이 아닐까요?"

당연한 의문이었다.

진설은 부채를 탁 접으며 허공을 응시했다.

"청무성을 죽인 자는 그들 일수도 있지만 청쇄문을 멸문시킨 자들은 그들이 아니다."

"예?"

하삭은 의외라는 물음을 던졌다. 원래 큰 그의 음성에 놀람까지 더하니 겨우 한마디 했을 뿐인데 귀청이 따가울 정도로 무척 큰 소리였다.

진설은 잠시 인상을 찡그리고 그를 쏘아보았다. 그제야 하삭은 자신의 실수를 알아차리고 반백의 뒤통수를 긁적였다.

"청무성을 제외한 나머지 이황(二皇), 곧 백련교(白蓮敎) 사연신비(邪聯神飛) 사독악(邪毒惡)과 마교(魔敎) 광마(狂魔) 마무돌(魔蕪突)이라면 청무성을 죽일 수 있었겠지. 그런데 각기 개인으로는 절대 청무성을 죽이지 못해. 비슷한 경지의 무공 수준이기 때문이지."

"설마 그들이 힘을 합쳐서 청무성을 죽인 것일까요?"

하삭은 왠지 모를 호기심을 느껴 물었다. 되도록 작게 말하려는 그의 모습이 커다란 덩치와 상반되어 우스꽝스러웠다. 그러나 진설은 별로 신경 쓰지 않는 모습이다.

"그건 알 수 없지. 다만 그럴 가능성이 높다는 말이야."

"그럼 청쇄문을 멸문시킨 자들은 누구란 말입니까?"

"적어도 백련교와 마교는 아니란 말이지."

하삭은 이해가 잘 되지 않았다.

청무성은 백련교와 마교가 죽였을 가능성이 높다고 말해

놓고 청쇄문은 다른 세력이라고 말하니 그럴 수밖에 없었다.

진설은 콧등을 슬며시 문지르며 생각에 잠긴 모습으로 말했다.

"청쇄문은 정파의 세력 중심부에 위치해 있다. 백련교와 마교가 아무리 조심스럽게 움직인다고 해도 청쇄문까지 움직이는 동안 그들의 움직임이 전혀 포착되지 않을 수가 없다는 말이다."

"그렇다면 정파 내에 그들의 동조 세력이 있거나 정파의 소행이란 말입니까?"

그제야 어느 정도 이해를 한 하삭이 묻자, 진설은 선선히 고개를 끄덕였다.

"그렇지."

이제 상황에 대해 대강의 이해를 한 하삭이 잠시 침묵을 하며 생각에 잠겼다.

그때, 비선이 헐레벌떡 집 안에서 뛰쳐나오며 진설에게 다가왔다.

"큰형님, 비급은 없다던데요?"

"푸하하."

문득 진설이 크게 웃음을 터뜨렸다. 그의 난데없는 웃음에 비선이 게슴츠레한 눈으로 빤히 진설을 바라보았다.

"우리 막내는 참 거시기하다."

"예? 거시기라뇨?"

진설은 웃음을 그치며 혀를 찼고 비선은 이해가 안 간다는 표정을 지었다.

"비급이 있으면 있다고 순순히 말해주겠냐? 우리가 어떤 사람인지도 정확히 모르고 믿을 수 있는지 어떤지도 모르는데? 만약 우리가 뺏어가면 어떻게 하려고?"

"아!"

그제야 비선이 뒤통수를 긁적이며 민망한 표정을 지었다. 그리고 입맛을 다시며 물었다.

"그런데 형님, 과연 저 아이가 황금 오십만 냥을 가지고 있을까요? 정파제일문이라지만 상인도 아닌 무가(武家)이다 보면 가진 금액은 그다지 많지 않았을 것으로 예상됩니다만. 게다가 황급히 피신을 했다는데 돈을 챙길 정신까지 있었겠습니까? 비급이면 모를까."

문득 진설이 크게 너털웃음을 터뜨렸다.

"막내가 제법이로구나. 이제 돈에 관련된 일이라면 냄새부터 맞는 모양이야."

하삭은 빙긋 웃으며 말했다.

"돈만 밝히면 대머리 된다더라. 막내, 너 머리숱도 적은 편이잖아. 조심해."

그들의 말에 비선은 민망해하며 뒤통수를 긁적였다.

"하지만 막내가 생각하지 못한 것이 하나 있다. 아까 꼬맹이가 내놓은 황금 열 냥이 지금 가진 전 재산이라 해도 상관

없다. 더 이상 가진 것이 없다고 해도 말이야. 청무성은 절세무존(絶世武尊)의 별호 이외에도 하나의 별호가 더 있다. 그게 무엇이냐?"

비선의 대답이 금세 나왔다.

"황금수인(黃金需人)!"

진설은 고개를 끄덕였다.

"맞다. 청무성은 광적인 취미 하나를 가지고 있었지. 황금이라면 쓰지도 않고 미칠 정도로 모으는 취미가 있었어. 그렇다면 집에 주지도 않고 모은 황금은 어마어마할 것이고 그건 다시 말해 어딘가에 보관해 놨다는 이야기지. 분명 저 아이는 그 장소를 알고 있을 것이야. 의뢰가 끝난 후에 그 장소를 찾는다면 의뢰한 만큼의 돈은 챙길 수 있다. 아니, 그 이상을 가질 수 있을지도 모르지."

미끈하게 생긴 것과는 달리 치밀한 진설의 말에 하삭과 비선은 그가 말하는 동안 고개를 연신 끄덕였다.

"그런데 이 의뢰를 수행하게 된다면 무림과 필연적인 마찰이 일어나게 된다는 문제가 생기지."

진설의 칼날 같은 눈썹이 작게 일그러졌다.

"형님, 이 의뢰를 받으실 생각입니까?"

밝아진 얼굴로 비선이 묻자 진설은 쉽게 대답하지 못했다.

"일단 저 아이에게 의뢰의 조건을 다시 물어보기로 하자. 내가 생각한 것에 부합된다면 받아들이도록 하지. 막내 말처럼 포기하기에는 아까운 액수이니 말이야."

"준비를 해야 되겠습니다."

진설은 의뢰를 받기로 마음을 먹은 모양이다.

하삭은 진설의 생각을 눈치 챘는지 이미 의뢰를 수락한 것처럼 말했고 진설은 천천히 고개를 끄덕였다.

하삭은 비선에게 말을 건넸다.

"막내, 너도 준비를 하고 백랑(白狼)이도 데려와라."

"알겠습니다."

비선의 대답을 들으며 진설은 섭선을 흔들며 다시 하늘로 시선을 돌렸다. 맑은 날씨였지만 그의 마음은 맑지가 않았다.

"무척 긴 의뢰가 될 것 같구나."

그의 머릿속에 한 명의 사람이 떠올랐다 아스라이 허공에 부딪히며 사라졌다.

*   *   *

하삭과 비선이 분주하게 움직이는 동안 진설은 집 안으로 들어갔다.

청려린은 안쪽을 살피는 중이었다. 집 안에는 동물 가죽들이 즐비했다. 하삭이 주로 사냥을 한 것인데 고기는 먹고 가죽은 말려 옷으로 만들어 입거나 장식용으로 벽에 걸어두었다. 그동안 사냥한 동물의 수는 무척 많았기에 그만큼 벽에 걸린 동물 가죽도 상당한 편이었다.

청려린은 벽에 걸린 토끼 가죽을 만지고 있었다. 그녀의 피부만큼이나 토끼 가죽도 새하얗다.

진설은 천천히 그녀의 곁으로 걸어갔고 그의 기척을 느낀 청려린이 고개를 들어 그를 바라보았다.

진설은 벽에 걸린 토끼 가죽을 들고 작은 음성으로 말을 건넸다.

"이 토끼도 생전에는 자유롭게 뛰놀고 나름대로의 삶을 영위했을 것이오. 이런 토끼를 우리 둘째가 사냥해서 잡아왔소. 다시 말해 둘째에게 이 토끼는 목숨을 잃었고 이 토끼는 사람으로 치면 힘없고 약한 자로 비유할 수 있을 것이오. 그럼 이 토끼의 자식들이 그때마다 복수를 하려고 든다면 어떻겠소? 복수를 하려는 자들로 아마 넘쳐날 것이오. 그야말로 세상에는 피밖에 남지 않고 아귀지옥이 되지 않겠소?"

청려린은 당돌한 어조로 즉시 반박했다.

"그건 말이 되지 않아요. 토끼는 동물일 뿐이에요. 어떻게 사람하고 같을 수가 있어요? 만약 토끼가 사람이었다면 반드시 복수를 했을 거예요."

어린 소녀답지 않은 당돌한 말투는 아마 정파제일문에서 자라난 자부심 때문일 것이다. 원래 그런 성격인지, 멸문의 화를 입고 난 뒤에 변한 것인지 알 수는 없었지만 그녀의 그런 성격이 진설은 그리 달갑지 않았다. 꽤나 공격적인 어조였기 때문이다.

진설은 피식 웃으며 말했다.

"좋소. 복수를 했다고 칩시다. 복수를 하고 난 뒤에는 무엇을 할 생각이오? 다시 청쇄문이라도 재건할 생각이오?"

"복수를 하면 음……."

청려린은 쉽게 말문을 열지 못했다.

"복수 한 다음에 생각하면 되죠."

참으로 간단한 대답이다.

진설의 입가에 웃음의 농도가 조금 더 짙어졌다.

"좋소. 만약 호랑이가 아까 그 토끼를 죽였다고 가정한다면 토끼의 자식들은 복수를 할 수가 없소. 상대가 안 되니 말이오. 그럼 어쩌겠소?"

"그거야……."

고와 보이는 입술을 떼며 대답을 하려던 청려린의 말문이 막혔다.

"토끼가 강한 친구들에게 부탁하여 복수를 하려고 해도 호랑이를 이길 수는 없소. 그렇게 되면 토끼가 복수를 부탁한 친구들마저도 모조리 죽게 되는 꼴이니 말이오."

청려린은 망설이는 기색이 역력해 보였다.

진설은 조금 더 말을 보태며 끝맺었다.

"본 파는 토끼를 도와 호랑이에게 복수를 해줄 수는 없소. 하지만 토끼가 더 이상 희생되지 않게 지켜줄 수는 있소. 약

속하오!"

진설은 거짓 없는 눈빛으로 청려린의 커다란 눈을 응시했고 청려린은 입술을 질끈 깨물었다.

"좋아요. 그럼 할아버지를 죽인 자와 본 문을 급습한 괴한들을 찾아주세요."

진설은 선선히 고개를 끄덕였다.

"의뢰는 성립되었소."

第二章

의뢰를 맡다

진설묵

珍說楸

    비선은 의뢰에 필요한 무기와 준비품을 챙기기 위해 뒤 뜰로 향했다. 그곳에는 하삭이 이미 각종 채비를 갖추고 있었다. 등에는 커다란 호랑이 가죽으로 만든 혁포(革鞄)를 짊어졌고 손에는 그것보다 더욱 큰 도끼를 들었다. 일명 벽력 부(霹靂斧)라 불렸는데 하삭이 매일 갈고닦아 날카롭기가 여느 것에 비할 바가 아니었다.

    손잡이는 금빛으로 물들어 있었는데 그것은 예전에 진설 이 직접 입혀준 것이다.

    비선은 굳이 그 비싼 금을 무기의 손잡이에 만든 것을 안타 깝게 생각해서 진설에게 건의를 했었지만 진설의 대답은 간단했다.

"멋있으니까."

큰형님의 말이라 그냥 대꾸 없이 따르긴 했지만 비선은 여전히 그 점이 마음에 들지 않아 홀로 중얼거렸다.

"저 돈이면 몇 달은 놀고먹어도 될 텐데."

하삭은 무척이나 무거워 보이는 벽력부를 마치 장작개비들 듯 가볍게 휘둘렀다. 비선은 그 무서운 힘을 볼 때마다 혀를 내둘렀다.

멍하니 자신을 바라보고 있는 비선을 향해 하삭이 씨익 웃었다.

"필요한 건 대충 내가 챙겼으니까 막내, 넌 무기를 챙기고 백랑이를 데리고 와."

말을 마친 하삭은 성큼성큼 안채로 걸음을 옮겼다.

"형님, 잠깐만요."

비선의 말에 하삭이 걸음을 멈추고 그를 바라보았다.

"왜?"

"이번 의뢰 왠지 예감이 안 좋습니다."

비선의 얼굴에는 한 가닥 불안이 서려 있었다. 하삭은 그를 향해 다가와 어깨를 두드렸다.

"지금까지 잘해왔잖아. 앞으로도 잘할 거야."

비선은 힘없이 고개를 저었다.

"아까 큰형님이 계셔서 말을 못했는데 청무성이 죽고 비급을 노리는 자들은 여전히 생존해 있는 청쇄문의 사람들을 추격할 겁니다. 분명 그 아이를 추격할 것이니 그들과 맞부딪히게 된다는 말입니다."

비선의 큰 얼굴에 짙게 웃음이 피어올랐다.

"큰형님도 아까 그 얘기는 했었는데 뭐가 걱정이냐? 무서워서?"

"그런 건 아닙니다."

비선은 정색을 하며 대답했다. 하삭은 잠시 그를 살피며 말을 이어나갔다.

"무림에서는 누가 지켜주지 않는다. 스스로를 지켜야 한다. 너 자신을 지킬 자신이 없으면 따라오지 말거라. 큰형님이나 나는 너를 지켜주지 않아. 자신없이 따라온다면 그건 짐이 될 뿐이야."

문득 굳어진 얼굴로 말하는 하삭을 보며 비선은 정신이 번쩍 들었다.

"그리고 큰형님은 절대 성공할 수 없는 의뢰나 악한 의뢰는 받지 않지. 그건 나보다 더욱 오래 큰형님 곁에 있던 네가 더 알겠지."

얼굴을 풀며 하삭이 씨익 웃었다. 그의 말에 비선의 마음이 밝아졌다.

"알겠습니다, 형님. 제가 너무 민감하게 생각한 것 같습니다."

"그래. 그래."

하삭은 사람 좋은 웃음을 지으며 다시 성큼성큼 안채로 향했다. 비선은 마음이 편해지는 것을 느꼈다.

'그래. 지금까지 한 것처럼 이번 의뢰도 잘할 수 있을 거야. 지금과는 다르게 조금 위험하다는 것뿐이야.'

"먼 길을 가야할 테니까 잠깐이라도 눈을 붙이는 것이 나을 것 같소. 귀여운 의뢰인."

진설은 농담처럼 청려린에게 말을 건네고 바깥에 놓인 나무 의자에 기대어 눈을 감았다. 그러나 청려린은 잠도 오지 않을뿐더러 오히려 초조함을 느꼈다. 이들이 의뢰를 응낙했다고는 하지만 그다지 믿음이 가지 않았다.

일단 그들을 찾을 때까지 자신을 지켜줘야 하는데 이들을 보고 있노라면 그럴 만한 힘이 느껴지지가 않았다. 무림에서는 힘이 없으면 아무것도 할 수 없다는 것을 이번에 확실히 깨달았기 때문이다.

드르렁!

생각을 하던 청려린의 귓속에 진설의 코고는 소리가 들렸다. 벌써 깊은 잠에 빠진 모양이다.

'에휴.'

청려린은 자신도 모르게 한숨이 나왔다.

진설은 너무나 편안하고 무방비인 상태로 잠을 자고 있었다. 미끈하게 잘생긴 얼굴, 귀공자들이나 입을 법한 옷, 호리호리한 체격.

잘사는 부잣집의 공자 정도로만 보였다. 그런 그가 자신을 지켜줘야 하는 일을 제대로 할 수 있을지도 의문이었다.

그리고 막내라는 비선.

그는 더욱 한심해 보였다. 게슴츠레한 눈빛에 멍한 얼굴. 작은 키에 힘조차 없어 보였다. 딱 보아하니 돈만 밝히는 것 같아 그 점이 더욱 마음에 들지 않았다.

겉으로나마 당당한 체격을 지닌 하삭이 가장 낫다. 커다란 체구가 힘 꽤나 쓸 것 같았기 때문이다. 그리고 반백의 머리 때문에 가장 눈에 띄기도 했다.

"아가씨, 무조건 뒤도 돌아보지 말고 의뢰파를 찾아가셔야 합니다. 그놈들이 아가씨를 계속 찾을 겁니다. 의뢰파에 가서 도움을 청하십시오."

정호 아저씨의 목소리가 아직도 귓가에 생생했다.

온몸에 상처를 입고 피투성이가 되어 고통스러운 얼굴로 절규하는 목소리!

청려린은 귀를 막고 고개를 좌우로 크게 흔들었다. 모든 것이 꿈만 같았다.

컹컹!

그때, 문득 개가 짖는 소리가 들렸고 청려린은 상념에서 깨어났다. 순간 그녀를 향해 무언가가 힘껏 달려왔다. 너무 짧은 순간에 일어난 일이라 청려린은 눈앞에서 하얀 빛이 번쩍이는 것처럼 보였다.

"꺄악!"

청려린의 놀란 비명 소리와 함께 비선이 킥킥거리는 웃음 소리가 들렸다.

"아무튼 저놈 여인을 너무 밝혀."

청려린은 문득 무언가가 자신의 얼굴을 핥는 느낌이 들었다. 눈을 질끈 감은 청려린은 천천히 눈을 떠 그것의 정체를 확인했다. 커다랗고 순백의 털을 가진 한 마리 개였다. 아니, 커다란 정도가 아니었다. 송아지와 비슷한 크기의 엄청나게 큰 개였다.

"혹시나 착각할까 봐 미리 알려 드렸어야 하는데 그놈은 개가 아니라 늑대입니다. 그놈이 어릴 적에 산에서 우연히 발견해서 키웠는데 꽤 귀여운 놈입니다. 이름은 백랑입니다. 늑대 중에서 흰 놈은 극히 드물어서 생김새에 맞게 지은 이름입니다."

비선은 여전히 웃음을 지으며 설명해 주었다.

그사이 백랑이라는 늑대가 자꾸만 머리를 청려린의 옷 속으로 넣으려고 발버둥쳤다. 그녀는 그것을 파고들려는 백랑을 안간힘을 쓰며 간신히 막았지만 힘겨워 보였다.

까딱하면 옷이 벗겨질 상황이다. 그녀의 옷이 백랑의 침으로 인해 점점 젖어갔다.

"못 말린다니까."

웃음을 멈추고 눈살을 살짝 찡그린 비선은 게슴츠레한 눈빛으로 고개를 설레설레 저었다.

"이리와."

그가 백랑을 향해 소리쳤다.

"어서!"

그래도 백랑은 여전히 꼬리를 살랑살랑 흔들며 청려린의 품에서 빠져나오지 않았다.

"안 나오겠다는 말이지?"

문득 차가운 웃음과 함께 비선은 손에 든 검을 빼 들었다.

스겅!

검집에서 부드럽게 빠져나온 검에서 쇳소리가 청아하게 들렸다. 보통 검보다 다섯 치 정도 길고 두께가 얇은 장검(長劍)이었다. 다른 검에 비해 가벼운 편이라 휘두르기에 용이했다. 진설은 그 검자루에도 금을 입히자고 얘기했지만 비선이 펄쩍 뛰며 극구 반대하여 그러지는 못했다. 쓸데없는 돈 낭비라는 이유에서였다.

검집을 타고 울려 퍼진 작은 소리에 백랑의 커다란 몸이 즉시 비선을 향해 돌아섰다. 그리고 빠르게 그를 향해 달려갔다.

전력 질주란 바로 이걸 두고 하는 말이 아닌가 싶을 정도로 눈 깜짝할 새에 움직였다. 순식간에 먼지가 뽀얗게 일어났다.

백랑은 언제 그랬냐는 듯 비선의 앞에 앉아 꼬리를 길게 늘어뜨렸고 비선의 시선을 피한 채, 먼 산을 바라보았다.

"백랑!"

비선의 외침에 슬그머니 그를 돌아보던 백랑이 그와 눈이 마주치자마자 재빨리 고개를 돌려 먼 산을 바라보았다.

"손!"

비선이 손을 내밀며 말하자 백랑이 앞발을 잽싸게 올려놓았다.

턱!

그리고 꼬리를 살랑살랑 흔들었다.

백랑의 갑작스런 돌격에 당황했던 청려린도 그 모습이 재미있어 웃음을 지었다. 웃음으로 인해 살짝 접히며 저절로 지어지는 눈웃음이 무척 귀엽고 깜찍했다.

"한번만 더 말 안 들으면 그냥 베어서 보신탕 해먹는다. 알았어?"

비선의 무서운 외침에 백랑은 알겠다는 듯 앞발로 자신의 머리를 자꾸 긁었다.

"좋아. 이리와."

백랑이 벌떡 일어나 그의 뒤를 졸래졸래 따라갔다. 비선은 청려린 앞에서 걸음을 멈추었다.

"잠시만 어깨의 문신을 보여주시겠습니까?"

어려운 부탁도 아닌지라 청려린은 소매를 다시 한 번 걷어 표식을 보여주었다.

"백랑, 이곳이 어딘지 찾아봐."

청려린은 고개를 갸웃거렸다. 늑대가 그걸 본다고 알아볼 리 만무했다.

쿵쿵!

잠시 동안 백랑이 어깨에 코를 대고 냄새를 맡았다. 그리고 눈동자를 굴리며 빤히 사람이 보는 것처럼 그것을 한동안 바라보았다.

컹컹!

그리고 이내 북쪽을 향해 짖었다.

"서, 설마 뭔가를 알았다는 것인가요?"

늑대가 글씨를 알아볼 리가 만무했다. 그런데 북쪽을 향해 짖고 있다. 마치 북쪽에 그 표시를 보기라도 한 것처럼.

"글쎄요."

비선은 석연찮은 눈빛으로 백랑을 주시했다. 백랑은 한동안 북쪽을 향해 짖더니 이내 그곳으로 달려갔다.

모두의 시선이 백랑을 향했고 백랑이 문득 커다란 나무에 멈춰 서더니 그 밑에서 한동안 쿵쿵거리며 냄새를 맡기 시작했다.

"정말 뭔가 발견한 건가? 나무 밑에 무언가라도 숨겨져 있나? 혹시 의뢰인이 나무 밑에 비급이라도 숨겨 놨나?"

비선은 기대에 찬 눈빛을 보였다. 그리고 그 순간, 백랑이 그 주위를 한 바퀴 돌았다.

좔좔좔!

비선의 기대는 여지없이 무너졌고 백랑은 한쪽 다리를 들은 채 볼일(?)을 시원하게 보기 시작했다.

"……."

황당한 침묵이 그들 사이를 스쳐 지나갔다. 그리고 이내 비선의 처절한 외침이 정적을 흩어버렸다.

"이 개새, 아니 늑대 새끼 죽여 버리고 말겠다!"

챙!

검을 빼 든 게슴츠레한 비선의 눈빛에 불똥이 튀었다. 눈치 빠른 백랑은 그를 피해 재빨리 도망쳤고 비선은 화난 표정으로 검을 빼 들고 달려들었다.

하삭이 문득 청려린에게 다가왔다.

"백랑은 보통 영물이 아닙니다. 만 오천 장쯤 떨어진 곳에서도 주인을 찾을 수 있습니다. 물론 냄새로 말입니다. 아마 앞으로 그 진가를 볼 수 있을 것입니다."

청려린은 백랑에 대한 이야기를 더 듣고 싶었지만 하삭은 고개를 돌려 버렸다.

"형님도 주무시고 백랑도 오늘은 썩 내키지 않나 봅니다. 내일 출발해야겠습니다."

하삭은 들고 있던 도끼와 혁포를 내려놓고 바닥에 주저앉아 비선과 백랑의 술래잡기를 바라보았다.

청려린은 백랑을 자세히 살펴보았다.

순백의 털이 마치 사자의 갈기처럼 뻗어 나 있었다. 헐떡이는 혀 주위로 날카로운 이빨이 톱니바퀴처럼 뾰족하게 솟아 있었고 큰 덩치에 비해 날렵하게 움직이는 발과 유연한 것을 확인할 수 있었다.

백랑을 계속 바라보고 있자 마음이 든든해졌다. 그때, 청려린의 귓가로 하삭의 우렁찬 음성이 들렸다.

"저놈이 의뢰인을 지켜줄 겁니다."

진설은 감았던 눈을 천천히 떴다.

그의 눈동자에는 맑은 정기가 가득 넘쳐흘렀다. 멀리 산등성이 너머로 주홍빛의 노을이 아름답게 그의 눈동자에 비쳤다. 투명하게 반사되는 노을빛이 더할 나위 없이 아름다웠다. 산에서 보는 일몰 광경이 일품이었다.

그가 있는 자리에서 조금 떨어진 곳에 청려린이 나무 밑에 앉아 백랑을 쓰다듬고 있었다. 백랑은 그녀의 손길에 기분 좋은 듯 눈을 감고 누워 있었다. 벌써 친해진 모양이다.

그걸 바라본 진설은 피식 웃음을 지었다.

"다른 사람에게는 잔혹하고 경계심 가득한 놈인데 역시 여인을 너무 밝히는군. 아직 어려도 여인이라는 거겠지? 후후."

그는 조그맣게 중얼거리며 고개를 설레설레 저었다. 전에 비선이 말한 것과 별반 다를 바 없었다.

그는 문득 청려린이 말한 정호라는 사내를 떠올렸다.

청무성의 무위에 반해 청쇄문의 수위(守衛)를 자처한 사내.

특정 문파에 몸을 담은 적도 없는 사내였지만 그의 무위(武威)는 일류고수라 쉽게 단정 지을 수 있을 정도였다. 말수가 무척 적고 불의를 보면 참지 못하는 성격이었다.

진설은 곧이어 청쇄문에서 벌어진 사건을 연상했다. 분명 독립적인 하나의 문파가 공격한 것이 아니다. 적어도 몇 개 이상의 문파가 연합적인 세력으로 합세한 공격일 터였다.

정호의 무공 정도도 그렇지만 청무성이 없다고 한들 청쇄문은 결코 약한 문파가 아니었다. 자신이 미루어 보기엔 구대문파의 상위를 점하는 화산파(華山派) 정도는 제압할 수 있을 정도였다. 아우들에게는 대충 둘러대긴 했지만 아무리 무공에 문외한이라도 청사언은 세상에 알려진 것처럼 약하지는 않았다.

'그만큼 절세고수들의 심득(心得)이 탐났다는 것이겠지.'

계속해서 그의 머릿속에 상황이 그려졌다.

연합 세력의 공세를 감당할 수 없었던 청사언은 외동딸인 청려린을 정호에게 부탁했을 것이고 정호는 목숨을 다해 그녀를 지키고자 했을 것이다.

'어차피 해야 될 일.'

군이 말하지는 않았지만 청무성의 죽음이 있은 후부터 진설은 남몰래 은밀히 그것을 조사하는 중이었다. 그것은 자신과도 관련이 있기 때문이었다.

다행히 청려린은 그 앞에 모습을 드러냈고 그는 표면적으로 나서서 그 일에 참여할 수 있게 되었다.

그 일은 그 혼자 관련이 있었던 만큼 아우들에게도 얘기하지 않았다. 의뢰파의 율법 때문에 무림의 일에 간섭할 수 없었기 때문이었다.

청려린이 그 일에 대한 의뢰를 해왔기에 진설은 오히려 한결 마음이 편해졌다.

지금까지 그래왔던 것처럼 의뢰를 수행하면 그만이다.

진설은 다시 앞으로 생각을 돌렸다.

이곳 복건성은 지리적으로 중원(中原)에서 남동쪽의 최하단부이다. 그가 처음 목표로 생각한 백련교는 총단이 뚜렷이 밝혀져 있지 않았다. 무림에서 가장 큰 정보 단체인 개방과 수정각에서조차 백련교의 총단을 모른다.

위치를 알지 못하니 이곳에서의 거리도 가늠하지 못했고 어느 정도의 시일이 걸릴지조차 알 수가 없었다.

'백련교를 확실히 아는 사람을 찾아야 하겠어.'

생각에 잠긴 진설의 귓속으로 비선의 목소리가 들려왔다.

"식사 준비 다 됐습니다."

사냥해서 잡아온 토끼를 굽는지 구수한 냄새가 진설의 콧속을 간질였다.

* * *

청려린은 토끼 구이를 난생처음으로 먹어보았다.

입에 쫙 달라붙는 구수한 고기의 맛과 향이 일품이었다. 문득 밖에서 백랑의 눈초리가 느껴졌다. 방문의 바로 앞에서 백랑이 침을 뚝뚝 흘리며 입을 벌리고 헐떡거리는 모습이 보였다.

애처로운 눈초리를 연발하며 청려린의 손에 들린 토끼 고기와 그녀의 얼굴을 번갈아 바라보는 것을 보니 무척이나 먹고 싶은 모양이다. 하지만 집 안으로 들어오지 못하는 것으로 미루어보아 들어오지 못하게 훈련을 한 것 같았다.

청려린은 백랑에게 다가가 토끼 고기를 내밀었다.

그걸 본 비선은 자리에서 일어나 뭐라 말을 하려고 입을 열었지만 진설이 내버려 두라는 눈짓을 보내 그냥 자리에 앉았다.

백랑은 비선의 눈치를 보는지 안쪽을 잠시 두리번거리다

가 이내 혀를 내밀어 고기를 살포시 입속으로 당겼다.

솔직히 청려린은 속으로 겁이 났다. 갑자기 확 덤벼들어 자신의 손까지 물면 어쩌나 하는 생각이 들었기 때문이다. 그러나 백랑의 입이 청려린의 손에 닿았음에도 혀만 닿고 이빨은 닿지 않았다.

청려린은 생긋 웃으며 고기를 씹고 있는 백랑의 머리를 쓰다듬었다.

"예쁘다."

순식간에 고기를 다 먹고 난 백랑이 청려린의 얼굴을 핥았다.

"아이, 간지럽단 말이야."

청려린은 까르르 웃음 방울을 터뜨렸다.

"이제 출발하자."

식사를 마친 진설이 입을 닦으며 말했다.

그의 말에 하삭과 비선이 부산스레 움직였다. 청려린이 눈을 동그랗게 뜨고 그를 바라보았다. 깜짝 놀란 듯 크게 뜬 눈이 무척 귀여웠다.

"이렇게 어두운데 출발을 해요?"

"잠도 잤고 먹을 것도 먹었고. 게다가 어두운 밤이 움직이기가 수월하오. 지금 출발하는 것이 가장 좋소."

그의 말에 청려린은 기가 막혔다.

"잠은 아저씨만 잔 거죠. 저나 다른 아저씨들은 못 잤는데요."

그녀의 당돌한 말에 진설은 분주히 짐을 챙기는 하삭과 비선을 돌아보며 물었다.

"너희들, 졸려?"

"아뇨."

일말의 망설임도 없는 대답.

"가자."

진설은 유유히 밖으로 나갔다. 그가 나가자 청려린의 곁에 앉아 있던 백랑이 몸을 일으켜 그를 뒤따라갔다.

진설과 백랑은 밝은 달을 바라보며 한참 동안 서 있었다.

"우~ 오!"

백랑이 고개를 높이 쳐들고 하늘을 향해 울음소리를 냈다. 사람으로서는 결코 흉내 낼 수도 없는 신비한 소리가 고즈넉한 정적을 깨며 울려 퍼졌다.

그 소리를 들으며 그들을 바라본 청려린은 이내 깨달았다. 백랑의 주인은 진설이라는 것을.

청려린은 그들과 시선의 초점을 맞추었다. 그런 그녀의 어깨 위로 부서져 내리는 달빛이 그녀를 향해 생긋 웃어주는 것만 같았다.

"이놈을 타고 가면 편할 것이오."

진설의 배려로 청려린은 난생처음으로 늑대를 타 보게 되었다. 말도 아닌 늑대를 타 보라니.

주저하는 청려린의 눈이 백랑의 그것과 맞닿았다. 백랑은 뒷다리로 땅을 파는 시늉을 하며 고개를 자꾸 자신의 등으로 돌렸다.

"괜찮겠니?"

청려린은 백랑의 머리를 쓰다듬으며 물었다.

백랑은 고개를 까닥거렸다.

참 신기하게도 백랑은 사람의 말을 알아듣는 것만 같았다. 그걸 보던 비선은 답답하다는 표정을 지으며 다가왔다.

"이러다가 날 새겠습니다."

비선은 청려린의 몸을 살짝 들어 백랑의 등에 앉기 쉽도록 올려주었다. 그제야 백랑이 천천히 걷기 시작했다. 얼떨결에 백랑의 등에 올라탄 청려린은 느낌이 무척 이상했다. 엉덩이에 닿은 푹신한 느낌이 생소했고 걸을 때마다 백랑의 척추가 자꾸만 엉덩이를 간질였다.

참으려 해도 자꾸만 청려린의 입에서 웃음이 터져 나왔다.

"호호."

앞서 걷던 비선은 뒤를 힐끔 돌아보았다. 청려린이 혼자 키득거리며 웃는 것을 보고 고개를 설레설레 저었다.

"늑대를 타면 미친다는 소리가 있더니 정말인가 보군."

*　　　*　　　*

"와! 정말 멋있다."

백운산(白云山)에 도착해서 청려린이 뱉은 첫마디였다. 흰 구름에 둘러싸인 봉우리가 신비하게 보였고 진한 녹색의 숲이 테두리를 친 것처럼 보이는 백운산의 전경(全景)은 과연 장관이라 불릴 정도로 뛰어났다.

청려린은 이제 백랑을 타는 것이 익숙해졌는지 주위를 둘러보기에 여념이 없었다.

진설 일행이 길이 있는 낮은 봉우리 하나를 지나갈 무렵이었다.

"멈춰라."

갑자기 이십여 명은 되어 보이는 사내들이 산의 양편에서 우르르 몰려 내려왔다. 진설 일행을 막아선 그들은 다시 한 번 외쳤다.

"가진 것 다 내놔라."

그들의 말에 비선은 가만히 검집에 손을 가져갔고 백랑이 날카로운 이빨을 드러내며 으르렁거렸다.

"크르릉!"

청려린은 백랑의 등을 꼭 잡은 채, 긴장된 표정으로 상황을 주시했다. 비선이 검을 빼려던 찰나, 하삭이 문득 그를 제지하며 앞장서 있는 진설의 등을 향해 눈짓을 보냈다.

"요즘 부쩍 산적들이 많아졌다는 이야기는 들었지만 직접 보게 될 줄은 몰랐는데."

진설은 섭선을 흔들며 덤덤하게 말했다.

"그런데 사람을 가려가면서 산적질을 해야지. 우리가 누구인줄 아시오?"

진설은 콧등을 문지르며 물었다.

그의 말에 그들 중 제일 앞에 있던 우두머리로 보이는 사십 대 정도의 사내가 되물었다.

"누구시길래?"

긴장된 음성이었다.

"아마 우리의 별호만 들어도 깜짝 놀랄 것이오."

진설은 그 말과 동시에 비선을 손짓으로 가리켰다. 갑자기 별호라고 하며 자신을 가리키자 비선은 당황했다.

별호가 없었기 때문이다.

대개 의뢰파는 무림의 일은 관여하지 않기 때문에 별호가 있을 리가 만무했다.

당황했던 비선은 곧바로 떠오른 생각을 자신도 모르게 말해 버렸다.

"난 무적검(無敵劍) 비선이오."

제법이라는 표정을 지은 진설은 하삭에게로 손길을 돌렸다.

"벽력부(霹靂斧) 하삭이오."

하삭은 자신이 든 도끼를 툭툭 치며 금세 대답했다.

'이건 불공평해. 저 도끼 이름이 벽력부라고.'

비선은 속으로 울상을 지었다.

자신만 어려운 문제를 푼 것 같아 조금 억울했다.

산적들은 그제야 하삭의 손에 든 커다란 도끼를 발견한 모양이다. 그들의 얼굴빛이 검게 변했다.

"그, 그럼 당신은 누구요?"

우두머리처럼 보이는 사내가 말을 더듬으며 물었다.

"나는."

진설은 씨익 웃었다.

"무일푼(無一分) 진설이라 하오."

그의 말에 산적들의 얼굴이 붉으락푸르락 달아올랐다.

"이것들이 우릴 가지고 노나?"

언제 긴장했었냐는 듯 산적들이 손에 든 무기를 들고 그들을 덮쳤다.

"뛰어!"

진설의 말과 함께 뒤쪽에서 인상을 긁고 있던 백랑의 몸이 훌쩍 하늘로 솟구쳤다. 그 등에 타고 있던 청려린은 백랑의 털을 꽉 잡았다.

"어머, 애 난다."

그녀의 탄성과 함께 백랑이 땅을 박차는 것과 동시에 산적들을 훌쩍 뛰어넘어 버렸다. 순간, 멍해진 산적들의 틈 사이로 진설과 하삭, 비선이 재빨리 빠져나갔다.

"잡아라!"

산적들이 고래고래 고함을 치며 쫓아왔다.

"튀어라!"

진설도 그것에 질 새라 마주 고함을 지르며 꽁지 빠지게 도망치다가 불쑥 뒤를 돌아보았다. 그리고 근엄한 표정으로 한마디 내뱉었다.

무척 진지한 음성!

"우리는 조무래기들은 상대하지 않는다."

이 말을 던지자마자 진설은 값비싼 비단옷을 휘날리며 뒤도 돌아보지 않고 후다닥 다시 도망쳤다.

산적들은 진설의 말에 더욱 화가 나서 열심히 그를 뒤쫓았다. 그때, 앞쪽에서 무언가가 그들을 향해 날아왔다. 그걸 느낀 우두머리가 재빨리 외쳤다.

"피해!"

쿵!

크지 않은 소리로 무언가가 바닥에 떨어졌다. 산적들이 호기심 어린 눈빛으로 그것을 바라보았다.

"대, 대장님, 이건."

누군가가 떨리는 목소리로 말했다. 우두머리인 사십대 중반의 순한 인상의 사내, 오동(悟洞)은 그것을 바라보았다.

바닥에 떨어진 것은 족히 열 냥은 되어 보이는 황금 덩어리였다.

"화, 황금이다!"

산적들이 소리를 질렀다.

그중의 한 명이 황금을 집어 오동에게 건넸다. 다른 산적들과는 달리 오동의 얼굴에는 들뜬 기색이 전혀 없었다.

오히려 그의 얼굴은 어두워져 있었다.

"대장님, 이 황금이면 산채(山寨)의 식구들이 몇 년은 충분히 먹고살 수 있을 것입니다. 역시 이곳으로 옮겨 산채를 열길 잘한 것 같습니다.

희색만면한 사내의 말에 오동은 고개를 가로저었다.

"아니야. 그렇지 않아."

사내가 이상하다는 듯 물었다.

"대장님, 무슨 일이라도?"

잠시 깊은 생각에 잠긴 오동은 탄식하듯 입을 열었다.

"최근 원나라 순제가 정사는 돌보지 않고 방탕한 생활만 일삼고 우리 같은 범인(凡人)들을 잡다 죽도록 일만 시키니 모두들 마을에서 도망치고 말았지. 우리처럼 산채를 열고 지나가는 나그네의 봇짐이나 털고 있는 처지의 사람들이 무척 많아."

그의 말에 듣고 있던 다른 사내가 이를 뿌드득 갈았다.

"그 오랑캐들을 죽여야 합니다."

"맞아!"

다른 사내들도 동조했다.

오동은 이들의 심정을 잘 알고 있었다. 한족(漢族)이라는 자부심은 어디론가 사라진 지 오래였다. 백여 년에 걸친 몽골의 통치하에 한족은 이미 설 곳을 잃어버렸다.

강력한 원나라에게 대항하려면 모든 한족을 이끌 수 있는 사람이 나타나야만 했지만 백여 년 동안 그런 사람은 나타나지 않았다. 그나마 남송이 한족의 자부심을 지키며 꿋꿋하게 버텼지만 이내 원나라의 거대한 힘 앞에 처참하게 유린당했다.

잠시 깊은 생각에 잠긴 오동은 진설 일행이 사라진 곳을 바라보며 입을 열었다.

"아까 그 사람들은 분명 무림인이었다. 아마 마음만 먹었으면 우리 같은 사람들은 손쉽게 죽일 수 있었겠지. 이 황금도 하늘에서 떨어진 것이 아니라면 분명 그 사람들이 던진 것일 게야. 그 사람들 말처럼 우리가 조무래기라서 피해간 것이 아니고 우리가 왜 이곳에서 산적을 하고 있는지 알고 있었음에 분명해."

오동의 말에 아무도 입을 열지 않았다.

그들도 확실하진 않지만 대충 느꼈다.

빽빽하게 그들이 막아선 좁은 길가를 유연한 몸놀림으로 빠져나간 것이나 도망치는 그들을 쫓았지만 점점 거리만 멀어지는 점을 상기해 보았을 때, 그들은 무림인일 터였다.

챙그렁!

오동은 손에 들고 있던 녹이 슨 검을 바닥에 떨어뜨렸다.

"사람은 본분을 잊어서는 안 돼. 송충이는 솔잎을 먹어야지. 괜히 이곳에서 계속 산적질을 하다가 진짜 악랄한 무림인을 만나면 우리 모두 황천행이야. 우리가 살던 곳으로 내려가자. 가서 죽든 살든 우리가 살아야 할 터전을 사수하자. 언젠가는 반드시 우리 중원을 되찾아줄 사람이 반드시 나타날 것이다!"

그의 말이 모두의 가슴에 깊게 파고들었다.

오동은 마지막으로 홀로 중얼거렸다.

"무림인들이 하나가 되어 원나라에 대항한다면 희망이 있으련만."

그의 말이 깊은 여운을 남겼다.

＊　　　＊　　　＊

"이야! 우리 백랑이 정말 빠르다."

눈을 질끈 감고 있던 청려린은 백랑이 달리던 속도를 멈추는 것을 보고 환호성을 질렀다. 백랑이 너무 빨리 달리다 보니 마치 나는 것만 같은 느낌이 들었고, 세찬 바람 때문에 아직도 양쪽 볼이 얼얼했다.

청려린은 백랑이 무척 자랑스럽고 듬직해서 머리를 계속

쓰다듬었다.

"끄응!"

백랑도 기분이 좋은지 애교처럼 들리는 작은 신음 소리를
냈다.

"이놈아, 좋냐?"

바로 곁에서 들리는 비선의 목소리에 청려린은 소스라치
듯 놀랐다. 놀란 눈으로 돌아보니 이미 모두 백랑의 곁에 서
있었다. 그녀의 얼굴을 재미있다는 표정으로 쳐다보던 비선
이 물었다.

"뭘 그렇게 놀라십니까?"

"백랑이 너무 빨리 달려서 아저씨들은 한참 뒤에 올 줄 알
았어요."

하삭은 이마를 벅벅 긁으며 말했다.

"고작 삼백 장 정도를 움직인 건데 그 정도 거리면 많이 이
동한 건 아닙니다."

그는 이내 진설에게 고개를 돌렸다.

진설은 허공을 바라보며 무언가를 생각하는 모습이다.

"형님, 뭘 그렇게 생각하십니까?"

하삭이 진설에게 다가가며 물었다. 그제야 진설은 상념에
서 깨어나며 하삭을 바라보았다.

"생각보다 문제가 심각해."

"무슨 문제가 말입니까?"

"청무성이 죽고 청쇄문의 멸문(滅門)으로 인해 무림의 정세가 변했지. 정파에서도 구대문파는 물론이고 칠대세가들이나 삼류문파 따위도 치열한 전쟁 구조로 극도의 양상을 보이게 됐어. 일류 문파들이야 암중으로 뭔가를 꾀하려고 하지만 삼류문파들은 저돌적으로 힘을 겉으로 드러내려고 하지. 삼류문파들은 무공이 딸리다 보니까 일반 사람들까지 강제로 끌어들여 자파의 수하로 삼으니까 힘없는 사람들만 죽어나는 거지. 아까 본 사람들처럼 농사나 짓던 사람들까지 산채를 열 정도면 말 다한 거야. 쥐꼬리만 한 권력을 잡으려고 아등바등하는 그들의 심정을 이해 못하는 건 아니지만 방법이 틀렸어. 게다가 원나라의 징병에 끌려간 농민들의 숫자도 상당하다더군. 농민들만 피해를 보는 거야. 무림이나 원나라 모두에게."

그의 말은 이해가 되지만 하삭은 머리를 긁으며 물었다.

"어차피 우리랑 상관없는 일 아닙니까? 우리야 원래 무림에는 관여하지 않으니까 말입니다."

진설은 고개를 가로저었다.

"아니, 상관이 있지. 갈 길은 멀고 만날 사람은 많을 거야. 그러다 보면 그런 사람들도 많이 만날 것이고."

맞는 말이었다.

항상 피할 수는 없는 노릇이다.

그들의 대화를 듣고 있던 비선이 문득 무엇이 떠올랐는지 진설을 바라보며 말했다.

"형님, 우리도 사람들을 모아서 힘을 좀 키우는 것이 어떻겠습니까?"

그의 말에 하삭이 핀잔을 주었다.

"금방 형님의 말씀 못 들었어? 평범한 사람들을 끌어들여 어쩌자는 거야?"

그런데 진설의 반응이 딴판이었다.

"아니야. 막내의 생각도 괜찮네. 아까도 말했지만 방법이 틀렸다고 했지. 방법이 올바르다면 오히려 좋은 생각이 될 수 있겠는데. 아무튼 이건 지금 당장에 생각해 볼 문제는 아니니 천천히 두고 생각해 보자."

말을 마친 진설은 앞에서 멀거니 그들의 대화를 듣고 있던 청려린을 향해 다가갔다.

"내가 문득 잊고 있는 것이 있었는데 돈을 받고 제대로 계약을 못 했소. 너무 큰 건수라 잊고 있었던 것이니 탓하지 말길 바라오."

백랑의 등에 앉아 고개를 갸웃거리는 청려린을 두고 진설은 비선에게 꺼내라는 눈짓을 보냈다.

비선이 재빨리 품에서 종이 하나를 꺼내 청려린에게 건네주었다.

"한번 읽어보고 가부(可否)만 결정하면 되오."

청려린은 커다란 눈망울로 종이의 내용을 천천히 살펴보

았다.

"의뢰의 율법?"

진설은 마저 읽으라는 눈짓을 했다. 청려린의 흑백이 선명한 눈동자가 움직임을 계속했다.

한동안 그것을 읽은 청려린은 눈웃음을 치며 말했다.

"대체로 돈에 관련된 내용이로군요."

진설은 피식 웃었다.

"의뢰를 하는 이유는 돈 때문이니 그럴 수밖에 없지 않소? 우리는 성인군자가 아니오."

청려린은 입술을 삐죽 내밀었다가 눈가를 좁히며 웃음을 지었다.

"저를 반드시 보호한다는 부분이 아주 마음에 드는군요."

진설은 왠지 모를 불안감을 느껴 그녀를 곁눈질로 바라볼 뿐, 말을 하지 않았다.

청무성의 손녀라서 그런지 참 특이한 아이였다. 입에 배인 듯한 당돌한 말투는 둘째 치고서라도 언제든 마음 내키는 대로 행동한다. 주위의 시선은 별로 염두에 두지 않는 편이다. 생긴 것만 봐서는 귀엽고 예쁘게 행동할 것만 같은데 제멋대로였다. 절대 좋은 현상은 아니었고 같이 행동하자면 문제가 생길 것도 같아 보였다.

별로 좋은 기분은 아니었지만 진설은 생각을 접으며 종이를 건네받아 비선에게 돌려주었다.

"계약은 성사되었소."

청려린은 진설의 말투를 흉내 내며 짐짓 무거운 표정을 지으며 고개를 끄덕였다.

"그렇소."

그걸 들은 진설은 어이없는 표정을 지었고 한 차례 그녀를 노려보다가 바람 소리가 날 정도로 몸을 휙 돌렸다.

산등성이를 바라보던 하삭이 진설에게 말을 건넸다.

"형님, 빨리 움직여야겠습니다. 까딱하다간 산중에서 잠을 자게 될지도 모르겠습니다."

진설은 힐끔 멀리 허공을 바라보며 애써 점잖게 말했다.

"그래야겠어."

그는 이내 제일 앞서 걸음을 옮겼고 뒤에 오던 비선의 입에서 혼잣말로 중얼거리는 소리가 청려린의 귓가에 들렸다.

"아무리 생각해도 아깝단 말이야. 황금 열 냥이면 몇 달 동안 주루에 박혀서 실컷 즐길 수 있는 돈인데."

탄식에 가까운 그의 음성에 청려린은 무슨 소리인지 몰라 고개를 갸웃거렸다.

어느새, 중천에 떠오른 해가 산꼭대기에 걸려 서서히 내려가기 시작했다.

점점 어두워지는 산의 풍경에 진설 일행은 조금 더 걷는 속도를 배가(倍加)시켰다. 초여름의 따뜻한 날씨라 산중에서 하룻밤을 보낸다고 하여도 크게 상관은 없지만 이왕이면 편안한 잠자리에 눕고 싶은 것은 당연할 터였다.

비선은 어두워지는 주위를 힐끔 바라보며 걸음을 빨리했다.

산은 낮과 밤의 정경(情景)이 사뭇 다르다.

불어오는 바람에 나뭇가지가 우수수 하는 소리를 냈고 고요한 정적을 깨는 풀벌레 소리가 청각을 자극했다.

주위를 살피며 걷던 비선의 옆으로 갑자기 누군가가 풀숲에서 튀어나왔다. 비선이 그 낌새를 느끼며 옆으로 피하려고 했지만 문득 뒤에서 청려린이 호들갑을 떨며 소리를 질렀다.

"아저씨, 앞에……."

갑작스러운 그녀의 말에 뒤를 돌아본 비선은 미처 피하지 못하고 누군가와 정면으로 부딪혔다.

'으이구! 도와주는 건지, 방해하는 건지.'

퍽!

순간, 비선의 이마에 불똥이 튀었다.

"누구야!"

비선은 게슴츠레한 눈을 번쩍 뜨며 청려린에 대한 짜증까지 담아 신경질적으로 소리를 질렀다. 상대방도 이마를 부딪쳤는지 이마를 문지르며 비선을 노려보았다. 가까이 보니 꽤나 성질 사납게 생긴 장한(壯漢)이었다.

일행의 걸음이 멈췄고 맨 뒤에서 청려린을 등에 태우고 따라오던 백랑의 눈빛이 어둠속에서 푸르스름하게 빛났다.

비선의 이마에 주름을 만들고 상대방을 쏘아보는 사이에 그 뒤에 있던 진설은 어이없다는 듯 말했다.

"무슨 산적들이 이렇게 많아?"

그의 시선에 많은 사람들이 사로 잡혔다. 아까 나타난 산적들보다 더욱 많아 보였다. 하지만 차림새나 생김새가 틀렸다.

아까 만난 산적들은 대개 오래되어 보이는 검이나 낫 등을 들고 있었지만 이들은 날카로운 검날을 가진 검과 번쩍이는 도끼, 도 등을 손에 쥐고 있었다. 게다가 우락부락한 생김새가 성질이 꽤나 더러울 것 같다는 인상을 주었다.

이번에는 제대로 된 산적을 만난 것이다.

산적들의 틈새로 한 명의 사내가 고개를 내밀며 앞으로 나섰다. 사내는 커다란 덩치에 빡빡 깎은 머리가 인상적이었고 울퉁불퉁 팔에 붙은 근육이 힘 좀 쓸 것 같아 보였다.

"나 녹사(綠死) 적두(赤頭)님께서 지배하는 이곳을 그냥 지나갈 수는 없지. 통행료를 내야지."

사내는 온갖 인상을 써가며 제일 앞에 있던 비선을 향해 얼굴을 들이댔다. 그의 말에 비선은 코를 감싸 쥐었다.

"아우, 입 냄새. 이빨을 닦긴 하는 거냐?"

마치 시궁창에서 몇 년 동안 뒹굴다가 온 듯한 냄새였다.

그 지독한 냄새에 비선은 머리까지 지끈거렸다.

"뭐라고? 이 밤톨만 한 놈이 죽고 싶냐?"

사내는 더욱 크게 악취 나는 입 냄새를 풍기며 고함을 질렀다.

챙!

그와 동시에 뒤에 서 있던 산적들이 일제히 무기를 쳐들었다. 그의 말에 비선의 안색이 확 변했다.

"뭐? 밤톨? 이 자식이 내가 제일 싫어하는 말을."

비선의 손엔 어느새, 검집에 달라붙었다.

그것을 바라보던 하삭은 고개를 설레설레 저으며 입맛을 다셨다.

"오늘 내로 산을 내려가기는 글렀군."

第二章

석두를 만나다

진설무

珍說榍

　혼자 중얼거린 하삭은 문득 우두머리로 보이는 적두라는 사내를 찬찬히 살펴보았다.

　"어라. 이놈 석두(石頭) 아냐?"

　하삭의 말에 적두라는 사내의 얼굴빛이 확 변했고 곧이어 그의 눈동자가 하삭에게 향했다. 그리고 이내 큰 덩치와 거대한 도끼, 반백의 머리를 차례대로 살폈다.

　"으헉!"

　적두는 자신도 모르게 터져 나온 신음에 놀라 재빨리 입을 감쌌다. 하삭은 '역시 맞군!' 하는 표정을 지으며 웃음을 지었다.

"내가 분명히 산적질 그만두라고 경고했을 텐데?"

적두, 아니 석두는 재빨리 눈을 바닥으로 깔고는 아무런 말도 하지 못했다.

"대장님, 왜 그러십니까?"

뒤에 있던 졸개들은 갑작스런 상황이 이해가 안 되는 듯 물었지만 석두는 아무 말도 하지 못하고 눈을 내리깔았다. 그리고 괜히 엄한 검만 만지작거리며 눈동자를 데굴데굴 굴렸다.

팔짱을 끼고 구경하던 진설은 하삭에게 물었다.

"아는 사람이냐?"

"예, 형님. 예전에 저놈한테 걸려서 가진 돈과 물건, 심지어 옷까지 다 몽땅 털린 사람에게서 의뢰가 들어왔었습니다. 그때 잠깐 혼내준 적이 있습니다."

"오, 그래?"

진설의 표정이 야릇하게 변했다. 하삭은 또다시 예의 우렁찬 음성으로 말했다.

"석두, 대답 안 할래?"

하삭의 고함에 깜짝 놀란 석두가 질겁하며 뒷걸음질을 쳤다. 그의 이마를 타고 식은땀이 흘러내렸다.

"나, 날 이제 건들 생각은 마. 난 이제 녹림(綠林)의 사람이다. 날 건들면 녹림을 적으로 삼는 거라구."

더듬거리며 협박하는 석두의 구겨진 얼굴을 보며 하삭은

또다시 씨익 웃음을 지었다.

"오호, 이제 완전히 녹림에 들어가서 제대로 산적질을 해 보시겠다?"

이제 석두의 얼굴에서 비 오듯 땀이 흘러내렸다. 우물쭈물 눈치만 보던 그의 얼굴이 갑자기 비장한 표정으로 변했다.

"모두 쳐라!"

검을 높게 쳐든 그는 죽기 아니면 까무러치기라는 듯한 말투로 크게 소리를 질렀다. 그럴 용기를 보인 것도 어쩌면 뒤에 있는 많은 수의 졸개들 때문인지도 몰랐다.

"와아!"

졸개들이 그의 명령에 화답하며 일제히 무기를 휘두르며 진설 일행을 향해 달려들었다. 대략 삼십 명이 넘는 사람들이 모두 덤비자 넓지 않은 산길이 금세 사람들로 가득 찼다.

"막내야!"

크지 않는 진설의 음성이 비선의 귓가에 꽂혔다.

그와 동시에 비선의 발이 바닥을 박찼다. 그의 몸이 일자로 쭉 앞으로 날아갔고 산적들의 앞에 날카로운 빛이 번뜩였다.

"으아아!"

그것을 본 산적들이 달려들던 속도에 급제동을 걸었고 그들 앞으로 비선의 검집이 벼락처럼 허공을 그었다. 땅바닥에 일자로 깊은 선이 그어졌다. 비선은 게슴츠레한 눈을 번쩍 뜨며 차가운 음성으로 말했다.

"이 선을 넘는 놈은 모두 죽는다!"

그는 살인할 생각이 없는 듯 검을 뽑아 들지는 않았다.

항상 시시덕거리던 비선이 맞을까 의심스러울 정도로 이 순간만큼은 다른 사람처럼 보였다. 청려린은 진지해진 그의 모습을 주시하며 '웬일이야?' 하는 표정을 지었다.

산적들은 서로 눈치를 보며 잠시 주춤했고 비선의 몸이 다시금 허공으로 뛰어올랐다. 비선의 왼손에 든 검집이 허공을 화려하게 수놓았다. 산적들 사이로 뛰어든 비선은 빠르게 움직이며 산적들의 팔과 목, 다리, 허리 등 부위를 가리지 않고 가격해 나갔다.

비선의 움직임이 어찌나 빨랐는지 산적들은 눈을 뜨고도 들고 있는 무기를 단 한 번도 휘두르지 못했다. 그만큼 비선의 몸놀림은 그들의 눈으로 따라잡을 수가 없었던 것이다.

퍼퍼퍽!

"으악!"

처절한 외침이 터져 나왔고 산적들은 하나둘씩 땅바닥에 무릎을 꿇으며 쓰러졌다. 마치 양 떼들 속에 뛰어든 늑대와도 같은 모습이었다.

순식간에 삼십여 명이 넘는 산적들이 모두 쓰러졌고 석두만이 안색이 창백해진 채 입을 떡하니 벌린 채 서 있었다. 검집을 사용했기에 망정이지 만약 검을 휘둘렀다면 이미 피비린내가 진동할 만한 상황이다.

검집을 꽉 쥐고 비선은 천천히 석두에게 다가갔다. 석두는 어색한 모습으로 검을 든 채 어찌할 바를 몰랐다. 이내 그의 이마에서 굵은 땀방울이 콧등을 타고 떨어져 내렸다.

"아까 밤톨이라고 했지? 다시 한 번 말해봐."

석두는 입술을 부르르 떨며 대꾸를 하지 못했다. 험상궂은 얼굴에 어울리지 않게 겁을 먹은 모양이다.

문득, 묵묵히 구경을 하던 진설이 물었다.

"산채는 어디에 있소?"

석두의 얼굴이 위쪽으로 돌아갔고 그의 눈동자에 하나의 전각(殿閣)이 비쳤다.

"저……."

빡!

비선의 발이 무어라 말을 하려던 석두의 턱을 무자비하게 강타했다.

"입 열지 말라니까. 아까 그 냄새 때문에 토할 것 같아."

비선의 인상이 일그러졌다.

끄르륵! 쿵!

석두가 거품을 물며 천천히 바닥에 쓰러졌다. 눈이 뒤집힌 것을 보니 기절한 모양이다.

진설은 팔짱을 풀며 전각을 바라보았다.

"잘됐군. 오늘은 저기서 쉬도록 하자."

그의 말에 비선은 여기 저기 쓰러져서 신음하고 있는 산적들에게 주먹을 들이대며 소리를 질렀다.

"뭐 해? 더 맞고 싶어? 어서 안내하지 못해?"

그의 고함에 몇몇 산적들이 언제 아팠냐는 듯 자리에서 벌떡 일어났다.

"이, 이쪽으로."

말을 더듬으며 비지땀을 흘리는 산적들을 바라보며 청려린은 생긋 웃음을 지었다.

"비선 아저씨, 제법이네요."

청려린은 엄지손가락을 추켜세웠다.

"뭘."

비선은 게슴츠레한 눈을 산적들에게 돌리며 콧등을 문질렀다. 청려린의 칭찬에 민망한 모양이다.

"그래 봤자 우리 할아버지의 반에 반도 못 따라오는 실력이겠지만."

"윽."

비선의 표정이 돌변했고 그녀를 한 차례 거세게 째려보았지만 청려린은 이내 기지개를 켜며 하품을 했다.

"졸리네요. 어서 올라가요."

청려린의 말을 알아듣기라도 한 듯 백랑이 산적들을 따라

산 위로 올라가기 시작했다. 산들바람이 청려린의 비단결 같은 흑발을 가볍게 쓸어주며 지나갔다.

그 뒤로 입술을 꽉 깨문 비선이 잡아먹을 듯이 그녀의 뒷모습을 노려보았다.

그들을 보며 진설이 어깨를 으쓱거리며 피식 웃음을 지었다.

그들이 떠나간 자리에 산들바람이 대신하며 뽀얀 흙먼지를 일으켰다.

휘이잉!

뒷골이 당기는 느낌을 받으며 석두는 눈을 떴다.

골머리가 지끈지끈거리는 것이 꽤나 큰 타격을 받은 모양이다. 석두는 몸을 일으키며 머리를 흔들었다. 그런 그의 콧속으로 구수한 냄새가 스며들었다.

"이제 일어났나? 덩치만 큰 친구."

비선은 손에 동물의 다리 비슷한 것을 들고 그를 향해 흔들며 인사하듯 말했다. 비선의 앞에는 모닥불이 활활 타오르고 있었고 그 위에 뼈가 반쯤 정도 보이는 한 마리의 짐승이 기름을 뚝뚝 흘리며 나무 꼬챙이에 매달려 있었다.

'내, 내 멧돼지.'

석두는 화가 치밀었다.

백운산에 멧돼지는 몇 마리 되지 않았고 저렇게 큰 놈은 더욱 드물었다. 어제저녁에 졸개들과 사냥을 나갔다가 우연히 보게 된 놈인데 커다란 덩치만큼 힘도 좋아 그놈을 잡으려다가 졸개 두 명의 어깨가 작살났다. 숙성시켜 아껴 먹으려고 간을 쳐놓고 보관해 놓았는데 그놈이 지금 모닥불 위에서 지글지글 익고 있으니 환장할 노릇이었다.

비선은 다리를 뜯고 있다가 문득 게슴츠레한 눈빛으로 그를 바라보며 혀를 찼다.

"침 좀 닦지. 쯧쯧."

꼬르륵!

석두는 자신도 모르게 후각을 자극하는 냄새 때문에 약간 벌어진 입 사이로 침을 질질 흘리고 있었다. 문득 허기가 그의 뱃속을 지배해 버렸고 석두는 비선의 비아냥거리는 말투에 폭발하고야 말았다. 자존심은 둘째 치고 자신의 먹을 것은 사수해야 된다는 생각이 강렬하게 들었다.

그는 주위를 두리번거렸다. 마침 바닥에 아무렇게나 널브러져 있는 검이 보였고 그는 재빨리 그것을 집어 들었다. 그리고 멧돼지를 먹어치우고 있는 진설 일행을 향해 맹렬히 돌진했다. 생존 본능 때문인지 큰 덩치에 비해 재빠른 움직임이었다.

"하얏!"

기세만큼은 대단했다.

그 순간, 모두의 눈빛이 그에게로 향했다. 석두가 비선의 몸에 바짝 밀착한 순간, 그의 손에 든 검이 달빛에 반사되어 날카롭게 빛났다.

스릉!

어느새, 비선의 손에 검이 들려 있었고 그것은 정확히 석두의 목덜미에 닿았다. 석두의 검은 미처 내려치지도 못한 상태였다.

"죽고 싶어 환장한 모양이군."

"……."

휘이잉!

시원한 바람이 그들 사이를 지나쳤고 석두는 검을 내려치다 만 엉거주춤한 자세로 한참을 어색하게 서 있었다. 진설과 비선은 다시 멧돼지를 뜯기 시작했다.

이상하다는 눈빛으로 석두의 어색한 자세를 바라보던 청려린이 문득 물었다.

"아저씨, 안 힘들어요? 그런 자세로 오래 있으려면 다리에 쥐가 날 것 같은데."

석두는 신기한 듯 요리조리 자신을 쳐다보며 말하는 청려린을 힐끔 보았고 이내 그의 이마에서 땀방울이 다시 맺히기 시작했다.

퍼퍼퍽!

비선은 들고 있던 멧돼지의 다리로 석두의 양쪽 뺨을 번갈아 사정없이 후려쳤다.

"윽, 윽, 윽!"

석두의 얼굴이 좌우로 정신없이 돌아갔고 금세 그의 뺨이 발갛게 변하며 퉁퉁 부어올랐다. 좀처럼 정신을 차리기 힘들 정도로 머릿속에 불똥이 마구 튀었다. 이렇게 맞으니 앞에 아무것도 보이지 않았다.

챙그렁!

석두의 손에 들린 검이 힘없이 바닥에 떨어졌고, 비선은 들고 있던 다리를 그에게 내밀었다.

"이거나 먹고 조용히 찌그러져 있어."

간신히 정신을 차린 석두가 비선의 눈치를 조심스럽게 살피며 멧돼지의 다리를 받았다. 절반도 남아 있지 않았지만 거기서 풍기는 구수한 향기가 석두를 미치게 만들었다. 그는 이내 게걸스럽게 그것을 뜯어먹기 시작했다.

걸신이 들린 듯 먹어치우는 석두를 보며 비선은 안됐다는 듯 혀를 찼다.

"쯧쯧."

살점 하나 남김없이 뜯어먹은 석두는 그제야 어느 정도 제 정신으로 돌아왔다. 그는 뼈만 남은 멧돼지의 다리를 입에 물고 비선의 눈치를 보며 생각에 잠겼다. 뱃속에 고기가 들어가자 냉정을 찾을 수 있었다.

'이놈들, 그냥 보낼 수는 없어. 꼭 당하게 만들어줘야 돼.'

그의 눈빛에 독기가 서렸다. 곧이어 그의 머릿속에 좋은 생각이 떠올랐다.

"저, 저기."

그가 비선의 눈치를 보며 힘겹게 말을 꺼냈다. 비선은 얼굴을 찡그리고 손을 휘저었다.

"할 말 있으면 떨어져서 해. 입 냄새나."

샤샤샥!

석두의 몸이 재빨리 일 장 뒤로 물러났다. 그리고 비굴한 표정을 지었다.

"저도 의뢰를 하려고 합니다만."

조심스럽게 말하는 석두를 쳐다보지 않고 비선은 고개를 가로저었다.

"너 같은 산적 놈 의뢰는 안 받아."

'그럴 줄 알았어.'

예상했던 결과였고 석두는 간사한 눈초리로 진설을 바라보았다.

'저자가 대장이겠지.'

"황금 천 냥이 있습니다. 의뢰를 받아주시길 바랍니다."

"황금 천 냥?"

비선은 재빨리 진설에게 고개를 돌렸다. 석두는 진설을 향해 제법 공손하게 허리까지 숙였다.

진설의 얼굴에 흥미로운 기색이 떠올랐다.

"의뢰는 무엇이오?"

"저를 녹림십팔채(綠林十八寨)의 본채(本寨)까지 호위해 주시면 됩니다. 어차피 산적질을 더 이상 못하게 되면 그곳에 가서 무공이라도 배우는 편이 낫다 싶어서 그렇습니다."

진설의 생각이 바뀔지도 몰라 석두는 이유까지 그럴듯하게 꾸며댔다. 진설이 잠시 생각에 잠겼고 곧이어 말했다.

"돈은?"

"잠시만 기다리십시오."

석두는 부랴부랴 황급히 안채로 들어갔고 대나무로 만든 상자를 꺼냈다.

"헉!"

상자를 열어본 석두는 기절할 것만 같았다.

그동안 산적질을 하며 쌓아둔 황금이 하나도 남김없이 없어져 버렸다. 힘이 빠져 바닥에 털썩 주저앉은 석두의 귓가로 하삭의 우렁찬 목소리가 들렸다.

"상자 안에 있던 돈이라면 졸개들한테 다 나눠줬지. 새롭게 출발하는 삶의 종자돈으로 줬거든."

'이, 이런 빌어먹을 놈들.'

석두는 욕이 목구멍까지 치밀어 오른 것을 간신히 참았다. 어쩐지 그가 깨어났을 때에 졸개들이 한 명도 안 보이는 것이 이상했다.

'니, 니들 전부 가만 안 둔다.'

석두의 눈에 핏발이 섰다. 그는 크게 심호흡을 하며 간신히 화를 가라앉혔다.

그가 힘없이 안채에서 나오는 것을 본 비선이 크게 웃으며 놀렸다.

"하하하. 그러니까 돈은 우리처럼 정당하게 벌어야지. 그 돈은 애초부터 네 돈이 아니었어."

석두는 부글부글 끓어오르는 속을 달래며 아무 대꾸도 하지 않고 안채 옆에 놓인 막대기를 들었다.

또 무슨 짓을 하려나 보는 듯한 비선의 시선이 곧장 뒤따랐지만 석두는 아무런 말도 하지 않은 채 전각의 공터로 걸음을 옮겼다. 공터의 중앙으로 걸어간 석두는 막대기로 땅을 파기 시작했다.

퍽퍽!

어느 정도 땅을 파자 석두는 막대기를 땅에 내려놓고 손으로 바닥을 조금 더 팠다. 땅속에 묻혀 있던 목합(木盒)이 눈에 보였다.

'내 비밀 재산인데.'

너무 아까웠지만 석두는 눈물을 머금고 그것을 꺼내 들었다. 그의 행동을 바라본 비선이 자리에서 일어났다.

석두는 비선에게 다가가 그걸 넘겼다. 비선은 어리둥절한 표정으로 목합의 뚜껑을 열었다.

"이야! 숨겨둔 돈도 있었네. 어디 보자."

비선은 열심히 그 안에 든 황금을 세었다. 액수를 확인한 비선이 진설에게 말했다.

"대충 구백 냥 정도 되는 것 같습니다."

"음."

진설은 멀거니 석두를 바라보며 생각에 잠겼다.

'꿀꺽.'

석두는 마른침을 삼켰다.

한편으론 불안한 구석도 있었다. 의뢰를 받아주지 않고 돈만 뺏으면 어쩌나 하는 걱정 때문이었다.

'설마 이것까지 무공으로 빼앗진 않겠지.'

"좋아. 이 의뢰 수락한다. 나머지 백 냥은 잔금으로 적어두지. 막내야, 계약해라."

다행히 진설이 고개를 끄덕였고 비선은 황금을 만지작거리며 입을 양쪽 귀에 걸며 석두에게 다가가 종이를 꺼내 보였다. 그때, 지켜보고만 있던 청려린이 뾰족한 음성으로 외쳤다.

"안 돼요!"

진설은 청려린에게 고개를 돌렸다.

"제가 먼저 의뢰를 했고 제 의뢰는 아직 진행 중이에요. 의뢰는 중복해서 진행할 수 없다고 했잖아요."

진설은 천연덕스럽게 웃었다.

"단, 금액이 큰 경우는 예외로 한다. 이 내용은 못 봤소?"

"이게 금액이 큰 경우인가요?"

청려린이 이해할 수 없다는 듯 눈썹을 찡그리며 물었다. 진설은 팔짱을 끼고 고개를 끄덕였다.

"정파제일문에서 자라나 부족함이 없었던 모양이오만 황금 천 냥은 엄청 큰돈이오. 이런 의뢰를 안 받는다면 의뢰파를 만들지도 않았을 것이오."

그의 말에 청려린의 말문이 막혔다. 진설은 피식 웃으며 덧붙였다.

"그리고 녹림십팔채의 본채는 안휘성(安徽成)의 구화산(九華山)이오. 거리상으로 멀지 않은 데다가 어차피 우리가 지나쳐야 될 곳이오."

진설은 마지막 말을 청려린의 귀에 대고 작은 음성으로 덧붙였다.

"이런 건 거저먹기란 말이오. 이런 의뢰를 안 받으면 그야말로 바보가 되는 것이오."

청려린은 작지만 의기양양한 진설의 음성에 그를 쏘아보며 말했다.

"으이구, 돈 벌레들."

그러는 사이, 석두는 비선이 설명해 주는 율법을 대충 흘려들으며 비릿한 웃음이 지었다.

'돈이고 나발이고 니들은 거기 가면 모두 죽은 목숨이야.'

불쌍하게만 보였던 석두의 얼굴에 처음으로 화색(和色)이 피어올랐다.

석두까지 포함해서 다섯 명으로 늘어난 진설 일행은 백운산을 지나 안휘성 지역으로 들어섰다.

편안하게 백랑의 등에 앉아 턱을 괴던 청려린은 앞서 가는 비선의 뒷모습을 빤히 바라보았다. 비실비실해 보이는 작은 몸에서 강한 기운은 눈곱만큼도 느껴지지 않았다. 그런데 산적들을 상대할 때 보인 그의 움직임은 무척이나 빨랐고 그런 그가 청려린의 관심을 끌었다.

'생각보다 제법이란 말이야.'

한동안 그를 바라보던 청려린은 그의 왼손을 우연히 보았는데 손등 위에 무슨 글씨가 언뜻 보였다. 걷느라고 이리저리 흔들려 뚜렷하게 보이지는 않았다.

"아저씨!"

그녀의 부름에 비선이 고개만 돌려 묻는 눈초리를 보냈다. 저번 일 때문인지 왠지 의심쩍은 눈초리였다. 어차피 그런 것 따위는 생각하지 않는 청려린은 검은 동공을 반짝이며 물었다.

"손등에 쓰여 있는 것은 뭔가요?"

그녀의 물음에 비선은 황급히 오른손으로 왼손을 가렸다.

"아무것도 아닙니다."

당황해하는 기색이 역력한 비선의 모습에 청려린은 이상하게 생각했지만 더 이상 묻지 않았다. 묻는다고 대답해 줄 것 같지도 않았고 비선은 갑자기 걸음을 빨리하며 저만큼 앞으로 가버렸기 때문이었다.

분명히 검은색의 글씨처럼 보였다.

"혹시 하도 안 씻어서 때가 얼룩진 것 아냐?"

청려린은 속눈썹을 모으며 혼잣말로 중얼거렸다.

그러는 사이에 그들은 작은 규모의 마을로 들어섰다. 마을임에도 이상하게 사람이 하나도 보이지 않았고 길가에는 썰렁한 바람만이 불었다.

한동안 멈춰서 주위를 두리번거리던 하삭은 예의 우렁찬 음성으로 중얼거렸다.

"확실히 사람들이 줄었군."

진설은 턱을 문지르며 말했다.

"사람들이 대부분 도망쳤나 보군. 몽고인들과 무림인들이 볶아대니 그 등쌀에 못 이겨서 이렇게 된 것이야. 그나저나 큰일이군. 농사를 짓는 농부들까지 이렇게 산으로, 들로 숨는다면 앞으로 우리는 쌀을 구경하기 힘들지도 몰라."

진설은 밥을 못 먹게 될까 봐 걱정이 되는 모양이다. 그것을 듣던 청려린이 생긋 웃으며 말했다.

"그럼 고기를 먹으면 되죠."

"우리처럼 밥에 길들여진 입은 고기만 먹고는 못 살지."

진설은 혼잣말처럼 중얼거리며 비선에게 고개를 돌렸다.

"막내야, 산적 의뢰인하고 같이 객잔을 찾아봐라. 물어볼 사람이라도 보여야 묻지. 이거야 원."

입맛을 다시며 말하는 진설을 바라보며 비선은 고개를 끄덕였다.

"알겠습니다."

비선은 맨 뒤에서 졸래졸래 따라오던 석두를 향해 손가락을 까딱거렸고 석두는 잠시 머뭇거리다가 이내 비선을 뒤따라갔다. 앞서 가는 그들을 바라보던 진설은 하삭에게 나직하게 말했다.

"여기 안휘성은 호북성(湖北成)과 하남성(河南成)에 가깝지. 하남성의 소림(少林)이야 별 상관 없지만 호북성의 무당파(武當派)와 제갈세가(諸葛世家)는 경계 대상이야. 혹시 모르니 주의해야 한다."

"알겠습니다, 형님."

하삭은 손에 든 벽력부를 어루만지며 대답하곤 이내 궁금했던 부분을 물었다.

"그런데 형님, 객잔을 찾는 것이라면 백랑이를 이용하는 것이 훨씬 빠를 겁니다. 게다가 객잔에 사람이 있을지도 의문입니다."

진설은 생각해 둔 바가 있는지 거침없이 대답했다.

"다른 곳은 몰라도 객잔은 괜찮은 모양이야. 막내는 아직 경험이 필요하지. 그동안 기껏해야 간단한 의뢰만을 해봤으니 무림에는 초출(初出)인 셈이지. 그래서 앞서 보냈다."

그의 말에 이해가 간다는 듯이 끄덕인 하삭은 문득 한 무리의 사람들이 저만치 앞에서 지나가는 모습을 발견했다. 이십 대 초반으로 보이는 세 명의 사람들이었다.

한 명의 여인과 두 명의 사내.

도사의 복장을 한 그들은 손에 검을 들었다. 특이하게 검 자루의 끝에 붉은 수실이 나풀거렸다.

"화산파(華山派)로군."

진설도 그들을 발견한 듯 가볍게 부채질을 하며 중얼거렸다. 하삭은 난데없는 화산파의 등장에 이해가 가지 않는 표정으로 물었다.

"화산파라면 섬서성(陝西成)에 위치해 있는데 어째서 이곳까지 온 것일까요?"

진설은 콧등을 어루만지며 대답했다.

"제법 자세가 잡혀 있는 것으로 보아하니 이대제자쯤 되는 것 같은데 정파(正派)인 구대문파가 곧장 명분을 얻기 위해 행동하는 모양이군."

그의 말이 이해가 안 되는 듯 하삭은 고개를 갸웃거렸다.

"명분이라면?"

"무림인들은 명예를 중시하지. 정파는 더욱 그렇지. 힘만 있는 명예는 쓸모가 없으니 명분이 필요한 거야. 지금같이 혼란한 시기에는 그런 명분을 얻기가 쉽지. 삼류문파에서 핍박을 받는 평범한 사람들을 구해주기만 해도 그 사람들의 신망을 얻을 수 있으니 말이야. 자파의 지지도는 그만큼 상승할 테고. 구대문파에서 제법 머리 좀 굴렸나 보군."

진설은 피식 웃었다.

"그렇다면 일종의 협객(俠客)행을 한다는 것입니까?"

"아니지. 고의적으로 무엇인가를 얻기 위해 행하는 것은 협객이라 할 수 없어."

화산파의 사람들은 공교롭게도 비선이 앞서 나간 쪽으로 사라져 버렸다.

"협객인지 아닌지 확인해 보자."

진설은 웃는 듯한 눈빛으로 부채를 접으며 그들을 향해 걸음을 옮겼다.

그 무렵, 비선은 게슴츠레한 눈에 짜증을 섞으며 석두를 바라보았다.

"뭐 이딴 마을이 다 있어? 무슨 객잔이 하나도 없어? 사람도 보이지 않고."

크지 않은 마을이라 금세 한 바퀴를 둘러보았다. 그럼에도 객잔은 고사하고 비슷한 건물도 보이지 않았다. 신경질적인 비선의 눈빛과 마주친 석두는 괜한 오한에 몸을 떨며 짐짓 모르는 척 눈길을 다른 곳으로 돌렸다. 뭐라고 대답을 해야 되긴 하겠는데 딱히 떠오르는 말이 없었다.

그 순간, 그의 눈동자에 몇몇 사람들이 모습을 드러냈다. 십여 명은 넘어 보이는 사람들이 그들을 향해 오고 있었기 때문이다.

석두는 밋밋한 머리를 만지며 그들을 가리켰다.

"저기 무림인들이 오는 것 같습니다."

그의 말에 비선의 눈이 자연스럽게 그들을 향했다.

그런데 그들의 무리 가운데 십대 후반으로 보이는 네 명의 아이들이 양손이 밧줄로 묶인 채 끌려가고 있었다. 마치 죄인들을 끌고 가는 듯한 모습이었다. 십여 명의 사내들은 거들먹거리며 검으로 아이들을 위협하며 걷고 있었다.

아이들 네 명 모두 얼굴에 멍이 들었고 옷이 너덜너덜했다. 꽤나 많은 고초를 당한 모양이다. 멍들고 퉁퉁 부은 얼굴이 비선의 눈을 아프게 찔러댔다.

비선은 잠시 망설였다.

며칠 전에 진설이 했던 말이 그의 눈앞에 현실로 다가왔다. 비선이 망설이는 사이에 그들이 점점 다가왔다.

"어이, 너희들은 뭐냐?"

비선과 석두를 발견한 사내들 중, 앞선 사내가 물었다. 석두와 비슷한 체격에 대머리 사내였는데 생김새도 비슷하여 얼핏 보면 동일인으로 오해를 받을 수 있을 정도였다.

사내의 물음에 석두가 제법 당당한 표정으로 허리에 걸려 있는 검을 툭툭 쳤다.

"훗. 난 녹사 적두님이다. 너희들은 뭐냐?"

석두는 사내의 말투를 따라하며 코웃음을 쳤다. 겨우 삼류문파의 나부랭이들 쯤이야 하는 표정이었다.

"어쭈, 이 자식 봐라. 겁 대가리를 상실했네."

사내는 어이없다는 표정을 지었다.

"난 소갈문(燒渴門)에서 행동당주(行動堂主)를 맡고 있는 작기무(酌期舞)라고 하지."

그의 말에 석두가 크게 웃음을 터뜨렸다.

"하하. 이름 하나는 잘 지었네. 너희들 꼬락서니를 보니까 딱 소갈머리 없게 생겼구만."

"너 이 자식, 죽었다고 복창해라."

작기무는 성난 얼굴로 곧장 검을 곧추세우고 석두를 향해 달려들었다. 그와 함께 행동당원들로 보이는 나머지 사내들도 일제히 검을 뽑아 들었다.

"너희 같은 조무래기들을 이 적두님께서 친히 상대해 주시마!"

챙!

작기무의 검과 석두의 검이 맞부딪쳤다. 작기무의 제법 빠른 움직임을 석두는 정확하게 검으로 막았다.

"어떠냐?"

석두는 흡족한 표정을 지었다.

"이 녹사 적두님께서는……."

퍽!

득의양양한 표정으로 말을 이어나가던 석두의 얼굴에 작

기무의 발이 꽂혔다. 비선은 게슴츠레한 눈으로 혹시나 하는 마음에 둘의 싸움을 바라보았지만 이내 머리를 감싸 쥐었다.

"저놈은 입으로 싸우나? 아이고, 두(頭)야."

석두는 한 대 맞자마자 오뚝이처럼 곧장 벌떡 일어났다. 커다란 덩치라 맷집은 좋은 모양이다. 그런 그의 코 사이로 두 줄기의 피가 흘러내렸다. 석두는 코를 훔치며 놀란 표정으로 작기무를 바라보았다.

"피, 피다. 이런 개자식, 넌 죽었어."

무척 열이 받았는지 석두의 대머리가 빨갛게 달아올랐다. 그리고 있는 내공 없는 내공을 모조리 끌어올리는 듯 제법 자세를 잡았다.

"이얏!"

힘차게 소리를 내지른 석두는 검을 봉처럼 허공에 윙윙 돌리며 작기무에게 달려들었다. 그리고 마치 도끼처럼 검을 아래로 내리찍었다.

퍽!

"으악!"

가죽북이 터지는 듯한 커다란 소리가 터져 나왔고 석두가 바닥에 쓰러졌다.

"굼벵이도 그것보단 빠르겠다. 우하하."

작기무는 석두의 검을 가볍게 옆으로 피하며 그의 옆구리를 걷어찬 후, 비아냥거리며 크게 웃었다. 이번에는 타격이 꽤나 컸는지 석두가 비틀거리며 힘겹게 몸을 일으켰다. 그리고 작기무를 향해 눈살을 찡그리며 말했다.

"더 이상 봐주지 않는다. 최후의 절기를 보여주마."

그의 얼굴이 처음으로 진지하게 변했다.

그냥 우두커니 지켜보던 비선은 석두가 정말 필살기가 있는지 궁금해하며 바라보았다. 석두가 또다시 작기무를 향해 달려들었다.

챙!

이번에는 짧은 동작으로 휘두른 검 때문에 동작 파악이 잘 되지 않았는지 작기무는 피하지는 못하고 검을 부딪쳤다. 그 순간, 석두가 바닥에 검을 버리고 울끈불끈한 팔로 빠르게 작기무의 양팔을 붙잡았다.

비선은 그걸 보고 웬일이야 하는 표정으로 감탄을 했다.

"오! 지금 무방비 상태일 때, 박치기. 좋아."

그의 말과 동시에 석두가 크게 입을 벌렸다.

"하아!"

그의 입에서 예의 시궁창에서 나는 냄새와 같은 그것이 주위에 진동했다. 어찌나 지독하던지 조금 떨어진 비선까지도 코를 막을 정도였다.

"지저분한 자식."

비선은 머리가 띵해 옴을 느끼고 못 말리겠다는 표정을 지었다.

"컥!"

석두의 입 냄새를 정면에서 공격당한 작기무의 눈동자가 흐릿해지는가 싶더니 이내 몸이 축 늘어졌다. 아마 지독한 냄새로 인해 호흡곤란을 겪은 모양이다. 뽀얗게 먼지가 일어나며 그의 몸 위로 흙먼지가 금세 쌓였다.

"허."

그걸 본 비선은 할 말을 잃었다.

"입 냄새로 사람을 기절시켜?"

석두는 작기무의 몸을 바닥에 내팽개쳤다. 그리고 그의 몸을 짓밟았다.

"이 자식아, 어떠냐? 나의 비장의 절기가. 우하하."

무척이나 흡족하다는 듯이 웃는 석두를 보며 비선은 어이를 상실했다. 아무리 지독한 입 냄새라지만 그것으로 사람을 기절시킬 수 있을 줄은 정말 몰랐다.

퍽퍽!

기절한 작기무를 한참 동안이나 짓밟은 석두는 그제야 어느 정도 분이 풀렸는지 다른 사내들을 무섭게 노려보았다. 원래 인상이 더러운 석두였는데 코피까지 손으로 훔치는 바람에 얼굴이 피범벅이 되어 인상이 더욱 더러워 보였다.

"너희들도 모두 이 꼴 당하고 싶냐?"

사내들은 코를 쥐어 막으며 대답을 하지 못하고 아이들을 인질 삼아 주춤주춤 뒤로 물러났다.

그것을 본 비선은 나직하게 한숨을 내쉬었다.

"역시 똥은 피해야 돼. 어이, 자네들 아이들 놓고 빨리 사라져."

비선은 점잖게 사내들을 향해 타일렀다. 그의 말에 문득 석두가 생각이 난 듯이 비선을 바라보며 따졌다.

"그런데 전에 계약할 때에 들어 보니까 분명 의뢰인을 보호한다는 조항이 있었던 것 같은데?"

비선이 게슴츠레한 눈을 가늘게 좁히며 반문했다.

"목숨이 위험했던 것 같지는 않은데?"

"이런 젠장, 나 코피 터지는 것 못 봤소?"

석두는 작기무를 쓰러뜨리고 난 후, 자신감이 생겼는지 전에 쓰던 존칭어를 과감히 버리고 평대로 말투를 바꿨다. 하지만 비선은 별로 상관하지 않았다. 어차피 자신보다 나이가 많아 보였기 때문이다. 게다가 의뢰인이면 자신이 존칭을 해야 하는데 안 해도 되니 그걸로 만족했다.

"코피 터진다고 죽는 사람은 못 봤는데?"

"끙!"

석두는 외마디 신음을 내며 얼굴이 붉으락푸르락 변했다. 그리고 소갈문의 사내들에게로 얼굴을 돌렸다.

"빨리 아이들 풀어주고 사라지라고!"

엄한 데에 화를 풀어서 그런지 그의 고함이 쩌렁쩌렁하게 주위를 진동했다.

그때였다.

"멈추시오!"

비선의 뒤쪽에서 누군가가 맑은 음성으로 크게 외쳤다. 비선의 눈동자가 뒤쪽을 향했고 곧이어 허공을 높게 날아오는 세 명의 사람을 발견했다.

"설마."

비선의 게슴츠레한 눈동자가 순간 딱딱하게 굳어버렸다. 그의 앞에 세 명의 사람이 옷자락을 표표히 휘날리며 바닥에 내려앉았다. 그들은 대략 이십대 중반의 젊은 나이로 보였다.

그중 눈초리가 가늘어 매서운 빛을 발산하는 사내가 품속에서 무언가를 꺼냈다. 한 사람의 얼굴이 그려져 있는 초상화(肖像畵)였다. 그것과 석두를 번갈아 바라본 사내가 고개를 끄덕였다.

"맞군. 커다란 덩치에 대머리, 커다랗고 험악한 얼굴. 소갈문의 작기무. 순순히 그 아이들을 풀어줘라."

사내의 갑작스런 말에 석두는 멍한 표정으로 자신을 손가락으로 가리켰다.

"나?"

사내가 고개를 끄덕였다. 석두의 얼굴이 황당함으로 변했다.

"난 녹사 적두님인데."

다른 사내가 앞으로 한 걸음 나섰다. 방긋 웃는 얼굴에 키가 작아 어려 보이는 사내였다.

"우리를 알아본 모양이군. 너의 짐작대로 우리는 화산파의 매화검수(梅花劍秀)들이다. 나는 선수(船首)이고 이 사람은 역서(轢敍)이다. 그리고 이분은 장문인의 금지옥엽(金枝玉葉)이신 악선화(顎善花)이시다."

그들이 등장했을 때에 이미 고개를 다른 곳으로 돌려 버린 비선은 선수라는 사내의 말에 게슴츠레한 눈을 번쩍 떴다.

석두는 재빨리 두 눈을 비볐다. 화산파라는 말에 긴장이 바짝 되는 모양이다.

"난 정말 작기무가 아니야. 이놈이 작기무라구."

석두는 두 손을 휘저으며 바닥에 누워 있는 작기무를 가리켰다. 매화검수들이 잠시 작기무에게 눈을 돌렸다가 다시 석두에게 눈길을 주었다.

선수가 다시 입을 열었다.

"작기무, 그런 말로 빠져나가려고 하지 마라. 소갈문에서 세력 확장을 위해 아이들을 납치해 강제로 입문시킨다는 이야기를 들었다. 소갈문은 무림에서 종적을 감췄더군. 말해라. 지금 정확히 어디로 숨은 것이냐?'

흙먼지 때문에 작기무의 얼굴 확인이 제대로 되지 않은 모양이다. 석두의 그의 말에 답답하여 가슴을 쾅쾅 치며 말했다.

"아, 정말 미치겠네. 난 적두라구."

여전히 불신하는 매화검수들의 눈빛에 석두는 비선을 바라보며 도움을 요청했다.

"내가 적두요? 작기무요?"

하지만 비선은 다른 곳으로 시선을 돌리고 먼 산만 바라볼 뿐, 아무런 말도 하지 않았다. 그것이 매화검수들에게 더욱 오해를 샀다.

챙!

매화검수들이 검을 뽑았다.

그들의 행동에 더욱 당황한 석두는 이내 소갈문의 사내들에게 고개를 돌렸다. 순간, 석두의 얼굴빛이 붉게 변했다.

"아니, 이놈들 다 어디로 사라진 거야?"

어느새, 사내들은 사라졌고 아이들만 양손이 묶인 채 떨떠름한 표정으로 석두를 바라보았다. 그중 한 아이가 바들바들 떨리는 목소리로 말했다.

"이분은 적두라는 분이 맞아요."

그 아이의 말에 석두는 안도의 한숨을 내쉬었다.

"들었지? 난 적두라니까."

방긋 웃는 얼굴이 인상적인 선수의 얼굴이 순간 굳어졌다.

"아이들을 저렇게 무자비하게 때려서 거짓말을 하게 만들다니. 절대 용서할 수 없다!"

선수는 천천히 적두를 향해 검을 겨눴다.

검날이 햇살에 반사되어 날카롭게 빛났다. 더 이상의 변명은 통하지 않는다는 무대포식의 행동이다.

"와, 돌아버리겠네."

석두가 미친 듯이 머리를 감싸 쥐고 흔들 무렵, 선수의 몸이 허공에 날아올랐다. 과연 구대문파에 속한 화산파의 신법(身法)은 무척 날렵했다.

비선은 게슴츠레한 눈으로 힐끔 선수를 바라보았다. 화산파 내에서 실력이 검증된 매화검수답게 선수의 암향표(暗香飄)는 바람에 동화된 듯이 날아들었고 소리 소문 없이 부드럽고 무척 빨랐다.

순식간에 석두에게 도달한 선수의 검이 아름답게 허공을 휘저었다.

매화검법(梅花劍法)!

매화의 향기가 주위에 퍼져 나갔다.

거의 극성에 도달했는지 무척이나 진한 향내였다. 그의 검이 곧장 석두의 검을 든 오른팔을 겨냥했다. 석두는 너무나도 빠른 그의 움직임에 반격할 생각조차 못하고 얼굴빛이 사색으로 변했다. 작기무와는 천지 차이의 움직임이다.

금세 석두의 오른팔이 잘릴 것만 같은 상황이었다. 석두의 입술이 덜덜 떨렸다.

第四章

비선의 다른 모습

진설묵

珍說榭

챙!

문득 선수의 검을 누군가가 검으로 맞받아쳤다.

선수는 순간 깜짝 놀라며 부딪치는 순간 빠르게 검을 거뒀다. 반사적인 행동이었다. 전력을 다한 공세는 아니었지만 자신이 기척도 느끼지 못하는 사이에 누군가의 검이 자신의 검을 막은 것이다.

"휴."

석두는 한숨을 크게 내쉬었다.

"뒤로 물러나."

비선의 잔잔한 음성이 울려 퍼졌고 석두는 말 잘 듣는 아이처럼 후다닥 뒤로 멀찍이 물러났다.

선수의 얼굴에서 웃음기가 완전히 사라졌다. 그는 이내 비선을 향해 물었다.

"당신은 누구지? 저자와 한패인가?"

"저자는 내 의뢰인이야. 내가 보호를 해야만 하지."

비선의 게슴츠레한 눈이 어느새 번쩍 뜨였다. 완전히 눈을 뜬 그의 눈빛이 오늘따라 생기 있게 보였다. 이것이 예전의 그 비선일까 싶을 정도로 사람이 달라보였다. 그의 몸에서 왠지 모를 위압감이 피어올랐다.

그때, 문득 비선을 바라보던 매화검수 중, 유일한 여인인 악선화가 나직하게 말했다.

"혹시 비선?"

그녀의 말이 비선의 몸에 전율을 일게 만들었다.

"형님, 제가 나가 보겠습니다."

멀리서 그들을 지켜보던 하삭이 도끼를 툭 치며 앞으로 나가려 했다.

"아니야. 조금 더 지켜보자."

진설은 부채를 접으며 팔짱을 꼈다. 누구나 살면서 힘든 고비를 만난다. 이겨내야 한다.

진설은 콧등을 씰룩였다.

"동생인가? 생긴 것이 닮았는데."

뒤에서 청려린이 문득 번뜩이며 중얼거렸고 그 말을 들은 진설은 머리가 아파왔다.

전혀 닮지 않은 두 사람을 놓고 닮았다고 하니 할 말이 없었기 때문이다.

그는 가볍게 한숨을 내쉬며 머리를 한 차례 휘저은 후, 비선에게 시선을 돌렸다.

"사람 잘못 보았소."

비선은 악선화의 눈빛을 피하며 고개를 가로저었다. 선수는 비선이라는 말에 그를 유심히 바라보다가 이내 그의 손등을 보았다. 가까이 있었기 때문에 자세히 관찰할 수 있었는데 비선의 손등에는 파(破)라는 글씨가 붉게 찍혀 있었다.

"어, 정말 비선이 맞네. 이게 얼마만이야? 열 살 때였으니까 십오 년 만이네."

선수의 얼굴이 환하게 밝아졌고 검을 검집에 꽂으며 비선에게 가까이 다가갔다. 반갑게 악수를 청하는 선수의 손을 비선은 무시했다.

선수는 머쓱한 표정을 지으며 손을 거뒀다. 악선화는 그것을 잠시 지켜보다가 비선에게 가까이 다가왔다.

비선은 속으로 심호흡을 한 뒤, 악선화의 눈동자를 바라보았다.

동글동글한 얼굴에 새하얀 피부, 부드러운 콧날은 예전이

나 지금이나 여전히 앙증맞았다. 커다란 눈은 시원스러워 보였지만 그에 반해 이마가 좁은 편이라 왠지 편협할 것만 같은 느낌을 주었다. 긴 머리를 세 갈래로 땋아 내렸는데 무척 깜찍해 보였다.

어릴 적 얼굴은 크게 변하지 않았고 여전히 아름다웠다.

"그동안 잘 지냈어?"

악선화는 비선이 자신을 빤히 바라볼 뿐, 아무런 말도 하지 않자 먼저 입을 열었다. 자신을 계속 쳐다봄에도 민망하거나 쑥스러운 기색은 전혀 없었다. 그 정도의 시선은 무척 많이 느끼면서 커 온 모양이다.

그는 그제야 순순히 자신의 존재를 인정했다.

"너와는 말하고 싶지 않아."

비선은 시선을 거두고 뒤돌아섰다. 그런 그의 뒤통수로 악선화의 예쁜 음성이 강하게 울려 퍼졌다.

"넌 여전히 인간관계가 서툴구나. 왜 그렇게 항상 다른 사람에게 적대적이니?"

비아냥거리는 느낌이 다분했고 비선은 주먹을 불끈 쥐고 눈을 감았다. 마음이 흔들려 견딜 수가 없었다.

'다 잊었다고 생각했는데.'

그때, 그의 뇌리로 듣기 싫은 놈의 목소리가 들렸다. 매서운 눈초리에 독해 보이는 사내, 역서였다.

"그런 성격에 도둑질까지 하니 파문(破門)을 당했던 거지.

그때나 지금이나 별 볼일 없는 건 마찬가지로군. 상대할 필요
조차 없어."

냉랭하게 코웃음을 치며 말하는 역서의 얼굴은 안 보아도
어떤 표정인지 짐작할 수 있었다. 분명 경멸하는 빛이 뚜렷할
터였다.

"너희들, 왜 그래?"

중간 입장에 놓인 선수가 당황해하며 비선과 역서를 번갈
아 쳐다보았다. 비선이 쥐었던 주먹을 펴며 역서를 똑바로 쳐
다보았다.

"좋아. 난 별 볼일 없는 놈이야. 하지만 아무리 싫은 사람
이 있었다고 해도 너희들처럼 치졸한 방법은 사용 안 해."

비선의 게슴츠레한 눈 속에 분노가 담겼다. 그의 말에 악선
화가 깜짝 놀란 표정을 지었다.

"우리가 언제 치졸한 방법을 사용했다는 거야?"

그녀의 위선적인 말에 비선은 마음이 울컥했지만 내색하
지 않고 애써 차갑게 말했다.

"본인이 더 잘 알겠지."

역서는 비릿한 웃음을 지었다.

"무슨 소리를 하는 거야?"

"후."

비선은 허공으로 시선을 돌리며 한숨을 내쉬었다.

겨우 열 살 때의 기억이지만 아직까지 선명했다. 그만큼 그

때의 충격이 너무 커서 잊을 수가 없었다. 안쓰러운 눈빛으로 그를 바라본 선수가 조용한 음성으로 입을 열었다.

"이번에 무림을 나선 이유 중 하나가 너를 찾기 위함이었어. 혜민(惠憫) 사숙께서 부탁을 하셨거든."

그 말을 듣는 순간, 비선의 가슴이 뭉클해졌다. 자애로운 사부(師傅)의 모습이 곧이어 비선의 뇌리 속에 떠올랐다.

"혜민 사부님께서는 너 때문에 십오 년 동안 면벽(面壁)을 하시고 본 파로 돌아오신 지 얼마 되지 않으셨어."

"뭐?"

비선은 자신도 모르게 소리쳤다.

'서, 설마 파문당한 제자를 두었다고 십오 년 동안 면벽의 형벌을 받으신 건가?'

비선의 입술이 부르르 떨렸다. 그런 그를 냉랭하게 바라보던 역서가 입을 열었다.

"어차피 저런 놈 찾아봤자 혜민 사숙의 심적 고통만 크실 거야. 우리 할 일이나 하자."

역서는 비선에게 신경을 끄고 이내 도망치듯이 멀찍이 떨어져 있는 석두에게로 천천히 걸어갔다.

석두는 역서가 비선과 한동안 대화를 나누더니 갑자기 자신을 향해 다가오자 몸을 돌려 도망치기 시작했다. 매화검수라는 말은 귀에 못이 박히도록 들어 어떤 존재인지 충분히 알고도 남음이 있기 때문이다.

천천히 걷던 역서는 석두의 움직임에 바닥을 힘껏 찍어 허공으로 날아올랐다. 역서의 움직임은 선수에 못지않았는데 선수와는 다르게 날카로운 기세가 그의 몸에서 느껴졌다.

암향표(暗香飄)를 사용해 낮게 날아간 역서의 몸이 순식간에 석두를 따라잡았다.

날카로운 기세가 그의 검끝을 타고 흘러나왔다.

쿵쿵!

땅이 울리도록 힘껏 뛰던 석두가 문득 뒤를 돌아봤고 그의 안색이 이내 창백해졌다.

"허업!"

뭐라고 말할 틈도 없이 석두는 헛바람을 집어삼켰다.

"다리 하나만 접수하지. 도망가면 곤란하니까."

그의 바로 앞까지 쇄도한 역서가 차갑게 말하며 날아온 속도의 탄력까지 실어 검을 힘차게 휘둘렀다.

태을검법(太乙劍法)!

마치 커다란 새가 날갯짓을 하듯이 세찬 바람을 일으키며 강맹한 위력이 그의 검에 실렸다.

"하이얏!"

문득 그의 등 뒤에서 비선의 음성이 폭발적으로 터져 나왔다. 비선은 그 자리에서 가볍게 뛰어올랐고 다시 땅에 내려서는 반동으로 양발을 바닥에 힘껏 찍었다. 그리고 마치 한 마리의 새가 하늘로 비상하듯이 높게 날아올랐다. 그의 몸이 팽이가 돌 듯 허공에서 핑그르르 돌아 정확하게 역서의 등을 향해 달려들었다.

거칠 것 없는 강한 기운!

역서는 자신이 그대로 검을 휘두른다면 석두의 다리는 자를 수 있지만 자신 또한 비선의 공세에 맞을 수밖에 없다는 것을 직감했다.

역서의 진한 눈썹이 꿈틀거렸고 그의 몸이 이내 날아가던 방향을 바꿔 허공의 비선에게로 향했다. 순식간에 동작을 바꾸는 것만 보아도 무공의 수준이 상당하다는 것을 알 수 있었다.

챙!

내려치는 비선의 검을 쳐 올린 역서는 아래쪽에서 맞받아친 자신의 불리한 입장을 깨달았다. 비선의 무게가 제대로 실린 검은 역서의 다리가 휘청거릴 정도로 파괴력이 있었다. 검을 마주친 역서는 그 여파로 잠시 주춤거렸고, 비선은 내려친 반동을 이용해 위쪽으로 다시 떠올랐다.

쩡!

귀가 멍멍할 정도로 쇠의 부딪힘 소리가 요란하게 울려 퍼졌다.

"으윽!"

외마디 신음과 함께 역서의 왼쪽 무릎이 확 꺾였다. 다시금 비선의 몸이 허공에 둥실 떠올랐고 도끼로 장작을 패듯이 또다시 검을 내리쳤다. 허공에서 체중을 실어 양손으로 검을 찍어 치는 비선의 검은 보는 것으로도 충분히 강력했다.

쩌엉!

간신히 비선의 검을 막은 역서의 검이 산산조각이 났다.

"윽!"

파편 중의 하나가 역서의 얼굴을 스치며 상처를 냈고 그 사이로 선혈이 점점이 흘러내렸다.

"그만!"

보다 못한 선수가 소리를 지르며 비선을 향해 날아왔고 비선은 더 이상 허공으로 떠오르지 않고 바닥에 착지했다. 그의 게슴츠레한 눈이 천천히 바닥에 쓰러진 역서에게 향했다.

"아까 분명히 말했어. 저자는 내가 보호해야 된다고."

매화검수 중의 일인인 역서를 쓰러뜨렸지만 비선의 어디에도 자랑스러운 기색은 없었다. 오히려 차분히 가라앉은 그의 음성은 듣는 사람으로 하여금 무거운 마음이 들게 만들었다.

비선은 이내 선수를 바라보며 말했다.

"저자는 작기무가 아니야. 작기무는 저기 쓰러져 있는 놈이니까 죽이든지 살리든지 마음대로 해."

그는 강한 어조로 한마디를 덧붙였다.

"조만간 화산파를 찾아갈 거야. 혜민 사부님한테 그렇게 말해줘."

선수는 무겁게 고개를 끄덕이며 역서를 부축했다. 비선은 악선화를 힐끔 바라보더니 이내 석두에게 향했다.

악선화의 손이 부르르 떨렸다.

"마, 말도 안 돼. 어떻게 우리를 능가할 수 있지. 파문당한 제자가 말이야."

그것도 너무나 압도적인 실력의 우위였다. 그녀의 흑백이 또렷한 눈동자에 맺힌 놀라움은 한동안 사라지지 않았다.

모든 상황을 지켜보던 하삭은 씨익 웃음을 지었다.

"막내가 많이 강해졌습니다."

진설도 기분 좋은 웃음을 지었다.

"마음은 더 강해진 것 같구나. 솔직히 욱하는 마음에 그대로 쓸어버리면 어쩌나 싶었는데. 저쪽 철부지들이 불쌍해지는걸."

눈살을 찡그리며 듣고 있던 청려린이 물었다.

"그런데 왜 아저씨들은 가만히 있어요? 왜 도와주지 않죠?"

진설이 청려린을 돌아보며 말했다.

"사자는 새끼를 강하게 키운다오. 그치, 백랑아?"

컹컹!

백랑은 그 말이 맞다는 듯이 짖어댔다.

"아무리 봐도 동생하고 싸우는 것 같은데. 서로 사이가 안 좋은가?"

청려린은 도저히 이해가 안 간다는 표정으로 혼자 중얼거렸다.

석두는 아직까지 굳어진 비선의 눈치를 보며 살며시 입을 열었다.

"아까는 고마웠습니다."

그의 말에 비선은 얼굴을 풀며 게슴츠레한 눈으로 그를 바라보았다.

"존칭했다가 평대했다가 다시 존칭하네?"

"그, 그건."

석두의 얼굴이 달아올랐다.

"나도 편하게 말할 테니까 당신도 편하게 말해. 서로 존칭해 봤자 불편하니까."

"아, 알았소."

석두는 밋밋한 머리를 긁적이며 말을 더듬었다. 그로서는 그럴 수밖에 없었다. 매화검수라면 후기지수들 중에서도 상위에 속한다. 그런 매화검수 중의 일인을 순식간에 제압한 비선에게 왠지 모를 위압감을 느꼈다. 아까 자신 앞을 막아선 비선에게 든든한 마음마저 순간적으로 일어났다.

그는 문득 백운산에서 멧돼지를 먹을 때의 일을 떠올렸다.

'내가 미쳤지. 어쩌자고 이렇게 무공이 강한 놈한테 덤빌 생각을 했을까?

무언가 일이 잘못 진행되어 간다는 생각이 퍼뜩 들었다. 처음에는 본채로 이들을 끌고 가 단단히 혼내줄 생각을 했는데 비선의 무공을 보자 불안한 마음이 들었다. 물론 전에 하삭의 무공도 본 적이 있었지만 그때에는 막연히 강하다는 생각만 들었는데 지금은 그 정도를 훨씬 넘어서 버렸다.

'괜히 본채로 갔다가 나만 바보 되는 것 아냐?'

석두는 이마에 주름을 만들어 손가락으로 뻑뻑 긁어댔다.

*   *   *

청려린의 맑은 눈동자에 구화산의 풍광(風光)이 한가득 담겼다. 백운산과 비교되지 않을 정도의 엄청난 높이는 둘째 치더라도 봉우리의 끝자락마다 계곡의 폭포가 굽이쳐 흘러 멀리서 보아도 장관을 이루었다. 게다가 기암괴석(奇巖怪石)이 무리를 지어 멋스럽게 펼쳐진 모습은 탄성을 자아내게 만들었다.

그것 이외에도 푸른 소나무와 대나무로 뒤덮여 시원함을 느끼게 만들어주었고 간간히 보이는 널따란 동굴은 왠지 모를 신비감을 주었다.

촤악!

그것의 모습처럼 한 차례 섭선을 멋스럽게 활짝 펼친 진설의 입에서 낭랑한 음성이 흘러나왔다.

"묘유이분기, 영산개구화(妙有二分氣, 靈山開九華)."

신묘한 기운이 둘로 나뉘어 영산에 아홉 송이의 꽃이 피었도다.

옛적 이태백이 구화산을 방문하여 남긴 명구(名句)였다. 값비싼 비단옷을 입고 시구(詩句)를 읊조리는 진설의 모습은 풍류남아(風流男兒)의 모습, 그 자체였다.

청려린의 눈동자가 이내 그에게로 향했다. 시원스럽고 잘생긴 그의 얼굴은 산의 정경을 바라보며 흐뭇한 웃음을 짓고 있었다.

청려린은 문득 그런 그의 모습이 그와 썩 잘 어울리는 생각이 들었다. 그에게서 신념이 가득 찬 기개(氣槪)와 기품 있는 운치(韻致)를 처음으로 느꼈다. 한동안 그를 바라보던 청려린은 문득 할아버지가 떠올랐다.

슬픔이 가슴속을 저미었지만 그녀는 애써 그것을 억눌렀다.

"우리 할아버지도 저만큼 멋졌는데."

그녀는 자신도 모르게 튀어나오는 말에 당황하여 얼굴이 발갛게 상기되었다.

'왜 이러지?'

다행히 진설은 못 들은 모양이다. 그는 여전히 산의 정경에 몰두해 있었다.

석두는 원래 산의 풍광 따위는 눈에 들어오지 않았지만 모두가 한창 경치를 감상하고 있어 섣불리 말을 꺼내지 못하다가 눈치를 봐가며 말을 꺼냈다.

"저곳이오."

석두의 손짓에 모두의 시선이 그리로 향했다. 굳이 석두가 말하지 않아도 그곳이란 것을 알 수 있었다.

구화산에서 가장 높은 봉우리 천태봉(天台峰).

꽤나 먼 거리였기에 자세히 관찰할 수는 없었지만 봉우리의 끝에 전각처럼 보이는 큰 건물을 발견할 수 있었다.

하삭이 우렁찬 음성으로 말했다.

"저곳이 녹림십팔채의 본채인가 봅니다. 정말 어마어마하 군요."

진설은 섭선을 접으며 그곳을 바라보았다.

"저곳에서의 일출은 얼마나 멋있을꼬."

그는 이내 피식 웃으며 석두를 바라보았다.

"산적 의뢰인 덕택에 일출 구경은 잘할 것 같소."

그의 말에 석두는 어리둥절한 표정을 지었고 멀거니 산을 바라보던 백랑이 천천히 걸음을 움직였다.

"갑시다."

진설의 말에 모두들 움직이기 시작했다.

*　　　*　　　*

"이게 바로 녹림십팔채의 본채란 말이야?"

비선은 놀란 입을 좀처럼 다물지 못했다. 멀리서 보았을 때
에는 그냥 일개 문파쯤으로 치부했었지만 막상 다가와 보니
그의 짐작과는 천양지차(天壤之差)였다.

하삭도 큰 머리를 흔들며 혀를 내둘렀다.

"이건 완전히 성이네."

상상이 되지 않을 정도로 커다란 본채는 외성(外城)과 내
성(內城)으로 나뉘어 있었다. 보통 장정의 키보다 열 배는 커
보이는 높은 담벼락은 이곳이 어느 정도 크기인지 쉽게 짐작
할 수 없게 만들었다. 게다가 성문의 안쪽으로 빼곡히 보이
는 사람들의 숫자는 개미 떼만큼이나 많았다. 마치 엄청나게
큰 마을을 보는 것과 같은 느낌이었다.

그들의 반응에 석두는 제법 자랑스러워하는 표정을 지었
다. 그런 그를 향해 진설이 안쪽을 섭선으로 가리키며 말했
다.

"갑시다."

"흠흠."

석두가 헛기침을 연발하며 앞장섰다.

황의를 입은 여섯 명의 사람들이 성문에서 그들을 막아섰

다. 위사(衛士)인 모양이다.

"어디서 오셨습니까?"

그중, 순박해 보이는 삼십대 중반의 사내가 친절한 어조로 물었다.

"흠흠. 난 몽두채(蒙頭寨)의 소속이오. 녹사 적두라 하오."

석두의 어깨에 힘이 들어갔다. 위사는 뒤의 진설 일행을 유심히 살폈다.

"일행분들이십니까?"

"내 수하(手下)들이오."

석두의 말에 비선의 이마에 핏대가 섰다.

"저 개도 말입니까?"

위사가 커다란 백랑을 바라보며 눈살을 찡그렸다.

"저놈은 순하니까 사람을 물거나 하지 않소. 안전하니까 걱정 마시오."

석두답지 않은 능란한 대답이었다.

"통과해도 좋습니다."

위사는 고개를 끄덕이며 길을 비켜줬다. 안으로 들어가자마자 비선이 석두를 노려보았다.

"우리가 수하라고?"

석두는 언제 그랬냐는 듯 비굴한 웃음을 입가에 지었다.

"그래야 통과할 것 아니오."

진설이 주위를 둘러보며 섭선으로 비선의 어깨를 툭 쳤다.

"됐다. 어차피 목적지에 도달했고 의뢰는 끝난 거니까."

진설은 곧이어 석두에게 고개를 돌렸다.

"원래 이렇게 사람이 많소?"

그의 말에 석두는 의아한 표정을 지었다.

"내가 본채에 두어 번 와봤지만 지금처럼 사람들이 많은 적은 처음이오."

석두는 고개를 갸웃거리더니 발길을 되돌려 성문을 지키던 위사에게 다가갔다.

"무슨 행사라도 있소?"

그의 말에 위사가 오히려 이상하다는 표정으로 그를 쳐다보며 말했다.

"아직 모르셨소? 이번에 새로이 총표파자(總瓢把子)를 선출한다는 이야기 못 들으셨소?"

그의 말에 석두의 눈이 휘둥그레졌다.

"아니, 그럼 총표파자인 자행심(藉行心)께 무슨 일이라도 벌어졌다는 말이오?"

위사가 눈꼬리를 가늘게 말았다.

"총표파자께서는 아무 일도 없으시오. 다만 올해로 고희(古稀)에 접어드셨으니 후계자를 선출해 자리를 물려주겠다는 것이오. 관심이라도 있으시오?"

"어떻게 선출한다는 말이오?"

석두의 물음에 위사가 그를 한 차례 훑어보았다.

"하긴 당신 정도면 한 번 참가해 볼 만하겠소. 위풍당당한 체격을 보니 힘깨나 쓸 것 같소만."

위사는 엉뚱한 말을 하며 슬며시 웃음을 지었다. 그리고 잠시 뜸을 들이다가 대답을 해주었다.

"녹림쟁투(綠林爭鬪)를 하는 것이오. 우리 녹림이야 항상 강한 사람이 대대로 총표파자를 맡았으니 마지막까지 쟁투에서 승리한 사람이 총표파자가 되는 것이 당연하지 않겠소?"

석두는 머리를 긁적이다가 몸을 돌렸다.

"고맙소."

그들의 이야기를 듣던 진설은 섭선으로 손바닥을 탁 쳤다. 그의 얼굴에는 알 듯 말 듯한 웃음이 피어있었다.

"잘됐군. 경치 좋은 이곳까지 와서 그냥 가기는 조금 억울했는데 쟁투 구경이나 하고 가자."

난데없는 진설의 말에 하삭과 비선은 고개를 갸웃거렸지만 굳이 반대하지는 않았다.

"그런데 큰형님, 원래 녹림은 쟁투로 총표파자를 선출했었습니까?"

비선이 궁금한 눈빛으로 물었다.

진설은 고개를 끄덕이며 대답했다.

"녹림은 사파(邪派)에 속해 있지. 정파와는 달리 사파는 힘을 숭상하니까 당연한 거야. 백련교가 나타난 후부터 더욱 그렇게 되었지."

진설이 주위를 둘러보다가 멀리 보이는 내성의 성문 쪽으로 시선을 고정시켰다.

"저곳에서 참가자를 받는 모양이군."

그의 걸음에 모두가 발걸음을 옮겼다. 그들이 지나쳐 가자 사람들이 웅성거렸다.

"저 사람 석두 아냐?"

"뭐? 개망나니 석두라구?"

"저놈이 본채에는 왜 왔지? 쯧쯧."

석두를 알아보자마자 곱지 못한 눈초리가 뒤따랐지만 석두는 전혀 개의치 않는 모습이다. 비선이 고개를 절레절레 저으며 혀를 찼다.

"얼마나 욕을 많이 먹었으면 저런 소리에 꿈쩍도 안 할까?"

그러나 여전히 석두는 당당한 표정이었다.

"와! 저 개 좀 봐."

"정말 크군. 저 살벌한 눈빛 봐."

"어이구, 가까이 가면 안 되겠어. 석두가 이제 사람도 모자라 개까지 훔치는 모양이로군."

백랑을 발견한 사람들이 또다시 웅성거렸고 그 위에 앉아 있던 청려린은 사람들의 시선을 일제히 받자 괜히 기분이 좋아졌다.

그러는 사이, 그들은 내성 성문에 도달했다. 성문의 바로 앞에 백발이 성성한 노인이 탁자 위에 손을 올려놓고 멀거니 그들을 바라보았다.

진설은 태연한 표정으로 그에게 다가갔다.

노인과 진설의 눈빛이 허공에서 기묘한 마찰을 일으켰다.

"저기 노인장, 여기에서 쟁투를 신청 받습니까?"

그의 점잖은 말에 노인이 한 차례 진설을 쓸어보았다. 녹림에서 비단옷을 입는 사람은 거의 없다. 그것이 노인의 호기심을 자극한 모양이다. 한동안 그를 바라본 노인이 고개를 끄덕였다.

"그렇소."

"쟁투는 언제 열립니까?"

"오늘까지 접수하고 내일모레부터 열린다오."

노인은 순순히 대답했다.

"현재까지 몇 명이나 접수했습니까?"

"채주들만 여섯 명이오."

"다른 사람은 없습니까?"

"없소."

어차피 이미 신청한 채주들을 상대할 만한 실력이 되는 사람은 없는 모양이다. 진설은 대대로 총표파자는 채주 중에서 선출되었다는 것을 알고 있었다. 총표파자 다음으로 무공이 고강하기 때문이다.

잠시 생각을 하던 진설은 알겠다는 의미로 고개를 끄덕이고 말을 이어나갔다.

"그럼 두 명 신청하겠습니다."

노인의 눈빛에 의아함이 가득 사로잡혔다. 그런 것과 상관 없이 진설은 자신의 할 말만 했다.

"녹사 적두, 무적검 비선. 접수해 주십시오."

그것을 들은 진설 외의 나머지 사람들의 눈가가 놀라움으로 물들었다.

"……."

"……."

침묵이 한동안 고요하게 그들을 감쌌고 특히 석두의 몸이 바위처럼 굳어졌다.

"아, 아니 되오."

석두가 벌건 낯으로 크게 소리를 질렀다.

"아우, 내가 진짜 저놈의 입 냄새 때문에 못 살아."

비선은 그의 말에 코를 감싸 쥐고 다급히 뒤로 물러났다. 석두는 그런 것을 따질 처지가 아니었다.

"죽으라고 등을 떠밀어도 유분수지, 나보고 채주들과 쟁투를 하라는 말이오?"

진설은 양 볼에 바람을 불어넣었다가 빼며 장난스러운 표정으로 그를 바라보았다.

"그렇소."

진설은 너무나 당연하다는 듯 말했고 그를 본 석두는 순간 멍한 얼굴이 되어버렸다.

'이, 이게 아닌데.'

너무나 어이가 없었다.

원래 계획대로라면 이곳으로 유인해 총표파자의 힘을 빌어서 이들을 제거할 생각이었다. 그런데 모든 상황이 자신이 생각했던 것과 다르게 진행되었다. 총표파자 정도의 무공이라면 이들을 충분히 제압하고도 남을 것이라 생각했지만 그의 손을 들어줄 총표파자는 이미 자리를 내놓고 멀찌감치 물러난 상태였다. 지금에 와서 총표파자를 찾으려 해도 총표파자의 얼굴을 본 적이 없었기에 누군지도 몰랐다.

그러나 석두는 그것에 굴하지 않았었다.

진설이 쟁투를 구경한다고 했기 때문이었다.

쟁투가 끝나고 새로이 총표파자가 선출된다면 진설 일행의 제거에 대해 사정할 생각이었다. 자신이 몽두채 소속이었기 때문에 분명 기존의 채주 중에 누가 총표파자가 되든 자신의 편을 들어주리라 생각했다.

그런데 진설의 행동에 모든 것이 달라졌다.

까딱하면 자신의 목이 날아갈 판이다. 쟁투에서는 상대의 목숨을 거두어도 상관없다고 들었다.

석두는 떨리는 눈빛으로 한가롭게 섭선을 천천히 흔들고 있는 진설을 바라보았다.

'혹시 내 계획을 파악한 건 아닐까?'

석두의 둔한 머리에도 이상한 낌새가 느껴졌다.

'그래서 나를 이번 쟁투로 제거하려고?'

갑자기 등골이 오싹해졌다. 곰곰이 생각해 보니 진설은 이미 받을 돈은 거의 다 챙겼다.

남은 건 기껏 황금 백 냥.

물론 작은 돈은 아니었지만 먼저 건넨 구백 냥에 비하면 크지 않은 돈이다.

그의 시선이 청려린에게 향했다. 그녀는 오고 가는 사람들을 구경하느라 정신이 없었다.

'분명 저 아이의 의뢰를 진행 중이라고 했지.'

갑자기 석두는 전율을 느꼈다.

불안한 느낌이 현실로 드러나는 순간이었다. 모든 것이 맞아떨어졌다. 구화산의 경치가 아무리 좋다고 한들 자신의 의뢰가 종료된 상황에서 이곳에 머물 이유는 없었다. 쟁투를 구경한다는 핑계로 자신의 목덜미에 비수를 꽂을 셈이다. 만약 쟁투에서 살아남는다고 할지라도 채주에게 검을 뽑았다는 이유만으로 매장당하기 십상이다.

석두의 커다란 머리가 부들부들 떨렸다.

"사, 살려주시오."

그가 갑자기 진설에게 달리듯 뛰쳐나가 무릎을 꿇었다.

"음?"

진설은 그의 행동에 의아한 표정을 지었다. 석두의 눈시울이 붉게 물들었다.

"오래된 수하들은 물론이고 몇 년 동안 힘들게 모은 돈이 하루아침에 없어져서 내가 잠시 미쳤었나 보오. 용서해 주시오."

"무슨 소리요?"

진설이 눈썹을 꿈틀거리며 영문을 알 수 없다는 표정으로 물었다. 그의 말에 석두가 닭똥 같은 눈물을 뚝뚝 흘리며 처연한 음성으로 말했다.

"쟁투에 나가 개죽음 당하기는 싫소. 잔금 백 냥은 무슨 수를 써서라도 만들어줄 테니 구화산에서 내려가시오."

진설은 잠시 무언가를 생각하더니 이내 피식 웃으며 말했다.

"무슨 소리인지 모르겠지만 어차피 쟁투 신청은 이미 했으니 되돌릴 수 없소. 이런 구경거리를 놓칠 수는 없소. 이왕이면 우리도 참가하는 것이 좋을 것 같아 신청한 것뿐이니 오해는 하지 마시오. 무운(武運)을 빌겠소."

그의 말에 석두가 깜짝 놀란 표정으로 그를 올려다보았다. 그러나 진설은 가볍게 그를 외면하며 몸을 돌렸다.

"자, 쟁투가 시작될 때까지 멋진 경치나 감상해 볼까나."

그가 걸음을 옮겼고 하삭과 비선이 그의 뒤를 말 없이 따랐다. 그의 행동에 석두는 분노가 치밀어 올랐다. 자리에서 벌떡 일어나 멀리 가버린 진설을 향해 화가 난 표정으로 고함을 질렀다.

"이 악귀 같은 놈아! 그래 한번 해보자. 기껏해야 죽기밖에 더 하겠어. 내가 꼭 비선이라는 놈은 죽이고 죽을 거다!"

열이 머리끝까지 솟아 오른 석두는 고래고래 소리쳤다.

아직 그의 근처에 백랑과 청려린이 그를 빤히 바라보고 있었다. 그의 벌게진 얼굴을 바라보던 백랑이 그에게 다가와 앞발을 번쩍 들며 그의 가슴을 짚고는 더욱 높이 발을 올려 그의 어깨에 올려놓았다.

백랑이 몸을 일으킴에 따라 청려린이 백랑의 등에서 내려와 옆에 섰다.

백랑이 석두의 어깨를 디딤돌로 삼아 몸을 완전히 일으키니 석두의 신장과 비슷했다. 얼굴과 얼굴이 마주쳤고 눈동자끼리도 마찰이 일어났다.

"뭐, 뭐냐? 넌."

석두는 백랑의 갑작스런 행동에 놀라 뒷걸음질쳤지만 그의 움직임을 따라 백랑도 뒷다리를 앞으로 같이 이동하는 바람에 여전히 그에게서 떨어지지 않은 상태였다.

문득 백랑이 고개를 좌우로 흔들며 그의 어깨를 앞발로 툭툭 쳤다. 백랑의 이상한 행동에 겁먹은 얼굴로 바라보던 석두의 귓가로 청려린의 음성이 들렸다.

"아저씨가 불쌍하다고 힘내라는 것 같은데요."

그녀의 말에 백랑이 고개를 끄덕였다. 마치 그 말을 알아들은 듯한 행동이었다.

석두의 몸이 한 차례 부르르 떨리는가 싶더니 쏜살같은 속도로 옆구리에 찬 검을 빼 들었다.

"으으으! 이제는 개까지 날 무시해?"

검이 허공을 날았다.

그러나 그보다 백랑의 반응이 빨랐다. 재빨리 그를 앞발로 밀어내고 진설이 사라진 곳을 향해 번개처럼 달려갔다.

타타탁!

"이런 개새끼, 오늘 된장을 발라버리겠다!!"

이글이글 끓어오르는 분노를 온몸으로 표출한 석두는 용을 쓰며 백랑을 쫓아갔다. 그걸 보던 청려린은 이해할 수 없다는 표정으로 중얼거렸다.

"도대체 왜 저러는 걸까? 늑대를 싫어하나?"

문득 쟁투 신청을 받던 노인의 시선이 한동안 그 자리에 머물렀다.

"저자는 이곳에 왜 온 것이지?"

나직이 중얼거린 노인은 깊은 생각에 잠겼다.

*　　　*　　　*

하루가 지나자 안정을 찾은 석두는 걱정이 먼저 앞섰다. 진설을 따라다니며 쟁투 참가에 대해 그릇됨을 누누이 얘기했지만 진설은 같은 말만 반복했다.

"잔금이나 치루고 말하시오."

그의 말에 석두는 한숨만 내쉬었다.

숨겨둔 돈까지 모두 털어줘서 이제 남은 것은 동전 한 푼도 없었다. 그렇다고 어디서 빌리자니 친한 사람조차도 없었다.

"이럴 줄 알았으면 평소에 다른 녹림 사람들하고도 친하게 지낼걸."

후회는 아무리 빨라도 늦는 법이다.

석두가 그동안 수단과 방법을 가리지 않고 산적질을 했다는 것을 이미 녹림의 사람들은 알고 있었다. 몽두채의 채주가 돈을 밝히는 사람이 아니었다면 석두는 녹림에 발끝 하나 들여놓지 못했을 것이다.

잔금도 마련하지 못하고 진설도 설득시키지 못한 석두는 머리를 두드려 가면서 머리를 쥐어짜 냈다. 시간은 그의 편이 아니었기 때문이다.

석두는 멀리 산자락을 바라보았다. 이미 해가 저물어가기 시작했고 내일이면 쟁투를 해야 한다.

석두의 마음이 급해졌고 머릿속은 엉망진창이었다.

"괜히 몽두채에 들어갔나?"

울상이 된 석두는 괜한 머리만 긁적거렸다.

"몽두채?"

문득 그걸 떠올린 석두의 얼굴이 간만에 환하게 빛났다.

"맞아, 그렇게 쉬운 방법이 있었는데 말이야."

석두는 부랴부랴 내성으로 들어갔다.

몽두채의 채주 몽두전(蒙頭錢)은 침상(寢牀)에 편하게 누워 그의 앞에 깊숙이 고개를 숙이고 서 있는 큰 덩치의 석두를 흐릿한 눈으로 쳐다보았다.

"그래서 그들을 제거해 달라?"

십대 후반쯤으로 보이는 아름다운 미인이 얼굴을 살포시 숙이고 그의 다리를 주무르고 있었다. 미인의 이마에 한가닥 수심(愁心)이 짙은 것을 보니 좋아서 하는 일은 아닌 모양이다.

석두는 편안히 누워 귀찮은 눈초리로 자신을 바라보는 몽두전의 눈치를 살피며 그의 다음 말을 기다렸다.

"의뢰파인지 뭔지 잔챙이들을 제거하는 건 어렵지 않지."

대수롭지 않다는 의미의 말에 석두의 얼굴에 화색이 맴돌았다.

"그런데 돈은?"

그의 다음 말에 석두의 얼굴이 구겨졌다. 그러나 금세 표정관리를 하며 비굴한 웃음을 지었다.

"그들이 황금 구백 냥을 가지고 있습니다. 그 정도면 넉넉할 것 같습니다만. 헤헤."

제법 알랑거리는 웃음까지 짓는 석두를 바라보며 몽두전은 시큰둥한 표정을 지었다.

"황금 구백 냥?"

"예."

"꺼져라."

"에, 예?"

석두의 눈이 휘둥그레졌고 자신도 모르게 고개를 번쩍 들어 몽두전의 눈과 마주쳤다. 그가 아는 몽두전은 황금 구백 냥이라면 이러한 조건을 아주 쉽게 승낙할 자였다. 이건 완전히 의외의 상황이다.

몽두전은 코웃음을 치며 말했다.

"흥. 겨우 황금 구백 냥으로 뭘 하겠다는 것이냐? 내일이면 쟁투가 열린다. 쟁투에서 우승만 하면 녹림십팔채가 본좌(本坐)의 손안에 들어오는데 그깟 황금 구백 냥으로 내일 있을 쟁투를 위해 휴식을 취하는 본좌의 시간을 빼앗겠다는 것이냐? 경망스런 말을 뱉었으니 죽어 마땅하지만 옛정을 생각해서 살려주마. 얼른 꺼져라."

몽두전이 눈을 부라렸다. 순간적으로 오한을 느낀 석두는 후다닥 그곳을 나와 버렸다. 그러나 아무래도 억울했다.

"퉤퉤. 개자식, 그동안 내가 바친 돈이 얼마인데."

딴에는 돈을 사용해 든든한 후원자를 두었다고 생각했는데 지금 보니 이리의 아가리에 먹이를 넣은 셈이다.

문득 석두의 뇌리에 몽두전의 말이 떠올랐다.

"혹시?"

진설의 잘생긴 얼굴이 스쳐 지나갔다.

"설마 쟁투를 이용해 날 죽이고 비선을 우승시켜 녹림십팔 채를 날로 먹으려는 수작 아냐?"

문득 떠오른 생각에 석두는 너무 놀랐다.

지금까지 진설의 행적을 보면 충분히 가능성 있는 일이었 다. 녹림십팔채의 재력은 상상하지 못할 정도로 막대하다.

녹림십팔채에 속해 있는 상가(商家)와 표국(票國), 전장(錢 莊)에 걸친 부(富)의 보유액은 얼마나 될지 아무도 알 수 없 다.

의뢰파는 돈을 받고 의뢰를 한다.

그렇다면 돈을 벌기 위해 그 일을 하는 것이다. 그렇게 생 각하니 가능성이 아니라 심증으로 굳혀졌다.

엄청난 일이다.

그러나 석두는 당장에 자신이 살길을 찾는 것이 급선무였 다.

"젠장. 그나저나 이제 어쩌지?"

최후의 수단이 사라져 버렸다.

어둠이 고즈넉하게 밀려들었고 석두는 날밤을 꼬박 샜다.

어느새, 산의 모퉁이로 점점 주황빛이 퍼져 가는 모습을 바 라보던 석두는 결단을 내렸다. 이제 녹림쟁투가 시작될 시간이 얼마 남지 않았다.

"젠장. 더 이상 방법이 없어. 도망쳐야겠다."

"어딜 도망쳐?"

갑자기 등 뒤에서 들려온 소리에 석두는 소스라치게 놀랐다. 그의 뒤에서 비선이 씨익 웃음을 짓고 있었다. 악마의 미소가 저런 것일까? 왠지 모를 한기에 석두는 몸을 부들부들 떨었다.

"가자."

비선이 그의 옷깃을 움켜쥐며 주먹을 들이댔다. 석두는 반항할 엄두도 내지 못하고 질질 끌려갔고 이내 그의 입에서 절규가 터져 나왔다.

"안 돼에에!"

그의 음성에 메아리가 요동을 치며 한동안 떨림을 반복했다.

第五章

녹림쟁투(綠林爭鬪)

진설묵

珍說榭

녹림쟁투는 녹림의 가장 큰 축제이자 구경거리였다.

총표파자를 선출할 때에만 열리기 때문에 그 의미는 더욱 각별했다. 이번 쟁투는 무려 오십 년 만에 열리는 것이라 다른 때보다 더욱 많은 녹림인들이 몰렸다.

진설 일행은 천천히 내성으로 진입해 들어갔다.

"와아아!"

그런 그들을 반기듯 환호성이 일어났고 개미 떼처럼 셀 수 없이 많은 녹림인들이 모두 자리에서 벌떡 일어났다.

"아우, 시끄러워."

비선은 귀를 틀어막고 못마땅한 표정을 지었다.

진설은 쟁투를 진행하기 위해 만든 비무대를 바라보았다. 내성의 중앙에 자리 잡은 비무대는 가로 세로 반듯한 대리석으로 깔끔하게 만들었다.

대략 눈대중으로 넓이를 가늠해 보니 가로세로 모두 이십여 장 정도였다. 그의 생각보다 훨씬 큰 편이었다. 아마 널찍한 공간에서 마음껏 실력을 발휘할 수 있도록 설계된 모양이다.

진설은 비무대 주위에 몰려 있는 사람들에게 눈을 돌렸다.

각기 다른 십팔채의 소속을 나타내는지 녹림인들은 무리 지어 나누어져 있었다. 각 채마다 특유의 색이 있는지 서로 다른 빛깔의 깃발을 꽂고 있어 구분이 어렵지는 않았다.

한 바퀴를 빙 둘러본 진설은 뒤쪽으로 고개를 돌렸다.

하삭은 덤덤한 눈길로 비무대를 바라보고 있었고 비선은 채주들이 머물러 있는 천막들을 유심히 둘러보았다. 아마 쟁투에 직접 참가하기 때문에 겨룰 상대를 관찰하는 모양이다.

청려린은 반짝이는 눈빛으로 녹림인들을 구경하기에 여념이 없었고 백랑은 내성의 안쪽 건물에 있는 한 무리의 여인들을 바라보며 침을 질질 흘리는 상태였다. 백랑의 입에서 나온 침으로 바닥이 질퍽하게 젖었다.

진설은 피식 웃음을 지었다.

"아마 꼬마 의뢰인을 등에 태우고 있지 않다면 벌써 뛰쳐나갔을지도 모르겠는데."

주변이 너무 시끄러웠기 때문에 진설의 중얼거림은 다른 사람에게 들리지 않았다.

　"흠."

　진설은 섭선을 활짝 펴며 마지막으로 석두에게 초점을 맞췄다. 석두는 불안한 기색이 가득한 얼굴로 머뭇거리는 모습이 역력해 보였다. 곁에서 비선이 그의 옷깃을 꽉 잡고 있었기에 망정이지 그것이 아니라면 벌써 도망치고도 남았을 것 같았다.

　진설은 턱을 매만지며 생각에 잠기다가 이내 하삭을 불렀다.

　"둘째야."

　"예, 형님."

　하삭이 그에게 바짝 다가왔고 진설은 그의 귓가에 나직하게 소곤거렸다.

　"에, 예?"

　그의 말을 들은 하삭이 깜짝 놀란 표정을 지었다.

　"그래서 어찌하시려고?"

　진설은 피식 웃으며 대꾸했다.

　"큰 것을 얻기 위해서는 투자를 하는 법이야."

　그의 의미심장한 말에 하삭이 뒤통수를 긁적이며 잠시 생각을 하더니 이내 고개를 끄덕였다.

　"알겠습니다."

섭선으로 그의 어깨를 툭툭 친 진설은 비선에게 시선을 돌리고 가까이 오라는 눈짓을 보냈다. 그걸 알아본 비선이 진설에게 다가갔다. 진설은 작은 음성으로 무어라 그에게 말을 건넸다.

"에, 예?"

비선의 깜짝 놀란 표정이 하삭의 반응과 같았다.

"형님, 굳이 그럴 필요까지 있습니까?"

비선은 이해가 되지 않는다는 표정으로 반문했다.

"나중에 분명 도움이 될 것이다."

"알겠습니다."

대답은 했지만 그의 표정에는 영문을 모르겠다는 기색과 더불어 아쉬워하는 빛이 뚜렷했다. 진설은 섭선으로 바람을 일으키며 나직이 중얼거렸다.

"어디 한번 지켜볼까?"

그의 말이 끝남과 동시에 비무대 위로 한 명의 장년인이 올라왔다. 눈을 자극하는 짙은 녹의(綠衣)를 입은 장년인은 청수(淸秀)한 외모를 지녔다.

"와아아!"

녹림인들의 환호성이 점점 더 커졌고 장년인은 손을 들어 그것에 화답했다. 그리고 손을 아래로 휘저었다. 그러자 거짓말처럼 환호성이 멈췄다.

"녹림쟁투를 위해 어려운 걸음을 해주신 동도(同道)들께 총표파자를 대신하여 총관(總管) 청렴한(淸斂翰)이 인사드리오."

"와아아!"

예를 갖추며 고개를 살짝 숙인 청렴한에게 환호성이 잠시 일어났다가 이내 그쳤다. 청렴한은 정기가 흐르는 눈동자로 한 차례 주위를 빙 둘러본 뒤에 말을 이어나갔다.

"동도들께서 아시다시피 본 림은 녹림쟁투를 통해 무공이 가장 강한 사람에게 총표파자의 자리를 물려주었소. 예전과 마찬가지로 이번 총표파자에 뽑히게 될 동도는 본 림에서 가장 강한 사람이 되리라 확신하오."

"와아아!"

"녹림! 녹림!"

귀를 따갑게 할 정도의 소리가 내성 안을 들썩거렸다.

"이미 인지하고 있을 터이지만 다시 한 번 간략하게 규칙에 대한 설명을 드리겠소. 상대를 죽이거나 기절시키고 또한 비무대 밖으로 떨어뜨려도 승리로 간주하오. 그리고 물론 그런 동도는 없겠지만 절대 포기란 있을 수 없소. 본 림에서 당당히 쟁투에 응한 자는 목숨을 버리는 한이 있더라도 최선을 다해야 할 것이오. 이건 결코 어린아이 장난이 아님을 명심해야 하오. 다시 한 번 말하지만 기권은 절대 아니 되오."

"맞소."

"옳소. 사력을 다해 싸워 강함을 증명해야 할 것이오."

그의 말에 녹림인들이 저마다 고개를 끄덕였다. 청렴한의 얼굴에 기분 좋은 웃음이 걸렸다.

"그럼 쟁투에 참가하는 동도의 명단을 발표하도록 하겠소."

녹림인들은 모두들 궁금한 눈빛으로 다음 말을 기다렸다.

"몽두채 채주 몽두전, 탕거채(宕渠寨) 채주 탕거소(宕距素), 소박채(訴薄寨) 채주 소군보(訴君洑), 설마채(雪碼寨) 채주 설중경(雪重庚), 달목채(疸木寨) 채주 달성확(疸星穫), 서단채(西緞寨) 채주 서간어(西揀瘀), 그리고……"

문득 청렴한의 눈동자가 휘둥그레졌다.

그는 재빨리 눈을 비볐다. 청수한 그의 얼굴에 놀라움이 물들었다. 그는 고개를 갸웃거리며 이상하다는 음성으로 재차 입을 열었다.

"몽두채 소속 녹사 적두, 무적검 비선?"

발표라기보다는 의문에 가까운 말투였다. 그의 말에 녹림인들이 웅성거리기 시작했다.

"적두가 참가를 했어? 비선은 누구야? 적두가 죽고 싶어 안달이 났나 보군."

"허, 말도 안 돼. 전통적으로 거의 채주들만 참여하는 것이 관례로 되어 있었잖아."

"본 림에 속해 있다면 누구나 참여할 권리가 있다지만 어이가 없군."

녹림인들의 시선이 일제히 진설 일행에게로 향했다. 그럴 수밖에 없는 것이 진설 일행은 한쪽 구석에 덩그러니 떨어져 있었기 때문에 그만큼 눈에 잘 띄었다.

그들의 시선을 느낀 석두가 몸 둘 바를 몰라 하며 고개를 푹 숙였다. 그러나 진설은 그것에 아랑곳 하지 않고 피식 웃음을 지었다.

"엄청난 환대로군. 유명인이 된 것 같아서 기분 좋은데."

그의 말에 석두의 커다란 몸이 더욱 움츠러들었다.

청렴한도 그들을 바라보다가 이내 비무대에서 내려와 그들에게 다가갔고 곧장 녹림인들의 시선이 뒤따랐다.

그들에게 다가간 청렴한이 불쑥 물었다.

"정말 쟁투를 하겠다는 것이오?"

의심쩍어하는 눈초리가 다분했다.

그 기회를 틈타 석두가 재빨리 앞으로 나서며 아니라고 말을 하려고 했다. 그러나 비선이 그의 앞을 막아서며 손으로 입까지 틀어막았다.

"읍읍."

석두가 안간힘을 썼지만 비선의 손은 마치 굳어진 돌처럼 꿈쩍도 하지 않았다.

"그렇소."

진설이 석두를 대신해 고개를 끄덕이며 말했다. 청렴한의 눈동자가 진설에게 돌려졌다.

"당신은 누구시오? 같은 몽두채 소속이시오?"

"난 의뢰파의 문주인 진설이라고 하오."

그의 말에 청렴한은 의아한 표정을 지었다.

"이곳은 어떻게 들어왔소?"

"몽두채 소속의 적두와 비선이란 사람이 이곳까지 호위해 달라고 하여 온 것이오."

"호위?"

"저분들이 이곳에 올 때까지 최상의 상태를 유지하고 싶다고 의뢰를 하셔서 내가 호위를 하며 온 것이오."

물 흐르듯이 매끄럽게 응대하는 진설의 말에 청렴한이 잠시 생각하는 눈치이더니 한 차례 석두와 비선을 쏘아보고 비무대로 다시 올라갔다. 진설의 말을 별로 중요하게 생각하지 않는 모양이다.

"흠흠."

청렴한은 한 차례 헛기침을 한 후, 녹림인들을 바라보며 입을 열었다.

"어차피 강한 자만이 총표파자가 될 수 있고 쟁투는 녹림인이라면 누구든 참여할 권리가 있으니 문제는 없소. 자, 그럼 이제부터 상대를 발표하겠소."

청렴한은 대진을 짰고, 발표하기 시작했다. 그것을 듣던 진설이 부채질을 하며 웃음을 지었다.

"산적 의뢰인과 비선은 금세 떨어질 것이라 생각해서 둘을 서로 나눠놓았군. 예상했던 결과지만 기분은 좋군."

비선은 그의 입을 막았던 손을 그의 등에 문지르며 인상을
썼다.

"젠장. 이 냄새 어쩔 거야? 미치겠네."

뒤에 있던 청려린의 말이 석두의 마음을 아프게 찔렀다.

"산적 아저씨, 처음 상대가 설마채 채주 설중경라는 사람
이래요. 설마 죽이지는 않겠죠."

청려린은 석두의 마음을 아는지 모르는지 한쪽 팔을 쭉 뻗
어 응원하는 자세를 취했다. 그녀의 모습이 무척 귀여웠지만
석두는 그걸 봐줄 만한 상황이 아니었다.

곧바로 쟁투가 시작되었다.

석두는 떨리는 눈빛으로 이미 비무대 위에 올라와 있는 설
중경을 바라보았다. 설마채는 녹림십팔채 중에서 큰 규모를
자랑하는 산채였다. 채주 설중경도 손꼽히는 강한 무공의 소
유자로 알려져 있었다. 두꺼운 대도(大刀)를 사용했는데 그의
설마도법(雪磨刀法)은 녹림에서 일절(一絶)로 알려져 있었다.

설중경은 석두보다 열 배는 인상이 험악했다.

뺨을 가로지르는 무척 긴 검상(劍傷)이 그의 표정에 따라
꿈틀대며 움직였다. 그것 때문에 더욱 인상이 안 좋아 보였
다.

비무대 위에서 석두를 노려보는 눈빛에 석두는 자신이 작
아지는 듯한 느낌이 들었다.

"안 올라가고 뭐 해?"

비선이 그의 옆구리를 찌르며 재촉했다. 석두는 다급히 진설에게 고개를 돌렸다.

"대협(大俠), 살려주시오."

석두는 진설의 바지를 붙잡으며 사정했다. 큰 덩치의 석두가 진설의 바짓가랑이를 잡고 늘어지는 것이 꽤나 우스꽝스러웠다. 그런 그의 어깨를 두드리며 진설이 피식 웃었다.

"내가 듣기로 설중경은 도법이 꽤나 강하지만 보법이나 신법은 형편없다고 하오. 잘만 피하면 될 것 같소."

동문서답(東問西答)도 이만하면 수준급이다.

석두는 마음이 점점 더 암울해졌다.

"으이구."

곁에서 보던 비선이 더 이상 참지 못하겠다는 듯 그의 목덜미를 잡아 비무대 위로 던졌다. 엄청난 거구이건만 비선은 가볍게 그를 던져 올렸다.

비선의 손이 찰나 간에 석두의 목에 닿았다 떨어졌기에 누구도 비선이 던졌다는 것을 눈치 채지 못했다. 마치 저절로 혼자 허공을 날아 비무대 위로 올라간 것 같았다.

쿵!

석두가 볼썽사납게 비무대로 떨어졌다. 꽤나 아플 것처럼 보였는데 석두는 마지막 자존심을 지키려는 듯 그대로 한 바퀴 굴러 자리에서 벌떡 일어났다. 마치 의도했었다는 듯한 행동이었다.

녹림인들이 킥킥거렸다.

"아주 대단한 신법이군."

"뇌려타곤(懶驢陀坤)과 합쳐진 신법인가 봐."

무인의 수치라는 뇌려타곤.

비참하게 한 바퀴를 구른 석두의 모습에서 그것을 어렵지 않게 연상할 수 있었다.

석두는 그런 말 따위는 귀에 들어오지 않았다.

다만 반대쪽 비무대 끝에서 자신을 무섭게 노려보고 있는 설중경의 존재만을 느낄 뿐이었다. 그가 느낀 설중경의 눈빛은 너무 강렬해서 눈빛만으로 사람을 죽일 수 있다면 자신은 수십 번도 더 죽었을 것이라는 생각까지 들었다.

그가 들고 있는 대도를 바라본 석두는 그것에 맞아 두 조각으로 나누어진 자신의 몸이 뇌리 속에 떠올랐다.

숨이 턱하니 막혀왔다.

"헉헉."

진설의 계획대로 이렇게 무참히 죽을 수는 없었다. 그때, 마침 석두의 머릿속에 좋은 생각이 떠올랐다.

'포기는 할 수 없다고 했지. 절대 다가오지 못하게 해야 돼.'

석두는 슬금슬금 뒤로 이동했다. 그리고 문득 검을 빼 들었다. 그의 덩치에 비해 작아 보이는 검이 애처롭게만 보였다.

검을 들어 설중경에게 겨눈 석두가 크게 소리를 질렀다.

"선수(先手)는 양보한다. 덤벼라!"

갑작스런 석두의 반응에 설중경의 인상이 더욱 험악하게 일그러졌다.

"저게 미쳤나?"

쏴악!

설중경이 대도를 치켜들고 달려들 태세에 돌입했다.

"으악!"

그때, 석두가 괴로운 신음을 터뜨리며 가슴을 부여잡고 비무대 바깥 바닥으로 넘어졌다.

쿵!

"……."

"……."

휘잉!

한줄기 서늘한 바람이 비무대를 휩쓸며 지나갔다.

"윽, 너무 대단한 장력이었다. 졌다."

바닥에 넘어진 석두는 가늘게 실눈을 뜨고 이렇게 말을 한 뒤, 곧장 기절한 척 눈을 감았다. 기권을 할 수 없다면 비무대로 떨어지거나 기절해야 했기 때문에 석두는 기분 좋은 웃음을 지으며 눈을 감을 수가 있었다.

"일어나!"

그때, 그의 귓속에 터질 듯한 음성이 울려 퍼졌고 석두의 몸이 벌떡 제자리에서 일어났다. 자신의 의지와는 상관없는 몸의 반응이었다.

석두를 향해 소리를 지른 설중경의 얼굴이 빨갛게 변했다.

"이 개잡놈, 난 장력을 배운 적도 없고 장력을 사용한 적도 없다. 어디서 감히 나를 우롱해. 어서 올라와!"

귀가 찢어질 듯한 고함 소리에 석두는 또다시 자신도 모르게 비무대 위로 펄떡 올라갔다. 자신의 의지와 상관없는 몸의 반응이 원망스러웠다.

'미치겠네.'

환장할 지경이다.

"이얏!"

설중경이 커다란 고함 소리와 함께 대도를 힘차게 허공으로 들어 올렸다. 금세라도 돌진할 태세였다. 그가 아무리 신법이 느리다고 해도 이십 장은 순식간에 도달할 만한 거리였다. 그런 그를 보는 석두의 얼굴이 하얗게 질렸다.

바로 그때였다.

촤르륵!

"화, 황금이다!"

"뭐, 뭐야?"

문득 햇빛에 반사된 번쩍거리는 황금이 하늘을 수놓았다. 한두 개도 아니고 꽤나 많은 양이었다. 게다가 햇살에 반사된 빛으로 인해 녹림인들의 시선이 대번에 그것으로 돌려졌다.

바닥에 떨어진 황금을 줍느라 금세 주위가 아수라장이 되었다.

갑작스런 상황에 설중경의 몸도 주춤거렸고 그의 시선도 순간적으로 황금에 머물렀다. 그 순간, 무언가가 그의 오금을 후려졌고 그의 다리가 급격하게 꺾였다.

중심이 무너졌고 그의 몸이 이내 바닥에 쓰러졌다.

쿵!

잠시 당황한 그가 재빨리 몸을 일으키려 했지만 정체불명의 물체가 그보다 빨랐다.

팍!

그것은 정확하게 그의 식도(食道)를 내려쳤다.

"컥!"

외마디 비명과 함께 목이 찢어지는 듯한 아픔이 일어났고 이내 정신이 혼미해졌다.

갑작스런 황금의 등장으로 어리둥절하게 그것을 바라보던 석두의 귓가에 비선의 음성이 파고들었다.

"뭐 해? 설중경이 쓰러졌잖아."

그 소리에 석두는 휘둥그레진 눈으로 설중경이 있던 자리로 시선을 돌렸다. 비선의 말처럼 설중경이 바닥에 쓰러진 채로 입가에 게거품을 뿜어내고 있었다.

어찌 된 영문인지 알 수 없었지만 석두는 황급히 설중경에게 다가갔다.

"으하하하. 역시 넌 내 상대가 되지 않아."

정말 오랜만에 석두가 크게 웃음을 터뜨렸다. 그의 고함에 황금에 정신이 팔려 있던 녹림인들이 석두에게 고개를 돌렸다.

석두는 득의양양한 표정으로 검을 높이 쳐든 채 쓰러진 설중경의 가슴에 한쪽 발을 올려놓고 있었다.

"뭐, 뭐야? 어떻게 된 거지?"

"설마 석두가 이긴 거야?"

"마, 말도 안 돼. 석두가 설마채의 채주를 이기다니."

녹림인들은 믿을 수 없다는 표정으로 입을 떡하니 벌렸다.

"하하하."

그런 그들을 비웃기라도 하듯이 석두의 웃음이 한동안 떠들썩하게 울려 퍼졌다.

가만히 지켜보던 진설이 하삭과 비선을 바라보며 피식 웃었다.

"시기가 아주 적절했구나."

그의 말에 하삭이 아깝다는 표정을 지었다.

"그래도 황금 구백 냥을 모두 버린다는 건 좀 그렇지 않습니까?"

진설은 부채를 접어 손바닥을 툭툭 쳤다.

"그 돈은 의뢰의 돈이 아니었어. 미끼였을 뿐이지."

진설은 여전히 비무대 위에서 득의양양한 석두를 바라보며 눈가를 가늘게 좁혔다.

"우리의 돈은 아니니까 상관없지만."

진설은 무언가 또 생각이 있는 듯 말끝을 흐렸다.

"그런데 형님, 아무리 녹림인들이 황금을 좋아한다고 해도 개중에는 관심이 없거나 무공이 뛰어난 자는 눈치 챌 수도 있지 않겠습니까?"

하삭은 왠지 불안한 눈빛으로 주위를 둘러보며 물었다.

"녹림인들은 관심 유무를 떠나서 돈을 보면 저절로 시선이 갈 수밖에 없다. 일종의 직업에 대한 본능적인 감각이랄까? 길고 짧은 차이는 있겠지만 분명 순간적으로나마 그쪽으로 눈이 돌아갔을 것이고 아마 황금의 출처를 찾아 시선을 돌렸겠지. 어차피 석두와 설중경의 쟁투 따위는 신경 쓰지 않았을 거다. 백이면 백, 전부 설중경의 승리를 장담했을 테니까."

진설은 확신에 찬 음성으로 대답하며 비선에게 눈을 돌렸다. 하삭은 곰곰이 그의 말을 곱씹으며 생각에 잠겼다.

"아주 정확하게 처리했구나. 훌륭하다."

진설의 칭찬에 비선의 게슴츠레한 눈에 쑥스러움이 담겼다.

"저자가 비무대 끝에 있었기에 쉬웠습니다. 오금을 가격하기 좋은 위치였으니까요."

진설은 마냥 좋아만 하고 있는 석두를 바라보며 묘한 웃음을 지었다. 그의 뒤로 비선은 남몰래 손을 감추었다.

그의 손끝에 황금 한 냥이 환한 빛을 발했다.

몽두전은 맞은편에 제법 당당하게 서 있는 비선을 바라보았다. 자신의 절반밖에 안 되어 보이는 작은 체구에다가 이목구비는 흐릿했다. 눈을 뜬 것인지 만 것인지 눈동자를 찾아보기 힘들어서 보는 사람으로 하여금 답답함을 느끼게 만들었다.

몽두전은 끝이 둥그렇고 울퉁불퉁한 여섯 자 정도 길이의 철퇴(鐵槌)로 들어 올렸다. 그리고 비선을 향해 눈을 부라렸다.

녹림인들은 또다시 술렁거리기 시작했다.

"저 쪼매난 놈은 뭐야?"

"글쎄. 몽두채 소속이라던데."

"그럼 지금 채주와 수하가 겨루는 거야?"

"그런 것 같은데."

"진짜 어이도 없지만 재미도 없겠어."

"십팔채주 중에 몽채주가 약한 편이긴 해도 너무 뻔한 승부잖아."

그런 말들을 고스란히 듣던 비선의 이마에 굵은 힘줄이 솟아났다.

"쪼, 쪼매난 놈?"

문득 인상을 쓰고 있던 몽두전이 까칠한 수염을 쓰다듬으며 황당하다는 듯 그를 바라보며 말했다.

"이거야 원 쪽팔려서."

몽두전은 저런 꼬맹이와 쟁투를 한다는 것 자체가 수치스러웠다. 어린 놈을 죽일 수도 없는 노릇이니 말이다.

그는 이내 비선을 바라보며 점잖게 타일렀다.

"꼬맹아, 석두 밑에서 잔심부름이나 하고 지내서 세상 물정을 아직 모르는 모양이로구나. 얌전히 무릎을 꿇고 용서를 빌면 목숨만은 살려주겠다."

"뭐, 뭐? 꼬맹이?"

비선은 너무 답답했는지 가슴을 주먹으로 쾅쾅 쳤다. 그의 행동을 어린아이 장난으로 치부한 몽두전은 철퇴를 한 바퀴 휘두르며 위협적으로 다시 말했다.

"너 같은 머리에 쇠똥도 안 벗겨진 꼬맹이를 죽여 봤자 무슨 이득이 있겠냐? 얼른 무릎을 꿇어라."

"허."

너무 기가 막혀 코웃음이 저절로 나온 비선의 얼굴이 이내 붉으락푸르락 변했다. 몽두전은 그동안 잠시 자신의 계획을 검토했다.

'석두가 어떤 방법으로 설중경을 이겼는지 잘못 봤지만 그 놈쯤이야 식은 죽 먹기지. 보자, 그럼 아마 소군보와 서간어,

두 놈이 올라오겠지.'

서간어는 제쳐 두고 다음 상대가 될 소군보가 문제였다.

무공으로는 그의 상대가 되지 않음을 누구보다 잘 알고 있었다. 그래서 몽두전은 그가 먹는 음식에 독이라도 쓸 양이었다.

그때였다.

그의 귓가로 분노에 가득 찬 비선의 목소리가 울려 퍼졌다.

"넌 죽었어!"

그제야 정신이 번쩍 든 몽두전의 눈이 자연스럽게 비선에게 향했고 그의 부리부리한 눈이 번쩍 뜨여졌다. 비선의 몸이 어느 틈에 자신의 몸에 바짝 달려와 있었다.

"헙!"

몽두전이 헛바람을 들이켜며 반사적으로 손에 든 철퇴를 휘둘렀다.

쩡!

아직 검을 뽑지 않은 비선의 검집과 철퇴가 맞부딪쳤고 몽두전은 손아귀에서 극심한 통증을 느꼈다. 보기와는 완전히 다른 강한 비선의 힘에 몽두전은 잠시 주춤거렸다.

비선도 충격이 있는 듯 한 걸음 뒤로 물러났고 그의 몸이 바닥에 낮게 가라앉았다. 몽주전은 얼른 몸의 중심을 잡고 재차 철퇴를 휘두르려고 했지만 그럴 수가 없었다.

"으헉!"

김빠지는 소리와 함께 그의 눈동자가 부르르 떨렸다. 그리고 이내 철퇴를 바닥에 떨어뜨리며 두 손으로 아랫도리를 감쌌다.

"아프지?"

비선이 비릿한 웃음을 지으며 물었다.

몽두전은 제정신이 아니었다. 비선의 발에 아랫도리를 강타당했다. 그곳에서 일어나는 고통에 정신까지 혼미해질 지경이었다.

"이, 이놈."

몽두전은 몸을 배배 꼰 채로 얼굴에 핏대란 핏대는 다 세웠다. 힘겹게 입을 열었지만 그런다고 고통이 줄어들진 않았고 얼굴이 너무 벌겋게 변해 폭발하기 일보 직전의 사람 같아 보였다.

그런 그를 바라보며 비선이 약 올리듯 말했다.

"차라리 기절하는 것이 좋았을 것을."

아픔으로 인해 제대로 몸을 추스르지 못하는 몽두전의 등짝을 향해 비선의 검집이 허공을 갈랐다.

퍽! 퍼퍼퍽!

비선이 마구잡이로 검집을 내려쳤고, 몽두전은 등이 터져나갈 것만 같은 고통에 비명을 질렀다.

"으악!"

미칠 것만 같았다.

아랫도리에서 느껴지는 고통도 여전했고 등에서 일어나는 아픔에 몽두전은 우스꽝스럽게 몸을 이리저리 꼬며 어쩔 줄 몰라 했다.

금방이라도 등뼈가 부서져 나갈 것만 같아서 몽두전은 본능적으로 팔을 들어 등을 보호하려고 했다.

"그럴 줄 알았어."

비선의 게슴츠레한 눈에 비릿한 웃음이 담겼다.

퍽!

마무리를 장식하듯 화려한 불꽃이 몽두전의 머릿속에 피어올랐다.

'이, 이런 갈아 마셔도 시, 시원찮을⋯⋯.'

비선의 검집에 또다시 아랫도리를 강타당한 몽두전은 그곳의 알이 부서지는 듯한 충격에 그만 혼절하고야 말았다.

쿵!

커다란 덩치가 바닥에 머리를 박으며 쓰러졌다. 그것을 바라보던 녹림인들의 입이 쩍 벌어졌고 기이한 정적이 감돌았다.

비선은 몸을 돌려 내려갔고 청려린이 흐뭇한 표정으로 고개를 끄덕였다.

"역시 내 호위답군."

그 말을 들은 비선이 인상을 확 쓰며 그녀를 노려보았지만 청려린은 어깨를 으쓱하며 별 반응을 보이지 않았다.

한가롭게 섭선을 흔들며 지켜보던 진설이 콧등을 문지르며 중얼거렸다.

"두 번 남았군."

*   *   *

하루가 지났고 비무대는 어제보다 더욱 어수선했다.

"역대로 이런 일은 처음일 거야. 일개 수하가 쟁투에 참가한 적도 없었지만 그 수하가 채주를 꺾은 것도 정말 기억할 만한 일이겠는데. 그것도 두 명이나 말이야."

"거참, 아무리 생각해도 이상하단 말이야. 석두의 쟁투는 잘 못 봐서 어떻다고 말하기는 어렵지만 비선이란 놈은 정말 빠르더군. 채주들 못지않은 실력 같아."

"이러다가 정말 일개 수하가 총표파자가 되는 것 아냐?"

"설마 그럴 리가 있겠어? 서채주는 둘째 치고서라도 가장 강한 소채주가 남아 있잖아."

"하긴 소채주가 총표파자가 돼야 해. 채주들 중에 그만큼 공명정대한 사람이 어디 있어?"

녹림인들은 어제 있었던 쟁투의 이야기로 대화의 꽃을 한창 피어 올렸다.

석두는 어제와 비교해서 완전 딴판이었다.

어제는 꼬리 말은 강아지처럼 안절부절못했는데 오늘은

입가에 웃음까지 띠고 녹림인들의 쑥덕거림에 손까지 흔들어 주는 여유를 보였다.

비선은 눈꼴 시리다는 표정을 지으며 핀잔을 던졌다.

"아이고, 아주 두 번만 이기면 천하제일고수처럼 행동하겠네."

석두는 이제 아예 비선의 말은 무시하기로 마음먹었는지 반응이 없었고 진설이 피식 웃으며 손을 내저었다.

"웃으면서 살아도 짧은 인생인데 너무 그러지 마라."

그의 말에 비선은 더 이상 뭐라 하지 않았지만 입술이 튀어나온 것을 보니 여전히 석두의 행동이 마음에 들지 않는 모양이다.

그때 마침, 쟁투를 알리는 청렴한의 말과 동시에 상대가 정해졌다.

"음, 내 상대는 이제 서간어란 말이지?"

석두가 제법 진지한 음성으로 말했고 그의 얼굴을 본 청려린이 키득거렸다.

"호호. 산적 아저씨는 진지한 얼굴이 안 어울려요. 당황스러워하거나 놀란 얼굴이 난 참 좋은데."

석두는 그녀의 말에 심각한 표정을 지었다.

"난 원래 진지한 사람이야. 너를 만난 뒤로 상황이 이상하게 돌아가서 내 인상이 그렇게 구겨진 거야."

"그래도 아저씨는 재미있는 인상이 어울린다니까요."

컹컹!

갑자기 백랑이 날카로운 이빨을 드러내며 석두를 향해 달려들어 짖어댔다.

"아이고, 깜짝이야."

석두가 재빨리 뒤로 물러나며 놀란 표정을 지었다. 그제야 백랑의 움직임이 멈췄다.

"거봐요. 백랑이도 아저씨의 놀란 표정이 좋다잖아요."

청려린은 생긋 웃었다.

"험험."

괜히 무안해진 석두는 헛기침을 연발했다.

"얼씨구."

문득 비선이 비무대를 바라보며 어이없다는 표정을 지었다. 비무대 위에는 서단채 사람들로 보이는 몇몇의 녹림인들이 올라가 있었는데 부지런히 비무대를 깨끗하게 쓸고 있었다.

"청소하는 거야?"

비선이 영문을 모르겠다는 음성으로 중얼거렸다. 그걸 본 석두가 별거 아니라는 듯 말했다.

"서간어는 결벽증(潔癖症)이 있소. 자신이 입은 옷에조차 먼지가 묻는 것을 싫어하오. 그렇기 때문에 쟁투 전에 저렇게 청소를 하는 것이오."

그 말을 들은 비선은 코웃음을 쳤다.

"진짜 가지가지 하는군."

비무대에 뿌옇게 먼지가 일어났고 그것이 가라앉을 즈음하여 이십대 후반으로 보이는 사내가 천천히 비무대로 올라왔다. 모두의 시선이 그에게 향했다.

그때, 호탕한 음성으로 석두가 입을 열었다.

"다른 놈은 몰라도 저놈은 내가 반드시 이길 수 있소."

그의 말에 진설이 피식 웃으며 고개를 끄덕였다.

서간어는 잔잔한 웃음을 띠고 하늘을 올려다보며 비무대 위로 천천히 걸음을 옮겼다. 이목구비가 뚜렷하여 준수한 생김을 지닌 그는 쾌청한 날씨의 따사로움이 전신에 스며드는 것을 느꼈다. 고개를 돌려 비무대를 바라본 서간어의 입가에 흡족한 미소가 번졌다. 수하들이 이미 말끔히 청소를 해놓은 상태여서 비무대의 대리석이 햇살에 반사되어 반짝거리며 윤택(潤澤)이 났다.

서간어는 잠시 몸을 숙여 대리석을 손가락으로 스윽 문질렀다. 먼지가 없는 것을 확인한 그의 입가에 만족한 웃음이 떠올랐다.

"아주 좋아."

그제야 서간어는 자신이 입은 백의(白衣)로 눈길을 돌렸다. 녹림인들은 백의를 입지 않기에 서간어의 백의는 더욱 눈에 띄었다. 이곳저곳을 꼼꼼하게 들여다본 그는 이내 잔잔한 음성으로 말했다.

"동경(銅鏡)."

그의 말에 동경을 들고 비무대 아래에 시립해 있던 수하가 재빨리 비무대로 올라갔다. 빠르게 움직이려다 보니 땅밑의 먼지가 일어났고 서간어의 눈썹이 일그러졌다.

"살(殺)!"

동경을 낚아채다시피 빼앗은 서간어의 입에서 잔잔한 울림이 일어났다. 그의 말이 떨어지자마자 서단채에서 십여 명의 장한이 달려와 동경을 들고 있었던 자를 끌어냈다. 그자는 안색이 새파랗게 질린 채 부들부들 떨며 말했다.

"채, 채주님 부디 용서를……."

서단어는 동경으로 자신의 용모를 이리저리 바라보며 고개를 가로저었고 곧이어 그자는 내성 밖으로 끌려 나갔다. 한참 동안이나 동경을 바라본 서단어는 그것을 뒤로 던졌고 그것은 정확하게 그의 수하에 손에 떨어졌다.

모든 준비는 끝났다.

서간어의 자신만만한 눈길이 비무대를 올라오고 있는 석두에게 향했다.

쟁투의 첫 상대였던 탕거소에 비하면 조족지혈(鳥足之血)에 불과한 상대였다. 그의 생각으로 석두의 상대였던 설중경은 아마 지병(持病)이 발작해서 혼자 쓰러졌던 것일 터였다. 그런 점에서 오히려 석두가 자신의 상대가 되었다는 것이 고마울 지경이었다.

석두가 비무대로 올라오자 서간어의 콧구멍이 벌렁거렸

다. 남들보다 뛰어난 그의 후각이 무언가 좋지 못한 냄새를 감지했다. 느낌이 좋지 않았다.

'최대한 빨리 끝내야겠군.'

서간어는 품속에서 철선(鐵扇)을 꺼내 들었다.

촤악!

철선을 펴자 묵직한 느낌의 소리가 철선을 통해 울려 퍼져 나왔다. 못마땅한 눈빛으로 석두를 바라본 서간어는 가타부타 한마디 말도 없이 그를 향해 달려들었다. 되도록 빨리 끝낼 생각이었다.

석두도 가만히 보고 있지는 않았다. 검을 빼 들고 그를 향해 날아오는 서간어에게 검을 휘둘렀다.

'너무 느려.'

쟁!

서간어는 철선으로 석두의 검과 부딪친 뒤, 옆으로 걸음을 옮겨 몸을 비스듬히 세웠다. 그리고 일말의 망설임없이 석두의 팔을 내리쳤다.

"으악!"

그의 움직임을 따라가지 못해 팔의 관절 부분을 격타당한 석두의 비명 소리가 허공을 맴돌았다.

쟁그렁!

고통 때문인지 석두의 검이 바닥에 떨어지며 요란한 소리를 냈다.

'흡.'

그와 동시에 무언가 좋지 못한 냄새가 진하게 서간어의 콧속에 파고들었다. 서간어는 다급히 손가락으로 인중(人中) 위를 가리며 콧구멍을 최대한 보호했다. 그런 그의 준수한 얼굴이 일그러졌다.

석두는 축 늘어진 오른팔을 감싸며 그를 노려보았다.

"으아아!"

갑자기 석두가 미친 듯이 소리를 지르며 서간어를 향해 달려들었다. 그에 따라 마치 음식이 썩는 듯한 냄새가 서간어의 콧속에 스며들었다.

"읍."

외마디 신음과 함께 서간어는 다급히 손바닥으로 코를 움켜 막았다. 맨주먹을 움켜쥐고 저돌적으로 달려드는 석두를 피한 서간어의 철선이 정확하게 석두의 등을 가격했다.

"컥!"

석두의 입에서 피분수가 솟구쳤다.

철선의 단단함에 내공까지 더했으니 아마 등이 성하지 못할 것이다. 서간어는 여전히 코를 보호한 채로 그에게 성큼성큼 다가갔다. 웬만하면 멀리서 끝을 보고 싶었지만 철선의 공격 거리는 매우 짧았기에 어쩔 수가 없었다.

"냄새나는 놈. 사라져라!"

서간어의 눈이 악랄하게 빛났다. 그와 동시에 철선이 바닥에 쓰러져 있는 석두의 등을 향해 힘껏 내려쳐졌다.

휘이익!

무서운 바람과 함께 철선이 그의 등을 금방이라도 강타할 것처럼 보였다.

그때였다.

문득 무언가가 그의 얼굴에 찰싹 달라붙었다. 그와 동시에 석두의 등을 향해 날아가던 그의 손 또한 멈춰 버렸다. 서간어는 불길한 예감을 억누르고 얼굴에 붙은 무언가를 떼어냈다.

"허억."

깜짝 놀란 외침과 함께 서간어의 얼굴빛이 창백하게 변했고 이내 주춤주춤 뒤로 물러났다. 그의 손에서 떨어져 나온 것은 흰 털이었다.

그와 동시에 그의 피부가 붉게 변하는가 싶더니 순식간에 두드러기가 오돌토돌 돋아났다.

컹컹!

무슨 진설 일행이 있는 곳에서 개 짖는 소리가 들렸다. 깜찍하고 귀엽게 생긴 여자 아이를 등에 태운 순백의 개였다. 서간어의 얼굴이 완전히 죽은 시체처럼 창백하게 변했다.

그때였다.

갑자기 바닥에 쓰러진 석두가 벌떡 일어나 그의 팔목을 잡았다. 평소 같으면 충분히 피할 수 있었겠지만 그는 놀란 마음에 그냥 정신을 제대로 챙기지 못한 상태였다.

"어디 한 번 당해봐라. 푸하."

석두가 입을 크게 벌리며 그에게 있는 힘껏 바람을 불어넣었다. 지독한 입 냄새에 서간어의 정신이 뿌옇게 흐려졌다.

"이, 이게."

털썩!

창백해진 얼굴로 서간어는 무릎을 꿇었고 눈동자에 초점이 잡히지 않았다. 그런 그를 향해 석두가 맹렬히 주먹을 퍼부었다.

퍽퍽!

정신을 차리지 못한 서간어는 그것을 고스란히 맞았고 이내 힘없이 바닥에 쓰러져 버렸다.

쿵!

"흐흐흐."

석두가 양손을 번쩍 들어 올리며 음침한 웃음을 터뜨렸지만 구경하던 녹림인들 중의 누구도 반응해 주지 않았다. 어안이 벙벙한 표정들만 지을 뿐이었다.

"크하하하. 내가 바로 녹사 적두란 말이다."

한동안 석두의 광소(狂笑)가 비무대에 울려 퍼졌다. 그리고 잠시 후에 석두는 등을 부여잡고 인상을 구겼다.

"아이고, 등이 부러지는 줄 알았네."

第六章

사력을 다한 혈투

진설묵

珍說棨

"진짜 어이없네. 입 냄새가 저렇게 유용하게 사용될 줄이야. 저번이야 별 볼일 없는 삼류문파의 사람이라 효과가 있었다고 해도 채주한테까지 통할 줄은 몰랐네. 맷집도 제법인데?"

비선은 못 말리겠다는 표정으로 고개를 설레설레 저었다. 그 소리를 들은 진설의 입이 진작부터 알고 있던 사실을 털어놓았다.

"서간어는 결벽증과 더불어 특이한 체질을 지녔지. 털 달린 짐승한테 몸이 거부 반응을 나타내는 거야. 집안 대대로 이어져 내려온 체질이니 어쩔 수 없는 노릇이지. 게다가 결벽

중까지 착용했으니 운이 좋았던 게야. 이번 쟁투는 석두와 백랑의 합공(合攻)이었던 게지."

진설이 피식 웃으며 백랑을 쳐다보았다. 그러자 백랑이 앞발로 머리를 벅벅 긁었다.

"고놈, 이제 민망해할 줄도 아는군."

진설은 비선에게 고개를 다시 돌렸다.

"다음 네 상대가 소채주이지?"

비선이 고개를 끄덕였다.

"그렇습니다."

진설의 시선이 소박채로 옮겨졌고 이내 정면에 우뚝 서 있는 사내에게 향했다.

"저자는 진정한 무인(武人)이다. 쉽게 생각하다간 큰코다칠 수 있다."

진설의 말에 비선은 약간 긴장한 얼굴로 대답했다.

"알겠습니다."

비선의 시선이 소군보에게 날카롭게 꽂혔다.

소군보는 크지 않은 체구에 탄탄해 보이는 근육을 지닌 삼십대 초반의 사내였다. 서글서글한 이목구비와 각진 얼굴에서 사내다움이 물씬 풍겨났다.

쿵!

크지 않은 울림이 비무대에 울려 퍼졌다.

방금 전, 석두와 서간어의 황당한 쟁투를 보았지만 그건 그에게 아무런 감회도 주지 않았다. 현재 그의 머릿속에는 온통 자신이 상대할 비선만이 맴돌 뿐이었다.

"와아아! 소채주다!"

소군보에 대한 환호성이 물밀듯이 밀려들었다.

채주들 중에서 소군보가 가장 강하다는 것은 이미 공공연히 알려져 있는 사실이었다. 게다가 석두가 서간어를 꺾은, 지금 남은 유일한 채주이기도 했기에 소군보에 대한 응원은 더욱 열렬할 수밖에 없었다.

그 함성을 들으며 소군보는 잠시 눈을 뒤로 돌렸다.

녹림십팔채 중에서 가장 작은 규모의 소박채!

사실 그가 없었더라면 이미 다른 산채에 흡수되어 버렸을 것이다.

"소 채주, 힘내십시오."

"소 채주라면 분명히 우승할 겁니다."

겨우 십여 명에 불과한 소박채의 식구들.

소군보는 단 한 번도 그들을 자신의 수하라고 생각한 적이 없었다. 그들 중에는 아버지 대에서부터 수하를 자처하고 나선 칠십대의 노인 정중(鄭中)도 있었고 그 노인의 아들 정서(鄭恕)도 있었다.

소박채의 일이라면 아무리 궂은일이라도 불사하는 믿음직스런 석수(汐輸), 자신이 무공에만 몰두하느라 땡전 한 닢 없는 산채의 살림을 어렵게 꾸려간 고마운 총관 서국(緖鞠), 이제 갓 다섯 살이 된 아들 소군자(訴君子).

이들의 모습이 자꾸만 눈을 아프게 찔러왔다.

소박채의 규모가 원래 이처럼 작지 않았다.

그의 아버지 때만 하더라도 이백여 명이 넘는 수하들을 거느렸었다. 보통 다른 산채들은 산적질을 하거나 그들의 세력에 속해 있는 상가, 표국, 전장 등에게서 보호의 명목으로 돈을 거둬들인다. 그러나 소군보는 한 번도 그런 일을 해본 적이 없었다. 올바르지 않다는 소신을 가지고 있었기 때문이다.

그런 그이다 보니 돈은 마련할 방법이 없었고 돈이 궁해진 수하들이 하나둘 떠나갔다. 결국 지금같이 이곳에 자리한 십여 명의 수하들만이 남은 것이다. 가문을 잇기 위해 어쩔 수 없이 그도 녹림에 몸담기는 했지만 결코 그들과 같은 행동을 하고 싶지는 않았다.

그들을 바라보며 지난 일을 떠올리던 소군보의 눈시울이 붉게 물들었다. 그들이 있었기에 더욱 맹렬하게 녹림쟁투를 향해 무공을 정진했고, 그들에게 줄 것이 없었기에 꼭 총표파자에 선출되어 그들에게 명예를 선물해 주고 싶었다. 그것이 소군보의 가장 큰 꿈이자 소망이었다.

"반드시 이긴다!"

자꾸만 뜨거워지려는 감정을 차분히 다스리며 소군보는 주먹을 꽉 쥐고 중얼거렸다. 그리고 침착한 눈빛으로 맞은편에 올라오고 있는 비선을 바라보았다.

몽두전과의 쟁투를 주의 깊게 살펴본 그로서는 결코 만만치 않는 상대라는 사실을 직감했다. 아무리 몽두전의 무공이 약하다 한들 너무나 쉽게 이겨 버렸기 때문이다. 자신이 보기에 비선은 다른 어떤 채주들보다도 고강한 무공을 지녔다.

단단해 보이는 그의 입술이 열렸다.

"무공은 어디서 배운 것이오? 몽채주와의 일전을 보니 보통 솜씨가 아닌 것 같소만."

소군보는 자신보다 나이가 훨씬 어려 보이고 직책도 없는 일개 수하에 불과한 비선에게 평대로 물었다. 그것만 보아도 그의 인간성이 얼마나 훌륭한지를 여실히 보여주었다.

항상 장난스럽게 웃음을 짓고 소리를 질러대던 비선도 이때만큼은 진지한 어투로 대답했다.

"우리 형님이 가르쳐 주었습니다."

비선은 팔짱을 낀 채 그들을 바라보던 진설을 손짓했다.

소군보의 시선이 잠시 진설에게 머물렀고 진설은 그 시선을 피하지 않았다. 오히려 담담한 웃음을 지으며 고개를 살포시 숙여 예를 갖추었다. 소군보도 마주 고개를 살며시 숙였다.

"사실 내가 제일 주시했던 사람이 저 사람이었소."

그의 말에 비선은 게슴츠레한 눈을 조금 크게 떴다. 다른 사람들은 석두나 자신을 바라보았지 진설에게는 일말의 관심도 없어 보였기 때문이었다.

"이유가 무엇입니까?"

"사람은 눈빛을 보면 대충 어떤 사람인지 짐작할 수 있소. 저 사람은 아마 내 예상으로는 기(氣)를 갈무리할 수 있는 경지에 이른 것 같소."

그의 날카로운 눈빛에 비선의 눈동자가 가늘게 떨렸다.

"한 가지만 더 묻고 싶소."

"말씀하십시오."

"보아하니 녹림에 몸담은 사람은 아닌 것 같소만."

그의 물음에 비선은 솔직하게 대답했다.

"우리는 의뢰파의 사람들입니다."

"의뢰파라."

소군보는 잠시 생각에 잠겼다. 그 말을 들으니 얼핏 들은 바가 떠올랐다.

일반 사람들의 의뢰를 받아 해결해 준다는 의뢰파.

그는 이내 속으로 고개를 끄덕였다.

무림에서 당당히 문파를 세워 의뢰를 받아 행하는 것이라면 무림인들과의 마찰은 불가피할 터이고 그러자면 무공을 모른다는 것은 말이 되지 않는다.

"솔직한 대답, 고맙소."

"별말씀을."

"그럼 한번 멋지게 싸워봅시다."

원칙대로라면 녹림의 사람이 아닌 사람은 쟁투에 참여할

수 없지만 소군보는 아무런 내색을 하지 않았다. 소군보는 그것보다 무인으로서의 승부욕이 먼저 솟구쳤다. 어차피 이자를 꺾지 못한다면 총표파자로서의 자격이 없다고 생각했다.

비선이 검을 들어 자세를 고쳐 잡는 것을 보고 소군보는 양손에 내공을 끌어올렸다. 가문 대대로 내려오는 절수권법(絕手拳法)은 녹림쟁투가 열리기 바로 한 달 전에 극성까지 연마했다.

화악!

그가 내공을 끌어올리자 그의 주위에 강한 바람이 촤악 퍼졌고 그것의 영향으로 그의 옷자락이 나풀거렸다. 지금까지의 채주들과 분명 차원이 달랐다.

비선의 게슴츠레한 눈에 긴장이 점점 더 확산되었다.

"이얏!"

"핫!"

누가 먼저랄 것도 없이 거의 동시에 둘 모두 서로를 향해 달려들었다.

절수권법!

소군보의 손에서 권풍(拳風)이 몰아쳤다.

무엇이라도 파괴해 버릴 듯한 막강한 위력이었다. 비선도 그것에 지지 않고 마주 검을 뻗었다. 주먹과 검이 마주칠 무렵 갑자기 소군보의 팔이 기이하게 방향을 바꾸며 검의 옆, 검면을 강타했다.

팅!

검에서 맑은 소리가 울려 퍼졌고 이내 부르르 떨렸다. 비선이 잠시 주춤한 사이, 어느새 그의 곁에 가까이 접근한 소군보가 비선의 얼굴을 향해 강맹한 위력의 주먹을 휘둘렀다.

무엇이라도 부숴버릴 듯한 파괴적인 위력!

쉬잉!

바람 소리가 크게 비선의 귓가를 자극했고 비선의 허리가 급격하게 뒤로 꺾였다. 비선의 머리 위로 소군보의 주먹이 쏜살같이 비껴 지나갔다.

비선은 뒤로 몸을 꺾는 반동으로 가까이 달라붙은 소군보의 머리를 노리고 그대로 발을 차올렸다.

쌩!

탄력이 붙은 발이 번개처럼 소군보의 얼굴을 향해 날아들었다. 소군보의 눈동자가 그것을 놓치지 않았다. 반대 주먹을 들어 정확하게 비선의 발바닥을 강타했다.

쾅!

엄청난 타격음이 흘러나왔다.

그와 동시에 비선의 몸이 재빠르게 뒤로 두 바퀴를 돌아 소군보와의 거리를 벌렸다. 소군보의 주먹에 격타당한 그의 발이 부르르 떨림을 반복했다.

소군보의 주먹이 얼마나 무시무시한 위력인지를 실감해 주는 상황이다. 확실하게 비선이 밀린 것이다.

비선은 소군보를 향해 검을 겨눈 채 마른침을 삼켰다. 금방이라도 폭발할 것만 같은 긴장이 주위를 맴돌았다. 비선은 잠시 진설을 바라보았고 눈과 눈이 마주쳤다.

진설은 고개를 끄덕였다.

그의 행동에 비선이 문득 허공으로 검을 치켜들었다.

그의 몸이 낮게 가라앉는 동시에 등이 뒤로 급격하게 당겨졌다. 몸을 활처럼 휘게 만드는 것처럼 보였다.

소군보의 눈빛에 긴장이 잡히는 순간, 비선의 몸이 그 탄력을 이용해 번개처럼 앞을 향해 쏘아져 나갔다. 소군보의 탄탄한 근육이 긴장으로 인해 단단하게 굳어졌다.

궁신탄영(弓身彈影)!

비선은 눈으로 제대로 파악하기 힘들 정도로 빠르게 쏘아나갔지만 소군보의 눈은 그걸 놓치지 않았다.

비선의 검이 사정거리에 닿을 무렵, 소군보는 피하지 않고 오히려 앞으로 달려들었다. 검과 팔의 거리가 있기 때문에 거리를 좁히려는 생각이었다. 그는 비선의 날아든 속도를 예상하여 주먹을 휘둘렀다.

그런데 갑자기 비선의 검이 그의 팔이 닿지 않을 만한 거리에서 방향을 바꿨다.

푹!

그의 검이 바닥을 향해 꽂혔고 몸이 이내 허공을 향해 날아올랐다. 소군보는 이미 주먹을 뻗은 상태였다. 소군보의 눈에 놀라움이 맺혔다. 저런 빠른 속도에서 갑자기 방향을 선회할 줄은 상상도 못했다. 소군보가 주먹을 미처 거두기도 전에 비선의 몸이 그의 뒤쪽으로 날아들었다.

비진검법(飛鑛劍法)!

마치 매가 먹이를 낚아채는 듯한 무시무시한 빠르기?

비선의 검이 영롱한 빛으로 물들었고 이내 소군보의 무방비 상태인 등을 향해 빠른 속도로 쇄도했다. 소군보는 갑자기 폭발적으로 느껴지는 그의 기세를 눈치 챘지만 몸을 돌리기가 쉽지 않았다. 그는 등 뒤에서 느껴지는 날카로운 예기에 검이 닿기도 전에 근육이 찌릿찌릿한 것만 같았다.

소군보는 입술을 질끈 깨물며 뻗어나간 내공을 거둬들였다. 어쩔 수 없는 선택이었다.

"컥!"

그의 목을 타고 비릿한 핏줄기가 뿜어졌다. 기혈이 역류한 것이다. 그러나 소군보는 예상했던 반응이었기에 포기하지 않았다. 기혈의 역류까지 감수하면서 억지로 몸을 돌려 흩어진 내공을 간신히 모아 주먹을 뻗었다.

펑!

빛이 순간적으로 번쩍이는가 싶더니 비무대를 진동시키는 마찰음이 폭발적으로 터져 나왔다.

울컥!

소군보는 목구멍까지 올라온 선혈을 억지로 참고 있었다.

그의 옆구리에 검의 검날이 반쯤 파고들어 버렸다.

그의 맞은편에서 십여 장이나 밀려난 비선은 몸을 부들부들 떨고 있었다. 입가에 선혈이 비쳤고, 입고 있는 옷이 넝마처럼 너덜너덜해졌다. 그리고 가슴의 정중앙에는 빨갛게 달아오른 주먹의 모양이 선명하게 새겨져 있었다.

소군보는 금방이라도 핏덩이를 토해낼 것 같아 입을 열 수 없었다. 소군보는 흐려지는 의식을 간신히 정신력으로 버티며 억지로 서 있었다.

그건 비선도 마찬가지일 터였다. 후들거리는 다리가 금방이라도 무너질 것처럼 보였고 입가의 선혈이 금방이라도 뿜어져 나올 것만 같았다.

긴장의 시간이 잠시 흘러갔다.

소군보는 잠시 산채의 식구들에게 눈길을 돌렸다. 그들은 안타까운 표정으로 두 손을 마주 잡고 저마다 눈물을 글썽인 채 그만을 바라보았다. 소군보의 눈시울이 붉게 물들었고 급기야 그의 사내다운 두 눈에 눈물방울이 맺혔다.

"이야앗!"

소군보는 그것을 숨기려는 듯 피분수를 뿜어내며 마지막 남은 힘을 다해 비선을 향해 달려들었다. 그런 그의 뺨 위로 보석처럼 반짝이는 눈물이 흘러내렸다.

비선도 떨리는 손을 힘겹게 들어 마지막 힘을 전부 모은 모습이다.

드디어 그들이 최후의 격돌을 위해 부딪칠 무렵 난데없이 꼬마 아이 하나가 그들 사이에 끼어들었다.

"아저씨, 나빠요. 우리 아빠를 왜 때려요. 흑흑."

꼬마 아이는 울음을 터뜨리며 고사리 같은 주먹을 쥐고 비선을 향해 달려들었다. 그걸 본 소군보의 몸이 흠칫 떨렸다. 순간적으로 너무도 놀란 그의 동공이 크게 확대되었다. 소군보와 비선은 상대에 대하여 집중하고 있는 상황이었기에 아이의 움직임을 미처 느끼지도 못했다.

비선도 그를 향해 주먹을 뻗은 상태였기 때문에 중간에 있던 아이가 먼저 맞을 상황이다. 소군보는 다시 한 번 울컥 올라오는 피를 뿜어내며 크게 소리를 질렀다.

"안 돼!!"

비선의 얼굴에도 당황한 표정이 역력했다.

주먹을 거둬들여야 하지만 이미 남은 힘을 모두 모은 것이기에 거둘 기력조차 없었다. 금세라도 아이의 몸에 비선의 주먹이 꽂힐 것만 같았다.

비선의 주먹에 맞는다면 다섯 살 난 아이가 버틸 리가 만무했다. 어쩌면 산산조각이 날지도 모른다. 비선은 안간힘을 썼지만 몸이 말을 듣지 않았고 소군보의 표정이 절망적으로 변했다.

바로 그때였다.

누군가가 그의 손을 가로막았다.

비선의 몸이 멈췄다.

"어른들 싸움하는데 꼬마가 끼어들면 안 된단다."

갑자기 곁에서 들려온 자상한 음성.

진설은 오른손에 든 섭선으로 비선의 주먹을 막고 왼손으로 아이, 소군자를 품에 안아 올렸다.

"으차! 이놈 꽤나 무겁네."

소군자는 여전히 울음을 그치지 않으며 비선을 손짓했다.

"흑흑, 저 나쁜 아저씨가 우리 아빠를 때렸어요."

"그래?"

진설이 힐끔 비선을 바라보더니 그의 머리통을 살짝 쥐어박았다.

콩!

비선의 다리가 풀리며 그대로 바닥에 엎어졌다. 사실 서 있을 기운조차 없었다.

"아저씨가 혼내줬으니까 됐지?"

비선이 쓰러지자 소군자는 언제 울었냐는 듯 짝짝 박수를 치며 웃음을 지었다.

"응."

"자, 그럼 이제 아빠한테 가봐라."

진설이 바닥에 내려주자 소군자가 쪼르르 소군보에게 달려갔다.

"아빠."

소군자는 소군보에 품에 안겼다.

"이, 이놈아."

소군보는 더 이상 눈물을 참지 못했다.

흐르는 눈물을 주체하지 못하며 아들을 끌어안고 진하게 눈물을 흘렸다. 진설은 그윽한 눈빛으로 그들을 한동안 바라보다가 비선을 품에 안고 비무대에서 내려갔다.

"채주님!"

그와 동시에 소박채의 사람들이 우르르 소군보에게 다가가 그를 부축했다. 그들의 눈에서도 소군보와 같은 진한 눈물이 쏟아져 내렸다.

"채주님, 정말 잘하셨습니다. 이런 쟁투는 다시는 구경하기 어려울 것입니다."

"역시 채주님은 우리의 영웅이십니다."

모두들 한마디씩 잊지 않고 거들었다.

"총표파자 자리에 오르지 않으면 어떻습니까? 지금까지 즐겁게 살아온 것처럼 앞으로도 즐겁게 살면 되지 않습니까? 안 그런가?"

칠십대의 노인인 정중이 다른 이들을 돌아보며 물었다.

"맞습니다. 우리의 힘을 보여주었으니 그걸로 넉넉합니다."

모두들 흐르는 눈물을 닦을 생각도 하지 않고 환하게 웃었다.

"고맙네."

소군보가 감격스런 표정으로 그들을 차례대로 살펴보았다. 그는 드디어 어깨에 짊어진 짐을 털어버렸다.

진설이 비선을 품에 안고 내려오자 하삭이 얼른 다가가 그를 넘겨받았다. 그리고 재빨리 비선을 바닥에 눕히고 상의를 확 찢었다. 가슴팍에 마치 그린 듯이 소군보의 주먹이 찍혀 있었다.

하삭은 조심스럽게 실신한 비선의 가슴에 손을 대었다. 그의 상태는 생각보다 위급했다.

'갈비뼈 두 대가 부러져서 폐를 찔렀어.'

이런 상태로 버티고 있었다는 것이 용할 정도였다.

하삭은 재빨리 손에 내공을 불어넣었다. 곧이어 그의 손바닥에 점점 열기가 피어올랐다.

하삭은 기를 움직여 갈비뼈를 바로잡았다. 그의 진한 눈썹이 꿈틀거렸고 곧이어 그의 손바닥에서 하얀 연기가 솟아올랐다.

"후."

몸 안의 불순물들을 제거하며 하삭이 크게 한숨을 쉬었다. 조심스럽게 해야 되기 때문에 신중함이 필요했다. 그런 다음 하삭은 어깨에 메고 있던 혁포를 풀러 환약(丸藥) 하나를 꺼내어 비선의 입에 넣었다. 입에 닿자마자 환약은 물방울이 되어 금세 비선의 입속으로 사라졌다.

환약은 진설이 여러 가지 약초를 섞어 만든 것인데 약초의 종류는 알 수 없지만 내상(內傷)에 특히 효과가 좋았다.

하삭은 잠시 비선의 얼굴을 바라보았다. 죽은 듯 누워 있는 그의 얼굴은 무척 창백했다.

하삭은 문득 빙긋 웃음을 지었다.

'많이 사내다워졌는걸. 폐가 찔려서 호흡도 곤란했을 터이고 말도 하지 못했을 텐데. 그런 몸으로 꿋꿋하게 버티다니 말이야.'

항상 어린아이로만 생각했던 비선이 제법 사내다운 모습을 보여주었다.

하삭이 내려오자마자 걱정스런 표정으로 쪼르르 그에게 한걸음에 달려간 청려린이 물었다.

"비선 아저씨, 괜찮은 건가요? 피까지 토하던데. 내 호위무사 한 명이 이렇게 가버리면 안 되는데."

하삭은 어이없는 얼굴로 그녀를 빤히 바라보다가 이내 대답 없이 시선을 돌렸다.

백랑도 비선에게 다가와 그의 얼굴을 핥았다. 그걸 본 하삭은 대뜸 고함을 질렀다.

"저리 안 가? 고기 먹은 지 오래됐다고 이놈이 어디서 피를 빨아먹어."

백랑이 재빨리 뒤로 물러났다.

그놈의 입 주위의 털에 피가 묻었고 백랑은 아쉬운 듯 털에 묻은 피를 날름날름 핥아먹었다. 여전히 비선을 바라보는 눈초리에 아쉬움이 느껴졌다.

전에 청려린이 토끼 고기를 먹을 때에 침을 흘리며 바라보던 눈초리와 무척 비슷했다.

진설은 별다른 동요 없이 묵묵히 비선을 바라보았다.

"괜찮아진 것 같군. 며칠 동안 쉬면 나아질 거야. 좋은 경험을 한 거지."

그의 말에 하삭이 진설을 바라보며 고개를 끄덕였다. 비선은 이렇게 망가지도록 싸워본 적이 처음이었다.

"형님, 저 사람에게도 환약을 줘야 하지 않겠습니까?"

하삭이 가부좌(跏趺坐)를 틀고 죽은 듯이 눈을 감고 있는 소군보를 가리켰다. 그러나 진설은 고개를 저으며 낮은 목소리로 말했다.

"이걸 만드는 데 얼마나 힘들었는지 알아? 저 소박채는 거의 알거지 수준이야. 환약을 줘봤자 돈도 못 받는다."

그의 말에 하삭은 피식 웃음을 지었다.

항상 저런 식이다. 진설은 돈 때문이라는 핑계를 댔지만 소군보의 내공이 높아 본인의 힘으로 충분히 치료할 수 있다는 것을 짐작하고 있을 터였다. 다만 시일이 오래 걸릴 뿐이다.

자신이 보기에도 소군보의 무공은 꽤나 무서운 면이 있었다. 그의 파괴적인 권법을 떠올려 봤을 때, 오히려 비선이 이 지경으로 끝난 것이 다행이었다.

'얼마나 수련을 했기에 녹림에서 저 정도의 무공을 지닐 수가 있는 걸까?'

소군보는 구대문파의 일대제자를 능가하는 실력이다.

대체적으로 녹림의 무공은 천시받는 경향이 있었지만 소군보의 무공을 보면 누구나 생각을 달리할 것이다. 그만큼 소군보의 무공 수위는 절정고수에 못지않았다.

게다가 총표파자에 선출되면 총표파자 대대로 내려오는 무공을 익힐 수 있다고 한다. 만약 소군보가 그 무공을 익히면 얼마나 강해질지 상상이 되지 않았다.

하삭은 생각의 방향을 바꾸며 진설에게 물었다.

"형님, 이제 어떻게 하실 생각이십니까?"

"처음 생각대로 밀고 나간다."

진설의 눈동자가 조금 떨어져 있는 석두에게 향했다.

석두는 기절한 비선을 바라보며 실실 쪼개고 있다가 진설의 눈초리를 느끼고 얼른 얼굴을 굳혔다.

"험험."

석두는 괜한 헛기침을 연발했다.

아마 비선이 당한 모습에 희열을 느낀 모양이다.

진설이 그의 행동을 눈치 채고 피식 웃었다.

"차라리 비선이가 죽었으면 더 좋았을 것을. 산적 의뢰인, 안 그렇소?"

석두가 얼굴까지 벌게지며 소리를 질렀다.

"아, 아니 그게 무슨 소리요? 저 사람이 살아서 참 다행이라고 생각하던 중이었소."

"아니면 아니지, 왜 소리를 지르는지."

그의 침착한 말에 석두는 얼굴을 먼 산으로 돌렸다.

"참 표정 관리 안 되는군."

진설이 고개를 절레절레 저었다.

문득 석두는 무언가가 떠올랐는지 나직이 중얼거렸다.

"잠깐, 원래 내 다음 상대가 소채주와 저놈의 승자인데 누가 이긴 거야?"

그의 생각은 당연했다.

확실하게 승자가 가려지지 않았다.

석두는 계속해서 중얼거렸다.

"아마 저놈은 기절을 했으니까 아마 소채주의 승리겠군."

그의 눈동자가 소군보에게 돌아갔다.

"뭐야? 그럼 난 소채주랑 싸워야 한다는 말이야?"

석두가 깜짝 놀란 듯 자신도 모르게 소리를 질렀다. 그는 비선을 강타한 무시무시한 권법을 떠올랐다. 그는 안절부절 못하기 시작했다.

진설은 그의 말을 가만히 듣고 있다가 이내 비선에게 눈짓을 보냈다.

"일단 좀 쉬자."

"예, 형님."

하삭은 비선을 번쩍 안아 올렸다.

진설 일행이 내성 바깥으로 나가려는 찰나, 주위에서 웅성거리고 있던 녹림인들이 갑자기 전부 일어났다. 그리고 내성 입구를 향해 깊숙이 고개를 숙였다.

"총표파자를 뵙습니다."

나가려던 진설의 걸음이 멈췄다.

그의 눈앞으로 한 명의 노인이 천천히 걸어오고 있었다.

짙은 녹삼(綠衫)을 입은 노인.

백발이 성성했지만 기이하게 얼굴에 주름 한 점 없었고 크지 않은 두 눈에 정광(晶光)이 잔잔하게 흘러나왔다. 작은 체구였지만 왠지 모를 위압감이 일어나 결코 작다는 생각은 전혀 들지 않는 노인이었다. 오히려 태산 같은 느낌을 주었다.

노인은 똑바로 진설을 직시하며 그에게 다가와 걸음을 멈췄다. 진설은 노인의 눈빛을 피하지 않았고 언제나 그랬듯 흔들림 없는 눈동자로 노인을 바라보았다.

노인의 입에서 묵직한 음성이 흘러나왔다.

"이제 얘기를 해볼 때가 되지 않았는가?"

"그렇습니다."

진설은 피식 웃으며 대답했다.

이 노인은 며칠 전에 쟁투 신청을 받던 노인이다. 약간의 모습이 달라졌어도 진설은 이미 그 사실을 알고 있었다. 다만 모른 척한 것뿐이었다.

"따라오게."

노인이 손을 휘저으며 내성 안의 전각으로 향했다. 석두가 놀란 눈빛으로 노인을 바라보다가 뒤늦게 땅바닥에 엎드렸다.

노인이 이미 걸음을 옮겼기에 석두는 황급히 노인의 등을 향해 버벅거리며 말했다.

"초, 총…… 뵙습니다."

너무 늦은 나머지 호칭조차 제대로 부르지 못했다. 아마 비선이 봤더라면 꽤나 놀렸을 것이 분명했다.

진설은 잠시 생각에 잠겼다가 이내 노인을 따라가며 하석에게 말했다.

"비선과 의뢰인들을 데리고 외성으로 가거라."

"알겠습니다."

진설은 작은 음성으로 중얼거렸다.

"욕먹을 것 같은데."

*   *   *

전각의 대전(大全)은 무척 넓었다.

화려하진 않았지만 고풍스런 가구들이 드문드문 눈에 띄었다. 대전의 중앙에는 꽤나 긴 탁자가 위치해 있었다. 그 위로 녹색의 천이 덮여 있었고 탁자의 상석(上席)에 노인이 앉았다.

"앉게."

노인이 자리를 권했다. 진설은 사양하지 않고 노인의 옆에 앉았다.

"이유가 뭔가?"

노인이 무거운 음성으로 말했다.

이미 뭔가를 알고 있다는 투였다. 진설은 피식 웃음을 지었다.

"의뢰를 진행 중이라 생각해 주신다면 감사하겠습니다."

노인의 날카로운 눈빛을 마주하며 진설은 침착하게 말했다.

잠시 어색한 침묵이 흘러갔다.

노인은 그의 생각을 가늠하는 중이었다.

'무슨 의뢰이길래.'

노인은 눈가를 좁혔다.

노인은 진설을 알고 있었다. 아니, 무림에서 꽤나 유명한 사람 중의 하나였으니 알고 있는 사람 또한 많은 편이다.

노인, 녹림의 하늘 총표파자 자행심(藉行心)은 침묵을 깼다.

"녹림쟁투는 본 림에서 가장 신성한 행사이네. 그런데 본 림과 아무런 상관이 없는 자네가 끼어들어 지금은 난장판이

됐네. 노부(老夫)는 그 책임을 묻지 않을 수가 없네."

상황에 따라 책임을 물어 공세를 가하겠다는 의미가 담긴 말이었다. 그러나 진설은 담담이 그 말을 받았다.

"이번 일로 인해 녹림에 해가 됐다고 생각하지는 않습니다."

그의 말에 자행심의 흰 눈썹이 꿈틀거렸다.

"이유가 뭔가?"

진설이 확실하게 대답하지 않자 자행심은 다시 한 번 물었다.

"녹림 쟁투는 형식적인 행사인 것으로 알고 있습니다. 총표파자께서는 아마 후계자를 이미 지목하셨을 것으로 생각합니다. 제 생각에는 소채주, 그 사람 같은데 제 생각이 틀렸다면 확실한 사과와 함께 녹림쟁투에 난입하여 소란을 피운 책임을 달게 받겠습니다."

진설의 말투는 정중했다.

자행심은 잠시 생각에 잠겼다가 이내 고개를 끄덕였다.

"자네의 짐작대로네. 하나 지금 자네가 끼어들어서 소군보가 저 지경이 되었으니 책임을 묻지 않을 수가 없네."

자행심의 눈에 강한 기운이 폭사 되었다. 그러나 진설은 여전히 흔들리는 기색 하나 없었다.

"그러나 문제가 있을 것 같은데 말입니다."

진설은 피식 웃었고 자행심의 눈가가 가늘게 좁혀졌다.

"무슨 문제란 말인가?"

진설은 서둘지 않고 차분히 말했다.

"녹림은 사파에 속해 있고 제가 보기엔 소군보, 그 사람은 사파의 인물로는 맞지 않습니다. 무공이 강하다 하나 여린 심성과 녹림의 의도에 반(反)하는 그의 행동으로 보아 총표파자에는 어울리지 않습니다. 만약 그가 총표파자가 된다면 다른 채주들이 그에게 반발하게 되고 더 나아가서는 어쩌면 다른 채주들은 백련교와 손을 잡고 녹림을 삼키려 들지도 모릅니다."

자행심의 눈이 문득 놀라움으로 물들었다.

사실 그가 가장 고심하는 부분이 그것이었다. 소군보는 성품이 무척 약하다. 그런 성품은 우두머리인 총표파자에는 어울리지 않았다. 때로는 녹림인들의 생활을 고려해야 하고, 더욱 발전시킬 수 있는 계기와 성과도 염두에 두어야 하는데 확실히 소군보는 그런 면에서 적합하지 않았다.

우두머리는 때로 과감하게 대(大)를 위해 소(小)를 희생할 줄도 알아야 하는데 그러자면 독심(毒心)도 지녀야 한다. 그러나 소군보는 자신이 보기에도 너무 정이 많다.

그런 것을 진설은 한눈에 꿰뚫어 보고 있었다.

자행심은 잠시 진설을 빤히 주시했다.

무림에서 보면 별것 아닌 문파의 문주이지만 그런 그를 무시할 수 없는 것은 그의 행적 때문이었다. 정파, 사파, 마교할 것 없이 조건만 맞는다면 의뢰를 받아서 단 한 번도 실패한 적이 없다. 그만큼 치밀하고 계획적인 사람이라는 것이다. 무공도 절대 경시하지 못했다. 예전 무림 최대의 음적(淫敵)이었던 악비문(惡飛門) 악완형(惡婉鎣)을 일검에 처리한 적이 있었고 그 일로 인해 무림에서 진설의 이름이 꽤나 알려졌었다.

악완형은 많은 여인들을 납치해서 겁탈했지만 사파에 속해 있었고 백련교의 비호를 받는 바람에 먼저 나서서 손 쓸 사람이 전무하다시피 했다.

굳이 백련교의 비호가 아니더라도 악완형 자신도 절세고수의 경지에 오른 자였다. 그런 악완형을 일검에 처리한 진설에게 자연스럽게 관심이 집중될 수밖에 없었고 의뢰파의 이름도 많이 알려지게 되었다.

자행심은 진설을 직접 보는 것이 처음이지만 그의 능수능란한 말을 들으며 놀라움을 금치 못했다.

"의뢰파의 정보가 그토록 뛰어난 줄은 내 미처 몰랐네."

진설은 간단하게 대답했다.

"본 파 또한 의뢰를 하기 위해 정보는 필수적입니다."

자행심은 마음을 다잡으며 오히려 그를 통해 이번 일을 해결할 실마리를 떠올렸다.

"의뢰파는 돈을 벌기 위해 의뢰를 받는 것인가?"

"그렇습니다."

당연한 말에 진설은 고개를 끄덕였다.

"그렇다면 이 늙은이가 의뢰를 하겠네."

진설은 슬며시 웃음을 지었다.

"조건과 금액을 말씀해 주십시오."

"비선이라는 아이를 총표파자로 선출하고 소군보는 부채주를 맡게 하여 소군보로 하여금 총표파자의 명을 듣지 않는 채주들을 쓸어버렸으면 하네. 아마 소군보는 총표파자의 명이라면 무조건적으로 충성을 할 것이네. 정보다 충성을 앞세우는 사람이니까. 그렇게 된 다음에 소군보에게 총표파자를 넘겼으면 좋겠네만. 백련교가 끼어들 여지를 주면 절대 안 되네. 자네 생각은 어떤가?"

진설은 생각할 틈도 없이 고개를 저었다.

"다른 사람들의 이목을 생각해 막내를 잠시 동안 총표파자의 자리에 올린다는 것은 용납할 수 없습니다. 이 의뢰는 받지 못하겠습니다."

자행심의 얼굴빛이 어두워졌다. 녹림의 총표파자가 이러한 고민을 한다는 것은 누구도 알지 못할 것이다.

문득 진설은 장난스런 웃음을 지었다.

"하지만 다른 방법으로 의뢰를 받겠습니다."

그의 말에 자행심의 눈빛에 의아함이 사로잡혔다.

*　　　*　　　*

하루가 지나고 모든 녹림인들이 내성에 모였다.

내성의 가장 위쪽에 자행심이 높은 의자에 위엄 있게 앉아 있었고 그의 곁에 총관 청렴한이 공손하게 시립해 있었다.

진설 일행은 맨 뒤에서 편하게 구경했다.

석두가 문득 이상하다는 듯이 중얼거렸다.

"아직 쟁투가 끝난 것이 아닌데 왜 모인 거지?"

그의 말에 가슴을 움켜쥐고 힘겹게 서 있던 비선이 인상을 쓰며 그를 향해 손을 확 치켜들었다. 석두의 몸이 재빨리 뒤로 물러났다.

"옆에 서서 말하지 말랬잖아."

그러자 백랑을 쓰다듬고 있던 청려린이 활짝 웃으며 석두에게 말을 건넸다.

"산적 아저씨, 이제 자동이네요. 호호."

석두가 입맛을 다시며 눈을 아래로 깔았다.

그때, 자행심과 무어라 조그맣게 대화를 나누던 청렴한이 문득 의아한 눈빛으로 석두를 바라보았다.

"알겠습니다."

청렴한이 떨떠름한 표정으로 공손하게 자행심에게 고개를 숙였다.

그는 이내 앞으로 나섰다. 녹림인들의 시선이 모두 청렴한에게 집중되었다.

"험험."

헛기침을 한 청렴한은 왠지 모를 민망한 기색을 떠올렸고 이내 입을 열었다.

"어제 소채주와 비선 동도의 쟁투는 소채주의 승리로 판명되었소. 비선 동도가 먼저 기절한 점을 감안한 것이오."

그의 말에 녹림인들이 손을 치켜들며 환호성을 질렀다.

"와아아!"

"소채주! 소채주!"

청렴한이 손을 들자 녹림인들이 이내 조용해졌다.

"그런데 소채주의 상태가 위중한 터라 더 이상의 쟁투 참여가 불가능하다고 판단되어……."

청렴한이 잠시 말끝을 흐렸다.

그의 얼굴에 한가닥 불안이 느껴졌다. 녹림인들은 그의 다음 말을 긴장하며 기다렸다.

"석두 동도가 최종적으로 총표파자로 선출됨을 공포(公布)하는 바이오."

장내가 찬물을 끼얹은 듯 조용해졌다. 믿을 수 없는 사실에 말없이 서로를 바라보다가 이내 석두에게로 시선이 쏠렸다.

석두는 멍한 표정을 지었다.

"지, 지금 내가 총표파자가 되었다는 거야?"

비선이 고개를 끄덕였다.

"좋겠다."

"저, 정말 내가 총표파자가?"

"되었단다."

"우하하하!"

석두가 갑자기 미친 듯이 소리를 질렀다. 비선이 고개를 설레설레 저었다.

"드디어 맛이 갔군."

"산적 아저씨, 축하해요."

청려린이 생긋 웃으며 말했다. 그와 동시에 장내가 시끌벅적해졌다.

"석두가 총표파자가 된다고?"

"말도 안 돼."

"이게 어떻게 된 거야?"

모두 어리둥절한 기색이 역력했다.

"흐흐."

석두는 다른 사람들의 반응 따위에는 아랑곳 하지 않고 음침하게 웃었다.

"그동안 나한테 까분 놈들은 다 죽었어."

석두는 한 명 한 명 눈을 맞추기 시작했고, 그의 눈과 마주친 녹림인들은 놀란 표정을 지으며 황급히 눈을 내리깔았다.

"특히 몽두전, 이 자식. 넌 죽었어."

멀리서 황당한 표정을 짓던 몽두전과 석두의 시선이 정확하게 맞닿은 순간, 몽두전은 잠시 생각을 굴리는 눈치였다.

그러다 석두가 재차 그를 바라보며 눈을 부라리자 재빨리 바닥에 무릎을 꿇었다.

"총표파자, 부디 용서를."

석두의 의기양양한 표정이 한동안 계속되었고 자행심은 이마에 손을 얹었다.

"잘한 선택인지 모르겠군."

그런 석두를 바라보며 자행심의 노안(老眼)에 의혹이 깊게 잠겼다. 그와 동시에 믿음직스럽게 느껴진 진설의 얼굴도 교차되어 지나갔다.

"한번 믿어봄세."

第七章

녹림을 떠나다

진설묵

珍說榤

　할 말이 있다는 비선에게 끌려 외성으로 나간 석두의 눈이
휘둥그레졌다.

　"지, 지금 뭐라고 그랬소?"

　비선이 인상을 짙게 쓰며 품속에서 종이를 꺼냈다.

　"거참, 머리도 나쁘면서 이해력까지 안 좋네."

　비선은 종이를 석두의 눈앞에 들이댔다.

　"의, 의뢰는 중복하여 진행할 수 없다. 단, 금액이 큰 경우
는 예외로 한다. 이때는 황금 일만 냥의 금액을 청부(請負)한
다."

　석두가 더듬더듬 읽었고 그의 안색이 붉으락푸르락 변했다.

"말, 말도 안 돼. 이, 이런 내용이 언제 있었소?"

비선은 콧구멍에 손을 넣어 콧속을 문지르며 대수롭지 않게 말했다.

"넷째도 읽어봐."

석두는 이를 뿌드득 갈며 읽어나갔다.

"넷째, 의뢰를 진행하는 동안 불가피한 금액의 손실 발생 시, 금액에 관해 재협상을 한다."

비선이 태연한 표정으로 말했다.

"이번 쟁투에 너 때문에 황금 구백 냥을 썼으니까 금액의 손실이 발생했지. 본 파의 문주님께서 이것에 관해 추가로 일만 냥을 요구하셨어. 도합 이만 냥이야."

재협상도 아닌 일방적인 통보였다.

그걸 들은 석두의 얼굴이 부르르 떨렸고 얼굴이 시뻘겋게 달아올랐다.

"그, 그게 말이 되오?"

비선은 게슴츠레한 눈빛으로 그를 바라보았다.

"그러니까 말해줄 때, 잘 듣지 그랬어? 아무튼 의뢰는 끝났고 우리 도움으로 총표파자가 됐으니까 이만 냥을 내놔."

석두의 얼굴이 새빨개졌다.

"그런 내용은 들은 적도 없소. 못 주오."

칼만 안 들었지 완전히 날강도였다. 아니, 칼도 들었다.

비선이 슬며시 검을 뽑아 들었다.

"오호, 못 준다?"

비선이 살짝 차가운 웃음을 지었다.

"그럼 다른 사람들한테 쟁투 때, 우리가 도와준 거 불어버려려도 괜찮지? 보아하니 다른 사람들도 이번 총표파자 선출에 불만이 많은 것 같은데 사기라는 것이 들통나면 아마 맞아 죽을지도 몰라."

석두의 입이 달달 떨렸다.

"계, 계획적이었어. 처음부터 이럴 작정으로 따라온 거지?"

그의 말에 비선이 인상을 구겼다.

"따라와? 누가 따라와? 네가 의뢰해서 온 거잖아. 확 그냥."

비선이 손을 치켜들자 석두는 반사적으로 팔로 얼굴을 가리며 뒤로 물러났다.

"뭐 금액이 크니까 시간을 주겠어. 세 달 준다. 세 달 안에 마련 못하면 이만 냥 대신 네 목을 거두어가지."

석두의 몸이 떨렸다.

"이, 이만 냥을 어떻게 세 달 안에 마련하오?"

"그건 내가 알 바 아니고 마련하든가 그냥 죽든가."

비선은 몸을 돌려 내성 쪽으로 사라져 가며 차갑게 말을 뱉었다.

"꼭 기억해. 세 달 안에 마련 못하면 넌 죽어."

"으으."

분을 이기지 못한 석두가 내성 벽을 힘껏 내려쳤다.

퍽!

"아이고."

석두는 손을 부여잡고 펄쩍펄쩍 뛰었다.

손이 빠개지는 것만 같았다. 그는 독기를 품은 눈으로 비선이 사라진 쪽을 바라보았다.

"저 개자식은 왜 안 죽은 거야? 그때 죽어버렸어야 했는데."

석두는 이빨을 뿌드득 갈았다.

"이렇게 된 이상 몽두전, 그 자식 돈부터 뺏어야겠어."

석두의 눈동자가 살기 위한 본능으로 활활 타올랐다.

"큰형님, 처음부터 계획하신 것이었습니까?"

비선이 석두에게 이만 냥에 대한 통보를 하고 오며 진설에게 물었다. 진설이 시키는 대로 하긴 했지만 갑작스레 이만 냥이 생긴 것과 다름이 없으니 그로서는 그 점이 무척 기분이 좋으면서도 한편으로는 궁금했다.

진설은 슬며시 입가에 웃음을 지으며 대답했다.

"석두가 구화산까지 의뢰를 했을 때에는 분명 녹림의 힘으로 우리를 어찌해 보려고 했을 테지. 자신의 힘으로는 불가능했으니까. 사실 처음에는 그 돈만 받고 내빼려고 했는데 녹림

쟁투 이야기를 듣고 생각을 바꿨지. 석두를 총표파자에 올려서 돈을 더 뜯어낼 생각이었어. 거의 예상대로 진행되었지만 소군보란 사람이 생각보다 훨씬 무공이 고강하더구나. 뭐, 결국엔 석두가 총표파자가 되어서 우리는 이득을 본 것이지만."

곁에서 빙긋 웃고 있던 하삭이 진설에게 물었다.

"그런데 석두가 총표파자가 되는 걸 지금의 총표파자가 가만히 보고 있었던 이유가 무엇입니까?"

"그건 일종의 거래였지. 석두는 이중의 함정에 빠진 거야. 돈을 만들기 위해서는 각 채주들의 돈을 뜯어낼 수밖에 없고 그러자면 그들과 마찰이 빚어지겠지. 그건 소채주가 처리할 테고. 석두에게 세 달의 기간을 준 것은 세 달이 지나면 소채주를 총표파자에 올리기 위함이야. 다시 말해 세 달 동안만 석두는 방파제 역할만 톡톡히 하는 거지. 의뢰라고 하기에도 애매한 것이 내가 원래 계획했던 내용을 말해 준 것밖에는 없어. 물론 내색은 안 했지. 우리는 어차피 돈이 목적이잖아."

그걸 들은 비선이 고소하다는 듯이 시원스럽게 웃음을 터뜨렸다.

"하하. 속이 다 시원하네."

진설은 비선의 어깨를 두드렸다.

하삭은 왠지 걱정스런 음성으로 물었다.

"형님, 그런데 녹림인들이 반발하지 않겠습니까? 아까 석두를 바라보던 눈초리들이 심상치 않던데요?"

진설은 부채를 활짝 펴며 대답했다.

"세 달 동안은 지금의 총표파자가 뒤를 봐줄 것이다. 물론 반발이 거세겠지만 세 달 정도만 감당하면 되는 일이니 별 문제는 없을 거야. 진짜 문제는 세 달이 지나 총표파자에서 쫓겨난 석두지. 그때부터 아마 열심히 도망 다녀야 할 거야."

비선은 웃음을 지으며 혀를 찼다.

"석두야, 석두야, 너는 평생 맞고 살아야 할 팔자인가 보다. 이젠 너의 썩은 입 냄새도 안녕이다."

그의 말에 모두가 한바탕 웃음을 터뜨렸다.

"하하."

하삭이 웃음을 멈추며 또다시 물었다.

"그런데 형님, 총표파자에게는 얼마나 받으셨습니까? 녹림의 총표파자이니 상당한 금액을 주었을 것 같은데."

진설은 피식 웃었다.

"은자 한 냥."

"에게, 겨우 은자 한 냥이요? 구두쇠인가 보네."

비선이 입술을 삐죽 내밀었다.

"어차피 계획만 알려준 것이니 그 정도로 충분하다."

진설은 어차피 원래 계획대로 진행된 것에 흡족한 표정이었다.

그때, 그들의 대화를 못마땅한 표정으로 듣고 있던 청려린이 불쑥 물었다.

"아저씨, 제 의뢰는 언제 하는 거예요? 산적 아저씨 의뢰 끝났으니 제 의뢰도 진행해 주셔야죠."

제법 당돌한 어조였고 이치에 맞는 말이었다. 진설이 청려린의 반짝이는 눈을 바라보며 고개를 끄덕였다.

"이제 다시 진행해 봅시다. 꼬마 의뢰인."

진설 일행은 다시 한 번 구화산의 절경을 구경하며 어둑어둑해질 무렵에 산을 벗어나 또다시 북쪽을 향해 나아갔다.

삐쭈삐쭈! 짹짹!

멀리서 산새 소리가 귓가를 자극하며 넓게 퍼져 나갔다.

*   *   *

"백랑아, 달려랏!"

청려린은 마치 말을 타듯 백랑의 등에 타고 펄쩍 펄쩍 뛰어다녔다. 백랑은 흰 털을 휘날리며 멀리 앞서 갔다가 되돌아오기를 반복했다.

비선의 피를 핥아먹어 붉어진 백랑의 입 주위를 청려린이 강가에서 닦아주니 다시 윤기 있는 흰색으로 돌아왔다.

오솔길을 걸으며 비선은 눈살을 찡그렸다.

"저놈 확실히 여자만 좋아해. 내가 협박하지 않으면 말도 잘 안 들으면서 꼬맹이가 하는 말은 잘도 듣네."

하삭은 씨익 웃으며 그의 말을 받았다.

"확실히 너보단 꼬맹이의 엉덩이가 훨씬 낫겠지. 야들야들 하니 촉감이 좋을 것 아냐?"

"쩝."

비선은 입맛을 쓰게 다셨다.

그들의 대화에 진설은 피식 웃으며 껴들었다.

"사내들은 늑대란 말이 있지. 저놈한테 딱 어울리는 표현 이잖아."

"그러게 말입니다."

하삭이 빙긋 웃으며 맞장구를 쳤다.

그 순간, 뛰면서 돌아다니던 백랑의 움직임이 멈췄고 잠시 앞쪽을 두리번거리며 바라보았다.

"백랑아, 왜 그래?"

백랑의 행동에 의아함을 느낀 청려린이 머리를 쓰다듬었 지만 백랑의 머리가 천천히 위로 올라갔다. 청려린은 백랑의 털이 삐죽 곤두서는 것을 느꼈다.

크르릉!

백랑이 작게 으르렁거리며 삼 장 정도 떨어진 거리의 커다란 나무 위를 노려보았다. 그런 백랑의 콧등에 주름이 잡혀 버렸다.

대략 칠 장 정도의 높이에 큰 나무였는데 달걀 모양의 잎사귀를 보니 푸조 나무인 모양이다. 거의 땅에 닿을 듯한 가지가 인상적이었다.

진설 일행의 걸음이 멈췄고 하삭은 벽력부를 꽉 쥐며 혁포를 벗어 바닥에 내려놓았다. 그리고 앞으로 한 걸음 나서며 비선의 작은 몸을 가렸다. 비선의 몸이 정상이 아님을 염려한 모양이다. 그의 부리부리한 눈도 커다란 나무 위를 향했다.

진설이 섭선을 탁 접으며 조금 앞쪽에 있는 청려린에게 낮은 목소리로 말했다.

"꼬마 의뢰인, 그놈의 등에서 내려오시오."

청려린은 갑자기 다른 때와는 달리 긴장된 상황에 무언가 이상한 낌새를 눈치 채고 조심스럽게 백랑의 등에서 내려와 진설에게 급히 달려갔다. 진설은 청려린을 등 뒤에 숨기며 나직이 말했다.

"백랑, 가서 잡아와."

그의 말이 끝나는 동시에 백랑의 몸이 번개처럼 나무를 향해 달려갔다.

그때였다.

나무 위에서 십여 개는 됨직한 무언가가 달려오는 백랑을 향해 쏟아져 갔다. 그와 동시에 백랑의 커다란 몸집이 좌우로 횡을 그으며 빠르게 움직였다.

쉭쉭! 푹푹!

백랑이 유연한 동작으로 그것을 피했고 그것은 바닥에 작은 소리를 내며 박혔다. 묵직해 보이는 철전(鐵箭)이었다. 철전을 피하며 순식간에 나무에 도달한 백랑이 바닥을 박차고 푸조 나무의 등걸을 네 발로 찍었다.

슝!

그것을 발판으로 백랑의 몸이 높게 날아올랐다.

"크르릉."

"으악!"

곧이어 사내의 비명이 높게 울려 퍼졌고 사내와 함께 백랑이 바닥에 떨어졌다.

챙챙!

나무 위에서 검을 뽑아 드는 소리가 들렸다.

상황을 지켜보던 하삭의 몸이 푸조 나무를 향해 돌진했다. 큰 덩치가 무색하리만큼 빠른 움직임이었다. 눈 한 번 깜빡할 사이에 푸조 나무에 도착한 그의 손이 크게 허공을 휘저었다.

"히얏!"

하삭의 우렁찬 소리가 숲 속을 뒤흔들었고 벽력부가 대기를 흔들며 무시무시한 힘으로 푸조 나무의 등걸에 깊숙이 박혔다. 아니, 박혔다고 생각한 순간 벽력부가 마치 아무것도 없는 허공을 가른 양 그대로 뚫고 지나갔다.

푸조 나무가 잠시 기우뚱 거리는가 싶더니 이내 뒤쪽으로 천천히 쓰러져 갔다.

쉭쉭!

잎사귀를 위장 삼아 나무 위에 숨어 있던 자들이 일제히 뛰어내렸다. 녹의를 입은 일곱 명의 사내들이 손에 검을 쥐고 눈빛을 교환했다. 복면을 뒤집어써서 얼굴은 확인할 수 없었다.

"으아악!"

크르릉!

나무의 밑에는 한 사내가 바닥에 쓰러져 발버둥을 쳤다. 백랑의 날카로운 이빨이 사내의 어깨를 사정없이 유린하고 있었다. 이미 어깨는 갈기갈기 찢어져 버렸다.

"백랑아."

청려린이 놀란 눈으로 조그맣게 중얼거렸다.

지금까지 그녀가 보아온 백랑이 아니었다. 눈동자에 가득 살기를 띤 채로 사내의 어깨를 강렬하게 물어뜯고 있었다. 입가의 털은 이미 붉은빛으로 물들었다.

진설의 눈에 한기가 서렸다. 항상 여유롭게 웃던 진설의 얼굴이 딱딱하게 굳어졌다.

"하삭, 봐줄 필요없다."

그의 차가운 음성에 대기가 얼어붙었다.

녹의 복면인들을 노려보던 하삭은 진설의 말이 떨어지자마자 녹의인들을 향해 몸을 날렸다.

성성!

녹의인들의 몸이 서로 교차하며 널찍하게 공간을 만들었고 그사이로 하삭의 몸이 파고들었다.

한눈에 보아도 합공하기 좋은 위치로 유인하려는 움직임이었다. 그러나 하삭은 한 점의 망설임도 없이 곧장 그 안으로 뛰어들었다.

곧이어 녹의인들이 사방에서 그를 포위하며 달려들었다. 하삭은 달려가는 상태 그대로 눈만 돌려 주위를 바라보았다. 그리고 이내 조금 더 속도를 붙여 정면에 있는 녹의인에게 바짝 달라 붙었다. 사방에서 검이 그를 노리고 날아들었다.

슝!

무엇이듯 쪼개버릴 것 같은 무서운 기세로 벽력부가 주위를 한 바퀴 돌며 휩쓸고 지나갔다.

챙챙챙!

"으윽!"

"윽!"

신음이 흘렀다.

벽력부가 너무도 정확하게 녹의인들의 검을 때리며 지나갔고 녹의인들의 손아귀가 동시에 터져 버렸다. 얼마나 무시무시한 힘인지를 보여주는 상황이다.

좌우와 뒤의 공세를 순간적으로 차단한 하삭은 정면에서 자신의 머리를 노리고 날아든 검을 직시했다. 그의 고개가 옆으로 젖혀짐과 동시에 그의 팔꿈치가 녹의인을 향해 휘둘러졌다.

펙!

잘 익은 수박이 깨지는 소리와 함께 녹의인의 턱이 덜렁 덜렁거리며 곧바로 눈이 뒤집히며 쓰러졌다. 하삭의 몸이 왼쪽으로 선회했다. 그의 무거운 몸체가 녹의인과 맞부딪쳤다.

쿵!

가죽북이 울리는 듯한 소리가 폭발했다. 그와 부딪친 녹의인의 몸이 삼 장 정도의 거리까지 멀리 나가떨어졌다.

폭발적인 힘!

순식간에 두 명을 아작 낸 하삭이 동작을 멈추며 몸을 돌렸다. 아직 여섯 명의 녹의인들이 남아 있었지만 섣불리 덤벼들지 못했다.

쿵!

무거운 소리와 함께 벽력부가 바닥에 떨어졌다. 하삭은 손을 내밀어 손가락을 까딱거렸다.

"와라."

너무나 상대를 깔보는 행동과 말투였다.

녹의인들은 잠시 주춤거리는가 싶더니 이내 서로의 눈빛을 다시 교환하고 한 번에 하삭을 향해 달려들었다.

"죽어라!"

여섯 개의 검날이 하삭의 몸에 쏟아졌다. 그와 동시에 하삭의 오른팔의 근육이 일순간 팽팽하게 솟아올랐다. 역동적으로 꿈틀거리는 팔이 검을 향해 날아갔다.

챙챙!

쇠와 쇠가 부딪히는 소리가 울려 퍼졌다. 하삭의 팔에 부딪힌 검날들이 순식간에 부서져 허공을 날았다.

마치 양 떼 안에 달려든 늑대처럼 하삭의 몸이 그들 속으로 파고들었다.

펑!

제일 가까이에 있던 녹의인이 하삭의 무쇠 같은 주먹에 얼굴을 맞고 달려들 때의 속도보다 몇 배나 빠르게 뒤로 날아갔다. 몸을 한 바퀴 핑그르르 돈 하삭의 몸이 두 번째의 녹의인의 등 뒤로 움직였다.

퍽!

하삭의 팔꿈치가 그대로 녹의인의 등을 찍었다. 얼마나 무시무시한 힘이었는지 그에게 맞은 녹의인의 몸이 바닥을 뚫고 깊숙이 박혔다.

그의 무시무시함에 남은 녹의인들이 무척 놀란 눈빛으로 몸을 돌렸다. 도망칠 모양이다. 그러나 하삭은 그것을 가만히 지켜보고 있지 않았다.

곧장 그 뒤를 따라 몸을 날려 순식간에 그들을 따라잡았다. 그와 동시에 세 명의 녹의인의 등에 하삭의 주먹이 꽂혔다.

"커헉."

그들의 입에서 피분수가 터져 나왔고 바닥에 떨어진 그들의 몸이 축 늘어졌다.

그제야 하삭의 몸이 멈췄다.

먼저 도망친 녹의인은 뒤도 돌아보지 않고 열심히 달렸다. 그의 몸은 이미 땀으로 축축하게 젖었고 공포심에 휩싸였다.

"백랑."

하삭의 우렁찬 음성이 멀리 퍼졌고 곧이어 백랑의 커다란 몸이 녹의인을 가로막았다. 녹의인은 이리저리 피해보려고 했지만 백랑의 반응이 그보다 훨씬 빨랐다.

크르릉!

으르렁거리며 그를 막은 백랑은 온통 피범벅이어서 더욱 사납고 잔인해 보였다.

"크헉."

어느새, 그의 곁으로 다가온 하삭이 그의 목덜미를 잡아 올렸다.

"켁켁."

금방이라도 목이 부서질 것만 같은 고통이 느껴졌다. 그의 목덜미를 잡은 하삭의 손이 곧장 엄청난 속도로 바닥으로 내려쳐졌다.

쿵!

지진이 일어난 것처럼 땅이 울렸다. 녹의인의 얼굴뼈가 모조리 부서져 버렸고 그의 몸이 축 늘어졌다.

하삭의 패도적인 힘이 여실히 드러났다.

진설 뒤에 숨어 있던 청려린은 놀란 표정을 감추지 못했다. 설마 이 정도일 줄은 상상도 못했던 것이다.

　말수도 별로 없고 항상 사람 좋은 웃음만 짓던 하삭이 이 순간 너무나 무섭게 느껴졌다. 완전히 사람을 산산조각 내버리는 무공은 놀라움보다 경악이 들 정도였다.

　비선과는 완전히 다른 잔혹한 무공이었다.

　"후."

　하삭이 손을 탁탁 털며 벽력부를 집어 들고 청려린에게 다가왔다. 그러자 청려린은 몸을 주춤 뒤로 빼며 진설의 뒤에 더욱 깊숙이 숨었다.

　하삭은 이내 빙긋 웃었다.

　"우리 꼬마 의뢰인이 놀란 모양입니다."

　그의 웃는 얼굴에 청려린은 조금 마음이 놓여 고개만 끄덕였다. 비선은 믿음직한 눈길로 하삭에게 말했다.

　"역시 둘째형님은 너무 무섭다니까요. 형님만 나서면 피가 난무하니 원."

　"그런가? 저놈들은 우리 목숨을 노린 것이었으니 그에 대한 대응은 해줘야 이치에 맞지."

　하삭이 뒤통수를 긁적이며 빙긋 웃었다.

　할 일을 다한 백랑도 성큼성큼 다가왔다.

　온통 피투성이여서 청려린은 백랑조차도 무섭게 느껴졌다. 백랑은 청려린에게 다가와 손등을 핥았다. 조금 전에 보왔던 난폭한 모습은 전혀 없었다.

청려린은 조심스럽게 손을 뻗어 백랑의 머리를 쓰다듬었고 백랑은 이내 배를 보이며 바닥에 벌렁 누웠다.

잠자코 있던 비선이 못 말린다는 표정을 지었다.

"칭찬해 달라고 하는 행동입니다."

배를 보이고 바닥에 누운 채로 꼬리만 살랑살랑 흔드는 백랑을 보며 청려린은 자신도 모르게 웃음을 지었다. 그리고 이내 백랑의 배를 쓰다듬었다.

"낑낑."

백랑은 그 느낌을 만끽하는지 눈을 감고 기분 좋은 소리를 질렀다.

"아무튼 이놈 가지가지 하는군."

비선은 고개를 설레설레 저었다.

진설은 하삭이 처리한 녹의인들에게 시선을 집중시키고 있었다.

"이제부터 꼬리가 붙기 시작했나 보군. 생각보다 빠른데."

그의 중얼거림을 들었는지 하삭이 혁포를 어깨에 걸며 말했다.

"저자들은 천살문(天殺門)에서 나온 자들 같습니다."

진설은 섭선으로 손바닥을 탁탁 쳤다.

"그런 것 같아 보이는군. 천살문에서도 삼류살수들이겠지."

일류살수라면 어떠한 고통이 닥쳐도 신음 소리 하나 흘리지 않는다. 그에 비해 녹의인들은 달랐다.

　진설의 눈초리가 반짝였다.

　"이들은 청쇄문을 멸문시킨 자들과 분명 관련이 있겠지. 설마 우릴 노린 것은 아닐 테고."

　진설의 시선이 청려린에게로 향했다.

　"천살문이 단독으로 움직였을 리는 없다. 아마도 누군가가 청부를 했겠지. 지금부터 비급을 놓고 한판 승부가 벌어지겠군."

　드디어 도화선에 불이 당겨졌다.

　지금부터 진검 승부가 시작되는 것이다.

　쓰러진 푸조 나무를 바라보는 진설의 눈빛이 차분히 가라앉았다.

　진설은 백랑에게 어깨를 뜯긴 녹의인을 향해 다가갔다. 녹의인은 미동도 없었다.

　진설은 그의 복면을 벗겼다.

　이십대 초반으로 보이는 자였는데 반쯤 열린 입에서 검은 거품이 일어나고 있었다. 진설은 섭선으로 그자의 입을 조금 더 벌렸다. 목구멍 안쪽이 타들어 간 듯 검게 변했다.

　'독약(毒藥)을 깨물었군.'

　예상했던 일이다.

　비밀 누설을 금하기 위한 훈련쯤은 기본이다. 천살문은 무림 최대의 살수문이다. 삼류살수를 보낸 것은 자신을 얕보아서가 아니라 실력을 가늠하기 위함이다. 그만큼 신중을 기한다는 말과 다름이 아니다.

철저한 계획과 검토하에 그들은 다시 다가올 터이고 그들뿐만이 아니다. 청쇄문의 멸문에 직접 관여한 자들뿐만 아니라 비급을 노리는 자들도 염두에 두어야 한다.

정확하게 그 숫자를 파악할 필요도 없다. 파악할 수 없을 만큼 많을 테니까.

진설은 몸을 일으켜 뒷짐을 지며 하늘을 바라보았다.

문득 그의 머릿속으로 한 가지 생각이 떠올랐다. 그의 안색이 미세하게 변했다.

'빨리 확인해 봐야겠어.'

무림의 정세 파악이 시급했다.

청려린의 의뢰를 받고 복건성에서 출발한 지 꽤나 시일이 흘렀고 녹림에 머물었기 때문에 별다른 정보를 얻지 못했다.

그의 눈살이 살짝 찡그려졌다.

*   *   *

안휘성의 대도시인 합비(合肥)가 얼마 남지 않았다. 진설 일행은 들녘을 가로질러 합비로 향하고 있었다. 그사이 다행히도 별다른 일은 없었다.

비선은 이제 어느 정도 회복된 모양이다. 비실비실 걷던 그의 몸이 이제는 일자로 걸을 수 있었다.

"아! 따분하네. 어제 살수들이 덤비기에 잔뜩 긴장했었는데."

그의 말에 제일 앞서 걷던 진설이 걸음을 멈추며 피식 웃었다.

"오늘은 여기서 쉬어가도록 한다."

모두의 발걸음이 멈췄고 문득 백랑이 좌우를 살피더니 진설에게 무언가 묻는 듯한 눈짓으로 바라보았다.

진설이 이내 다가오라는 손짓을 보내자 백랑이 그의 곁으로 다가가 바닥에 털썩 주저앉았다.

청려린이 백랑의 등에서 폴짝 뛰어내리며 진설에게 물었다.

"아저씨, 아직 어두워지려면 멀었는데요. 예전에 제가 이 길을 지나가 본 적이 있는데 조금 더 빨리 움직이면 합비에 도착할 수 있어요. 거기 가서 쉬는 것이 낫지 않아요?"

청려린은 합비를 가본 모양이다. 그러나 진설은 고개를 가로저었다.

"배고파서 도저히 못 가겠소."

그는 백랑의 등을 베개 삼아 바닥에 몸을 눕히며 하삭과 비선에게 눈짓을 보냈다.

"가서 토끼라도 잡아와라."

그의 말에 하삭과 비선이 고개를 끄덕이며 뒤쪽의 숲 속으로 사라졌다. 청려린은 그의 행동을 이해할 수 없다는 듯 물었다.

"아저씨, 식사를 한 지 겨우 두 시진밖에 안 지났잖아요."

"그래도 배가 고픈데 어쩌겠소?"

진설이 천연덕스럽게 섭선을 흔들며 말했다. 청려린은 눈썹을 모으며 몸을 휙 돌렸다.

"아무튼 항상 자기 멋대로라니까."

그녀의 말을 한쪽 귀로 흘려들으며 진설은 곁눈질로 주위를 한 바퀴 빙 둘러보았다.

"흥. 그럼 백랑이라도 줘요. 백랑이랑 놀게요."

청려린이 토라진 얼굴로 백랑의 등을 베고 누운 진설에게 요구를 했다. 그러나 진설은 고개를 가로저으며 눈을 지그시 감았다.

청려린은 그가 무시하자 이내 새침한 표정을 지었다가 백랑에게 눈길을 돌리며 생긋 웃었다. 그리고 바닥에 엎드린 백랑에게 오라는 손짓을 보냈다.

"백랑아, 이리 온."

백랑은 바닥에 얼굴은 댄 채로 눈만 꿈쩍이며 청려린을 바라볼 뿐, 움직이지 않았다. 청려린은 백랑의 심드렁한 반응에 빼앗긴 듯한 기분이 들어 심술이 났다.

곧이어 그녀는 치마를 살짝 들추며 요염한 척 웃었다. 청려
린은 아직 어려서 귀여운 얼굴이었지만 요염한 웃음을 지으
니 자못 성숙한 느낌이 들었다.

"백랑아, 이리와."

그와 동시에 백랑의 눈이 번쩍 뜨이는가 싶더니 이내 자리
에서 벌떡 일어나 그녀를 향해 순식간에 달려갔다.

쿵!

진설의 뒤통수가 바닥에 곤두박질쳤다.

"아!"

진설의 잘생긴 얼굴이 구겨졌고 몸을 일으키며 뒤통수를
문질렀다.

"뭐야?"

진설의 시선이 바닥을 향했고 그곳에는 뾰족하게 튀어나
온 커다란 돌이 있었다. 뒤통수에서 손을 뗀 진설의 손바닥에
선혈이 비쳤다.

그는 청려린의 치마 속을 뚫고 들어가려고 안간힘을 쓰는
백랑의 커다란 몸을 어이없는 눈길로 바라보았다.

"완전한 무방비 상태란 이런 것을 가리키는 것이로군."

진설은 뒤통수를 한 차례 어루만진 뒤, 팔베개를 하고 바닥
에 누웠다. 그의 눈초리가 따갑게 백랑의 몸에 꽂혔다.

"자식새끼 키워봐야 아무 소용 없다더니. 옛말에 틀린 말
하나 없군."

곧이어 청려린의 숨이 넘어갈 듯한 웃음소리가 터져 나왔다.

"꺄르르! 아이, 백랑아 그러지 마."

그 소리에 진설의 콧등이 기분 나쁜 듯 씰룩였다.

*   *   *

천살문의 천일대주(天一隊主) 맹달호(猛疸虎)는 여전히 숨을 최대한 죽인 채 촉각을 최대로 끌어올려 동향을 살폈다. 삼류살수들로 구성된 천삼대(天三隊)가 전멸했다는 소식을 듣고 이곳에 잠복 중이었다.

그 소식을 들은 맹달호는 어설픈 잠복으로는 통하지 않는 상대라는 것을 직감했다. 그는 즉시 그들의 이동 경로를 파악했다. 녹림 본채가 있는 구화산에 왜 들어갔는지 알 수는 없었지만 구화산에서 나온 그들은 곧장 북쪽을 향해 이동했다.

곧이어 맹달호는 몸을 숨기기에 가장 적당한 장소를 물색했고 그 결과, 지금 합비로 들어가는 들녘이 가장 적절하다고 판단했다.

상대는 분명 천삼대의 급습에 긴장하고 있을 터였다.

이곳 들녘은 그 긴장을 최소한으로 줄이고 적절하게 급습할 수 있는 곳이라 판단했다. 시야가 확 트인 곳이라 상대도 어느 정도 방심할 수 있다고 보았다.

자신이 이끌고 있는 천일대는 자신을 포함한 일류살수들 네 명으로 구성되어 있다. 몸을 숨기는 기척부터가 삼류살수들과는 천양지차였다. 땅을 파고 그 위에 흙을 덮으면 미세하게 다른 땅과 색의 차이가 난다는 것은 그에게 있어 기본 상식이었다.

자신이 보기에는 모든 것이 완벽했다.

맹달호는 진설 일행이 다가오는 기척을 느끼고 손에 쥔 검을 힘주어 잡았다.

그런데 그들과 십여 장쯤 떨어진 곳에서 갑자기 진설 일행이 멈췄다. 아마 그곳에서 하루를 머물고 갈 모양이다.

맹달호은 자신 있는 웃음을 지었다.

'그래. 하루만 더 살려주지.'

이미 하루를 땅속에서 잠복한 그였지만 이 정도는 아무것도 아니었다. 호흡에 약간의 곤란은 있었지만 호흡 조절만 잘하면 며칠 동안은 문제없었고, 이미 며칠 동안 아무것도 먹지 않아 몸을 통해 나올 배설물도 없었다. 만반의 준비는 이미 끝냈다.

사내 셋만 처리하고 계집아이만 천살문으로 데려가면 이번 살수행은 끝이 난다.

살수의 가장 중요한 사항은 바로 인내심이다.

이 인내심으로 구대문파나 칠대세가의 호법들도 제거 한바 있는 맹달호는 승리의 미소를 지었다.

'느긋하게 기다려 주지.'

그런 그의 뒤쪽에서 천일대의 일류살수 세 명이 죽은 듯 미동도 하지 않고 눈동자만 데굴데굴 굴렸다.

어슴푸레 어둠이 깔렸고 마치 굳어진 것처럼 땅속에서 꿈쩍하지 않고 있던 맹달호의 콧속으로 고기 굽는 냄새가 스며들었다.

'사슴 고기인가 보군.'

저절로 입가에 군침이 맴돌았지만 맹달호는 역시 일류살수답게 최대한 식탐을 억제했다. 그는 조심스럽게 입에 고인 침을 삼켰다. 그의 손이 이내 홀쭉한 배를 문질렀다.

'그러고 보니 일주일째 아무것도 먹지 못했군.'

다른 대원들을 돌아보니 그들도 군침을 삼키는 중이었다. 그와 마찬가지로 일주일째 굶은 그들로서도 당연할 것이다.

그때였다.

꼬르륵!

누가 먼저라고 할 것도 없이 네 명의 뱃속에서 동시에 밥 달라는 신호가 터져 나왔다.

맹달호는 화들짝 놀라며 두 손으로 배를 움켜잡았고 다른 대원들에게 눈짓을 보냈다. 다른 대원들도 황망한 표정으로 배를 움켜잡았다. 네 명이 일시에 꼬르륵 소리가 들리니 꽤나 컸다.

깜짝 놀란 그는 촉각을 곤두세우고 위쪽의 동향을 살폈다. 다행히 별다른 반응은 없었고 맹달호는 속으로 한숨을 내쉬었다.

'휴.'

그러는 사이에 그의 뱃속이 또 한 차례 요동을 쳤다.

꼬르륵!

고기 냄새에 배가 자꾸만 반응을 했다. 처음 겪는 황당한 상황에 맹달호는 해결 방법을 찾지 못했다.

투툭!

그때, 맹달호의 머리 위에 비가 떨어지는 소리가 들렸다. 그것을 들은 그의 얼굴에 화색이 떠올랐다.

그때, 우렁찬 사내의 음성이 들려왔다.

"이럴 때를 대비해서 천막(天幕)을 가지고 왔지."

'그래. 잘났다.'

맹달호는 인상을 짙게 썼다.

다행히 빗소리 때문에 그의 배에서 들리는 소리는 묻혀 버리겠지만 비가 내린 이상 저들이 언제 움직일지 알 수가 없었다. 비를 맞으며 걸을 리가 만무하기 때문이다.

투투툭!

금세 빗발이 굵어지며 소나기처럼 쏟아져 내렸다.

그걸 느낀 맹달호의 안색이 크게 변했다. 단단하게 땅굴의 위쪽을 막아놓았지만 갑작스럽게 많은 양의 빗물이 쏟아지자 땅속으로 빗물이 스며들어 맹달호의 얼굴을 툭툭 쳤다.

맹달호가 놀라는 사이에 더욱 많은 빗물이 그의 발밑에 떨어졌다. 얼마나 많은 양이었는지 순식간에 물이 고였다. 다른 대원들도 깜짝 놀라 맹달호의 얼굴만 바라보았다.

언제까지 비가 내릴지 모르지만 이런 식으로 계속 내린다면 금세 그들은 물에 잠겨 버릴 것이다. 숨을 쉬는 것은 둘째치고서라도 그들의 위치가 금세 들통날 것이다.

맹달호는 심각하게 고민을 했다.

'이대로 치고 나갈까?'

그는 이내 고개를 저었다.

빗소리가 어느 정도 인기척을 없애준다고 해도 천삼대를 순식간에 제거한 저들의 무공이라면 금세 자신의 기척을 발견할 것이다.

'정면 승부는 안 돼. 그렇다면 방법은 하나.'

맹달호는 옆의 땅을 손으로 파나가기 시작했다.

'어차피 빗소리 때문에 기척은 묻힐 테니 근처까지 다가가 승부를 걸겠다.'

그의 눈에 독기가 어렸다.

쿵쿵!

하삭이 주위의 두꺼운 나뭇가지를 땅속에 박아 넣으며 천막의 끈을 그것에 묶었다.

진설이 주위를 힐끔 둘러보더니 하삭을 향해 말했다.

"물이 고이면 잠자리에 문제가 있으니 근처에 도랑을 길게 파고 물길을 만들어라."

"예, 형님."

하삭은 우렁차게 대답을 하고 일 장 정도 거리의 밖으로 나가 벽력부로 땅을 그으며 길게 원을 그렸다.

"비가 많이 오니까 넘치지 않게 깊게 파라."

진설의 말에 하삭이 손에 힘을 주어 다시 한 번 벽력부로 깊게 땅을 팠다. 그 덕분에 주위의 쏟아지는 비들이 그 속으로 흘러들어 갔다.

단단하게 묶여진 천막과 물길을 만들자 쏟아지는 빗속에도 별다른 영향을 받지 않고 모두들 맛있게 식사를 계속할 수가 있었다.

"비가 많이 오니까 오늘은 여기서 쉬고 내일 출발하자."

진설은 노릇노릇하게 구워진 사슴의 뒷다리 하나를 백랑에게 던져주며 말했다.

백랑이 잽싸게 사슴 다리를 낚아채며 구석으로 가 앞다리로 그것을 잡고 물어뜯었다. 그리고 비선을 곁눈질로 힐끔힐끔 눈치를 살폈다. 그걸 본 비선이 어이없다는 표정을 지었다.

"네놈 침 묻은 걸 내가 뺏어먹을까 봐 그러냐?"

그의 말에 하삭이 빙긋 웃었다.

"평소에 네가 얼마나 치사하게 보였으면 그러겠냐?"

"치."

비선은 입술을 삐죽거렸다.

투투툭!

하늘에서 쏟아지듯이 많은 비가 내렸고 밤은 점점 깊어갔
다.

第八章

살수의 치욕

진설묵

珍說榊

　쭈그리고 앉아서 진설 일행이 있는 곳을 향해 조심스럽게 땅을 파나가던 맹달호는 뒤를 돌아보았다. 바로 뒤의 대원이 빨리 파라는 입 모양을 보냈다.

　그의 행동에 맹달호는 화가 치밀어 올랐다.

　'아니, 이 자식이 죽을라고 환장했나? 어디서 해라 마라야?'

　자신이 제일 앞에 있었고 나머지는 일렬로 그를 따라올 뿐이었으니 자신만 땅을 파고 있었던 셈이다.

　조금이라도 널찍한 공간이 있었다면 대원들에게 시켰겠지만 공간이 너무 협소하여 자리를 바꿀 수가 없었다. 오죽하면 쭈그리고 앉아 전진하며 땅을 파고 있겠는가.

맹달호의 눈가에 짜증이 섞였고 뒤의 대원을 향해 신경질적으로 흙이 잔뜩 묻은 주먹을 불끈 쥐었다. 그러자 대원이 놀란 표정으로 다급히 두 손을 휘저으며 뒤쪽을 손짓했다.

맹달호의 시선이 그곳을 향했고 그는 다급히 헛바람을 들이켰다.

'헙.'

모두 쭈그리고 앉아 있는 상태에서 전진을 하다 보니 일어설 때의 신장보다 반 정도 작아져 있는 상황이다. 이미 맨 뒤의 대원은 이미 가슴까지 물이 차 올라왔다.

'미치겠네.'

잽싸게 다시 앞으로 시선을 돌린 맹달호의 손놀림이 다급해졌다.

투투투툭!

쏟아지는 빗소리가 장난이 아니다. 그 소리는 충분히 자신의 움직임 정도는 감춰줄 것이다. 게다가 그는 지상이 아닌 지하에 있었으니 더욱 안심이 되었다.

맹달호의 얼굴에서 굵은 땀방울이 흘러내렸다. 그는 엉덩이에서 차가운 물의 감촉을 느끼며 손톱이 부서져라 땅을 파며 나아갔다.

최대한 빠른 전진을 목표로 삼았기에 그들이 지나갈 공간이 점점 협소해졌고 맹달호는 급기야 바닥에 몸을 눕히며 땅을 파나갔다. 넓은 공간을 파나간다면 느려지기 때문이다. 그의 얼굴이 금세 물에 잠겼다.

이제 뒤 돌아볼 여유도 없었다.

호흡을 조절할 수도 없었다. 숨을 참는 것에도 한계가 있다. 그러나 맹달호의 눈빛은 죽지 않았다.

'이 정도면 거의 일장 근처쯤 되겠지?'

맹달호는 침착하게 거리를 가늠했다. 시각으로 보아 지금은 새벽일 터이고 위에 있는 놈들은 편안하게 배를 두드리고 있을 것이다. 커다란 개가 한 마리 있다고 했지만 이렇게 쏟아져 내리는 비에는 후각이 무뎌진다. 분명 눈치 채지 못할 것이다.

맹달호는 이제 손의 방향을 위로 바꿨다. 어쩌면 지금이 더없이 좋은 기회일지도 모른다.

'최고의 살수인 나를 이렇게 고생시켜? 이 자식들 전부 뒈졌어.'

맹달호는 이를 꽉 물었다.

천막 안의 모닥불에 앉아 있던 비선은 잠이 오지 않아 몸을 일으켰다. 가슴에서 뻐근한 고통이 일어나 비선은 잠시 인상을 찡그렸지만 그는 곧이어 팔을 한 차례 허공에 휘둘렀다.

그래도 상당히 많이 회복되었고 몸을 움직이는 데에는 별지장이 없었다. 그는 다른 사람들을 바라보았다.

진설은 팔베개를 하고 잠이 들었고 하삭은 가부좌를 틀고 앉아 눈을 꼭 감고 있었다.

'참 대조된단 말이야.'

문득 그는 궁금증이 생겼다.

'큰형님이랑 둘째형님이랑 싸우면 누가 이길까?'

진설의 무공은 제대로 본 적이 없어 가늠하기 어려웠지만 하삭의 패도적인 무공에는 자신조차도 몸서리가 쳐질 정도였다.

'아무리 그래도 큰형님이겠지?'

혼자만의 상상에 피식 웃던 비선은 이내 청려린과 백랑에게 시선을 돌렸다. 청려린은 백랑의 왼발에 누웠고 백랑은 청려린 쪽으로 몸을 돌려 오른발로 그녀의 어깨를 감쌌다. 마치 사람처럼 팔베개를 해주는 형상이었다.

그걸 본 비선은 코웃음이 절로 나왔다.

'저게 늑대야? 사람이야?'

다른 때 같으면 벌써 소리를 질렀겠지만 모두 잠이 들어 있는 상태라서 비선은 그저 입맛만 쓰게 다셨다.

뚜둑!

목을 좌우로 꺾으며 한 바퀴 돌린 비선은 이내 검을 들고 밖으로 향했다. 잠이 오지 않아 가볍게 몸도 풀면서 한바탕 검법을 펼칠 생각이었다.

천막 밖으로 나서자 쏟아지듯이 내리는 소나기가 그의 몸을 금세 적셨다. 비선은 하늘을 한 차례 바라보았다.

'지신기회(地身氣會)의 경지에 도달하면 비를 한 방울도 맞지 않는다던데.'

호신강기(護身强氣)를 일으키고 내공을 유형화시켜 보이게 만든다는 지고한 경지!

그 경지를 이룬 사람이 절세무존 청무성이었다.

그 이외에도 백련교의 사독악과 마교의 마무돌도 지신기회를 익혔다고는 하지만 원체 모습을 드러내지 않는 자들이라 거리감이 멀게만 느껴졌다.

'하긴 검신은 천신기회의 경지에 올랐었다던데.'

지신기회의 윗 단계인 천신기회의 경지는 상상조차 되지 않았다.

비선은 한숨을 쉬었다.

'그런 사람을 죽인 자라면 도대체 누가 죽였을까?'

처음 그 이야기를 들었을 때에도 그랬지만 지금 다시 생각해 보아도 역시 믿을 수 없는 이야기이다. 기껏해야 비슷한 경지인 사독악과 마무돌이 떠오르긴 했지만 증거는 없었다. 정파나 사파, 마교는 서로 각기 차지하고 있는 위치도 틀렸고 별다른 마찰도 없었기에 그것은 막연한 추측일 뿐이었고 진설의 생각도 비슷하다고 했다.

비선은 축축하게 젖은 머리를 한 차례 흔들며 잡생각을 떨쳤다. 그리고 검을 빼 들었다. 빗방울이 금세 검날에 달라붙어 미끄러지기를 반복했다.

비선은 조금 더 밖으로 움직였다.

자고 있는 다른 사람들에게 방해가 될까 염려한 까닭이다. 그는 그사이에 자신과 비무를 했던 소군보의 무공을 떠올렸다.

푹!

생각에 잠겨 걷던 비선의 발이 하삭이 깊게 파놓은 도랑에 빠졌다. 물이 너무 스며들어서인지 마치 진흙 구덩이를 밟은 것처럼 한 번에 깊게 쑥하고 그의 발이 깊숙이 가라앉았다.

"이런 젠장."

비선의 게슴츠레한 눈에 짜증이 담겼다.

맹달호는 굼벵이처럼 꿈틀거리는 몸을 이끌고 미친 듯이 땅을 파다가 잠시 동작을 멈췄다.

툭툭!

그가 손을 대지 않았음에도 위쪽의 흙이 그의 얼굴로 떨어졌다.

'거의 다 왔군.'

위쪽으로 올라왔기에 물의 압박에서 벗어난 그는 이내 고개를 돌려 대원들을 바라보려 했다. 그런데 너무 좁은 탓에 고개는 돌아가지 않았다. 할 수 없이 최대한 고개를 숙여 아래를 바라보며 이제부터 조심스럽게 움직이라는 눈짓을 보냈다.

　바로 밑의 대원은 그럭저럭 알아본 듯 했는데 그 아래로 두 명은 보이지 않았다. 그도 그럴 것이 바로 직각으로 위로 파 올라왔기에 남은 두 명은 아직도 바닥에 엎드린 채 물속에 잠겨 있을 터였다. 아마도 호흡의 고통이 상당할 것이다.

　맹달호는 잠시 귀를 쫑긋 세웠지만 시끄러운 빗소리만 들릴 뿐, 아무 소리도 들리지 않았다.

　'빨리 처리하고 돌아간다.'

　짤막하게 결론을 내린 맹달호는 이내 손에 힘을 주었다가 얼마 남지 않은 지상을 향해 손을 뻗어갔다.

　그때였다.

　퍽!

　무언가가 위쪽의 흙을 단번에 뚫어버리며 그의 얼굴을 짓밟았다.

　'뭐, 뭐냐?'

　눈이 제대로 짓밟혀서 아무것도 보이지 않았다.

　맹달호는 얼굴이 제멋대로 구겨진 채로 손을 아래로 뻗어 허리에 걸린 검을 뽑으려고 했다. 그런데 공간이 너무 비좁아서 손을 아래로 뻗을 수가 없었다. 당연히 검에 손도 대지 못했다.

　'이런 제기랄.'

　무슨 이런 거지 같은 말도 안 되는 상황이 있단 말인가.

그때, 자신을 짓밟은 자의 당황한 음성이 들렸다.

"으, 으악. 무지 큰 왕 지렁이다."

위에서 무너진 흙으로 범벅이 된 맹달호의 얼굴은 사람인지 아닌지 분간하기 어려웠다. 게다가 달빛도 없는 어둠이었으니 착각한 모양이다.

위에서 자신의 얼굴을 밟은 그놈은 소리를 마구 지르며 몸부림을 쳤다. 그리고 발로 맹달호의 얼굴을 마구 짓밟았다.

퍽퍽퍽!

피하고 자시고 할 공간도 없는 맹달호는 고스란히 얼굴을 또다시 짓밟혔다. 아주 미치고 환장할 노릇이다.

맹달호의 얼굴이 점점 찌그러져 갔다.

그러는 사이에 그의 밑에 있던 대원이 몸부림을 쳤다. 이미 물은 바로 밑의 대원을 넘어 그의 무릎까지 올라왔다. 그걸 느낀 맹달호는 일단 나가보자는 마음에 소리를 치려 했지만 그때마다 그놈의 발이 마구 짓밟는 바람에 그의 입속에는 흙과 물이 가득 들어왔다.

'우웁.'

일류살수의 자부심이 한순간에 흙더미 속에서 짓밟혔다.

그때, 다른 사람의 우렁찬 음성이 들렸다.

"막내야, 발 치워봐. 사람 같은데?"

그 소리가 맹달호에게는 마치 지옥에서 부처님을 만난 것만큼이나 반갑게 들렸다.

드디어 그를 짓누르던 발이 치워졌고 맹달호는 시야를 확보할 수 있었다. 하지만 그것도 잠시 이내 물줄기가 콸콸거리며 그의 얼굴에 쏟아져 내렸다.

흙더미를 퉤 내뱉은 그는 아등바등 몸부림을 치며 기어서 지상 위로 올라갔다.

"헉헉."

그는 바닥에 이내 축 늘어져 다급히 숨을 몰아쉬었다.

그를 마구 밟고 있던 그놈, 비선이 그런 그를 바라보다가 그가 빠져나온 구멍의 안쪽을 살폈다. 너무 어두운 데다가 달빛까지 없어 자세히 보이지는 않았다.

그때, 바닥에 누워 급한 숨을 몰아쉬던 맹달호의 얼굴 위를 무언가가 가렸다.

"으아아!"

맹달호는 깜짝 놀란 소리를 지르며 몸을 재빨리 옆으로 굴려 몸을 일으켰다.

흰 털을 가진 커다란 개였다.

분명 방금 그 개가 자신의 얼굴을 바라보며 킁킁거리고 냄새를 맡았다.

너무 깜짝 놀라 심장이 벌렁거리는 그의 눈 속으로 섭선을 든 한 명의 사내가 그를 향해 걸어오는 것이 보였다.

그것을 본 맹달호는 정신이 번쩍 들었고 재빨리 사태를 파악했다. 자신이 나온 땅속에서 더 이상 아무 반응이 없는 것을 보니 세 명의 대원들은 물속에서 모두 죽은 모양이다.

'이런 어이없는 일이.'

천살문의 일류살수 세 명이 손가락 하나 까딱하지 못하고 수장(水帳)당했다. 이런 일은 살수 역사상 전무후무(前無後無)한 일이다. 그러나 그건 이제 돌이킬 수 없는 일, 맹달호는 분기가 끓어올랐다. 그리고 그는 이내 비장한 마음을 먹었다.

언젠가는 이런 날이 올 줄 알았다.

그날이 오늘이 될 줄은 전혀 예상하지 못했고 이렇게 수치스럽게 죽게 될 줄도 몰랐다. 살수는 그 정체가 드러나는 순간 죽음을 각오해야 된다.

그러나 맹달호는 독약을 준비하지 못했다. 실패할 것은 전혀 염두에 두고 있지 않았기 때문이다.

평범한 무인이라면 사력을 다해 마지막 힘을 쏟아 부을 것이지만 그로서는 자결만이 살수로서의 마지막 자부심을 지킨다고 생각했다.

흙으로 뒤범벅이 된 손으로 검을 잡아가던 그의 얼굴은 비장함이 한껏 묻어 있었다.

문득 그를 바라보던 사내, 진설이 피식 웃었다.

"당신, 뭐 하는 사람이오? 왜 이런 궂은 날에 땅속에 있었던 것이오?"

그의 말에 맹달호는 멍한 표정을 지었다.

'서, 설마 내가 살수란 것을 모른단 말인가?'

당당한 죽음을 맞이하려고 했던 맹달호는 진설의 눈빛과 마주쳤다. 비웃는 듯한 진설의 웃음이 그의 자부심에 상처를 더욱 입혔다.

맹달호는 진설을 쏘아보며 당당하게 말했다.

"난 일류살수요. 실패했으니 내게는 죽음만이 있을 뿐이오."

"풉."

진설이 문득 웃음을 참는 듯이 보였고 이내 크게 웃음을 터뜨렸다.

"푸하하하."

진설의 반응에 맹달호는 영문 모를 눈빛으로 그를 주시했다. 너무 웃었는지 진설은 안구(眼球)에 습기가 찰 정도였다. 눈가를 닦으며 그는 맹달호를 바라보며 말했다.

"당신은 살수가 아니오. 이렇게 어설픈 살수는 들어본 적도, 본 적도 없소."

그의 무시하는 말투에 맹달은 화가 불끈 치솟았다.

"난 천살문의 일류살수란 말이오!"

맹달은 소리를 버럭 질렀다. 그런 그를 가볍게 무시하여 진설이 손을 휘저었다.

"보아하니 우리의 동향을 파악하려고 숨었던 모양인데 천살문의 흉내를 내어 정체가 발각되지 않으려고 한 것 같소만?"

진설의 눈동자에 기묘한 빛이 어렸다.

그의 말에 맹달호는 답답했고 성이 났다.

그의 대원 세 명이 수치스럽게 죽은 마당에 자신까지 별것 아닌 것으로 치부해 버리는 진설에게 맹렬한 적개심이 일어났다. 살수로서의 자부심이 완전히 처참하게 농락당했다.

맹달호는 자결할 생각을 버렸다.

'오냐. 반드시 네놈만은 내가 죽인다.'

맹달호의 발이 앞으로 한 걸음 움직이는 동시에 그의 손이 검자루에 닿았다. 순간, 그의 손에서 번쩍이는 빛이 뿜어져 나왔다. 과연 일류살수라 불릴 만한 쾌검(快劍)이었다. 확실히 지난번의 천삼대와는 격이 달랐다.

맹달호의 검이 빗방울을 가르며 쏜살같이 진설에게 날아들었다. 별로 멀지 않은 거리가 맹달호가 검을 뽑는 순간, 이미 그의 검은 진설의 지척까지 순식간에 도달했다.

그러나 진설은 여전히 웃음을 띠고 그를 바라볼 뿐이었다.

땅!

맹달호의 검이 진설의 코앞에서 멈췄다.

그의 검을 막은 것은 손잡이가 황금빛으로 빛나는 도끼였다. 그 사내는 너무나 쉽게 맹달호의 검을 막았다.

겨우 한 수였지만 맹달호는 그 사내의 무공이 자신과 비교할 수 없다는 사실에 순간 절망감을 느껴 더 이상의 움직이지 않았다.

덩치 큰 사내는 다른 손으로 그를 가리켰다. 그리고 이내 검지를 들어 좌우로 흔들었다.

"당신은 일류살수가 아니오."

우렁찬 음성의 소유자, 하삭이 진설과 같은 말을 반복했다.

"일류살수는 살수행이 실패하면 비밀을 지키기 위해 자결해야 하는 것 아니오? 이렇게 정면으로 덤벼드는 살수가 어디 있소?"

그의 말에 맹달호는 가슴이 답답했다. 그의 말처럼 자결하려고 했는데 진설의 빈정거림에 덤벼든 것뿐이다.

"난……."

맹달호는 너무 답답해서 그 말을 하려 했는데 진설이 그의 말을 가볍게 자르며 결론짓듯 말했다.

"천살문의 살수로 위장한 것은 정말 좋은 방법이었지만 내 눈은 못 속이오. 꽤나 지저분한 몰골을 보니 아마 개방의 거지 같은데 거지면 거지답게 밥벌이 걱정이나 하시오. 개방의 정보통이라면 충분히 천살문이 우리를 노리고 있다는 것은 알고 있을 터이니."

진설이 몸을 휙 돌렸다.

'뭐, 거지?'

하도 어이가 없어 멍한 표정으로 진설의 등을 바라보는 그에게 하삭도 벽력부를 거두며 타이르듯이 말했다.

"우리 형님이 사람이 좋아서 그냥 보내주는 것이니 그만

돌아가시오. 다음에 또 온다면 이 도끼가 결코 용서하지 않을 것이오."

"허."

어이의 상실이 맹달호를 허탈하게 만들었다.

살수라고 말해도 믿지 않고 오히려 개방의 거지 나부랭이로 보고 있었다. 곧이어 그의 몸이 힘없이 돌려졌고 눈가에 독기가 파랗게 일렁거렸다.

'이 치욕, 반드시 되갚아주마.'

맹달호는 끓어오르는 마음을 주체 못하며 발길을 되돌렸다. 그의 마음을 식혀주려는지 빗방울이 그의 머리 위로 시원스럽게 쏟아져 내렸다.

진설이 나서는 바람에 그저 지켜보던 비선은 맹달호가 사라지자 어리둥절한 표정을 지었다.

"저기, 큰형님. 개방의 사람을 그냥 돌려보내도 괜찮겠습니까? 우리의 위치 파악을 하고 돌아간 것인데."

그의 말에 하삭이 빙긋 웃었다.

"저자는 개방의 사람이 아니다. 살수가 맞아."

아까 맹달호에게 말할 때 하곤 딴판인 말이다. 그의 말에 비선은 어리둥절한 표정을 지었다.

"살수라니 무슨 소리입니까? 아까는 분명 개방의 사람이라고."

그의 말이 끝나기도 전에 하삭이 말했다.

"개방의 사람이면 저렇게 날카로운 쾌검을 사용하지 못해. 기척을 최대한 숨기고 일격필살(一擊必殺)의 쾌검을 사용하는 것을 보니 살수가 확실하다."

비선은 더욱 영문 모를 표정을 지었다.

"살수라면 저렇게 보내줘도 되는 겁니까?"

하삭은 어깨를 으쓱였다.

"큰형님이 모른 척하시기에 나도 모른 척한 건데."

하삭은 말끝을 흐리고 진설을 바라보았다. 진설은 그들을 바라보며 피식 웃었다.

"저 사람은 자존심에 상당히 상처를 입었겠지. 살수행을 실패했음에도 자결을 못했으니 말이야."

"굳이 모른 척하신 이유는 무엇입니까?"

비선이 궁금한 표정으로 물었다.

"그래야 저자가 자결을 하지 않고 살아 돌아갈 테니까."

더욱 이해가 가지 않는 말이다.

살수를 살려둘 이유가 없다. 비선의 의아한 얼굴을 보며 진설은 부채로 손바닥을 두드렸다. 그의 시선이 맹달호가 사라진 곳으로 옮겨졌다.

"그가 나올 때, 백랑이에게 냄새를 맡게 했다."

그의 말에 비선이 손바닥을 탁 치며 웃음을 지었다.

"아하, 추격을 해서 천살문을 찾아내려고 한 것이로군요."

진설은 고개를 끄덕였다.

"천살문에 가서 살수를 의뢰한 자를 찾을 생각이다. 차근차근 하나씩 찾다 보면 청쇄문의 멸문에 관련된 자를 알 수 있겠지."

진설은 청쇄문이라는 말이 나올 때, 음성을 무척 작게 줄였다. 청려린에 대한 배려인 모양이다.

비선이 문득 다른 것이 생각난 듯 물었다.

"그런데 큰형님. 이곳에 머무른 이유가 아까 그 살수의 은신(隱身)을 눈치 채셨기 때문입니까?"

그의 말에 진설은 고개를 가로저으며 피식 웃었다.

"아니, 전혀 몰랐는데. 단지 날씨를 보니 합비에 도착하기 전에 비가 쏟아질 것 같아서 머문 것뿐이지."

그의 말에 비선은 조금 전의 상황을 떠올렸다. 우연찮게 발각된 맹달호와 자존심이 구겨져 힘없이 돌아간 그의 뒷모습.

"푸하하."

비선은 웃음을 크게 터뜨렸다.

"그런데 왜 갑자기 석두가 떠오르지?"

비선은 어깨를 으쓱이고 눈을 조금 붙이기 위해 천막 안으로 향했다. 굵어진 빗줄기가 점차 가늘어지고 있었다.

아침이 밝아오자 비가 그쳤고 진설 일행은 합비를 향해 나아갔다. 한참을 걷다가 발밑을 바라보던 비선이 퉁명스럽게 말했다.

"진흙투성이라 짜증나네."

그리고는 부럽다는 눈초리로 청려린을 바라보았다. 백랑의 등에 타고 마치 산보라도 나온 양 환한 얼굴로 호청(好晴)한 하늘을 바라보는 청려린은 무척 기분이 좋은 듯 보였다.

"우와! 무지개다."

청려린이 박수를 짝짝 치며 허공을 아름답게 수놓은 무지개를 반짝이는 눈망울로 바라보았다. 그런 그녀를 바라보던 비선은 심기가 불편했다.

"아주 공주님이 따로 없구만."

투덜대는 비선의 말에 하삭이 빙긋 웃음을 지었다.

"너도 백랑의 등에 타서 백랑 탄 왕자가 한번 되어보는 건 어때?"

그의 장난스런 말에 비선이 코를 훔치며 대답했다.

"됐습니다. 백마(白馬)라면 모를까."

그때, 문득 멀리서 무슨 소리가 들렸다.

비선은 귓가를 쫑긋 세웠다.

"저건 비파(琵琶) 소리가 아닙니까?"

그의 말에 진설이 걸음을 멈추고 뒷짐을 지며 고개를 끄덕였다.

"그런 것 같구나."

마음을 맑게 틔워주듯이 맑고 매끄러운 비파 소리가 점점 가까이 다가왔다. 그것을 들은 청려린의 입에서 감탄이 쏟아졌다.

"와아! 아름답다. 나만큼 잘하는걸."

그녀는 마치 심금을 울리는 듯한 소리에 귓가를 쫑긋 세웠다. 명문에서 자란 모양인지 청려린도 악기 연주에 제법 조예가 있는 듯 보였다.

비선은 음악에는 문외한이었지만 그조차도 맑은 비파의 소리에는 마음이 한결 밝아지는 것을 느꼈다.

한동안 비파의 영롱한 소리를 감상하던 그의 귓가로 진설의 작은 음성이 들렸다.

"음공의 고수는 사람의 희로애락(喜怒哀樂)을 마음대로 조절할 수 있다. 저렇게 연주하면서 다가오는 것은 경계하지 말라는 의미지. 곧, 지금 우리의 상황을 잘 알고 있다는 말이다."

그는 이내 한마디를 덧붙였다.

"누구인지 알 것 같구나."

진설은 희미하게 웃었다.

그러는 사이 비파 소리가 점점 가까워졌고 일단의 사람들이 보였다. 그들은 똑바로 진설 일행을 향해 다가왔다.

대략 십여 명의 사람들이었는데 모두들 값비싼 비단옷을 입고 있었다. 여러 종류의 색이라 화려한 빛깔이 보는 이로 하여금 눈을 어지럽게 만들었다. 그런데 특이한 점은 전부 여인이라는 것이다.

갑자기 헥헥거리던 백랑의 눈동자가 말똥말똥해지며 그들에게 고정되었다. 그리고 입을 약간 벌린 채, 더 이상 혀를 내밀지 않았다. 빤히 여인들을 바라보고 있다는 것을 금세 눈치챌 수 있었다.

진설에게 다가온 그들의 이내 멈춰 섰다.

네 명의 여인이 붉은색으로 세심하게 칠해진 가마를 앞뒤에서 들고 있었고 나머지 여인들이 호위하듯 가마의 근처에 있었다. 그들이 멈추는 것과 동시에 가마 안에서 울려 퍼지던 비파 소리도 뚝 그쳤다.

"뭐, 뭐야?"

비선의 게슴츠레한 눈이 번쩍 떠졌다.

하나같이 절세 미녀라 칭할 수 있을 만큼 아름답고도 젊은 여인들이었기 때문이다. 정신없이 여인들을 번갈아보는 비선과 달리 백랑은 가마 안을 뚫어지게 쳐다보고 있었다. 그런 백랑의 눈빛은 짐승이 마치 먹이를 잡기 전의 집중력 있는 눈빛, 그 자체였다.

이내 가마의 문이 열렸고 앞쪽에 서 있던 여인이 재빨리 품에서 비단을 꺼내 바닥에 깔았다. 그리고 하나의 발이 밖으로 모습을 드러냈다. 매끄럽고 깔끔해 보이는 비단신을 신은 작은 발이 앙증맞아 보였다. 그리고 곧이어 한 명의 여인이 가마 안에서 모습을 드러냈다.

"어, 어."

비선의 놀란 눈빛으로 말을 꺼내지 못했다. 말수가 적고 당당한 하삭마저 여인을 바라보며 멍한 표정을 지었다.

활활 타오르는 듯한 적의(赤衣)를 입은 여인이었다.

이십대 초반으로 보이는 여인은 비단결 같은 머리를 틀어 올려 성숙한 느낌을 주었고 희디흰 피부가 적의와 무척 대조되어 보였다.

반듯한 이마와 잡티 하나 없는 깨끗한 얼굴이 맑게 보였다. 눈썹은 적당하게 반월처럼 나 있었고 흰 피부 때문에 너무나 선명했다.

금방이라도 물속에서 나온 것처럼 촉촉이 젖어 있는 눈동자에는 거부할 수 없는 마력이 숨어 있었다. 신비롭고도 매혹적인 눈빛, 그걸 바라보던 비선은 넋이 나간 듯 중얼거렸다.

"너무 아름답다."

다른 여인들도 절세 미녀라 불릴 수 있을 만큼 아름다웠지만 가마에서 나온 여인과는 비교할 수가 없었다. 마치 금방이라도 하늘에서 내려온 선녀와도 같은 느낌이다.

한 가지 아쉬움 점은 그녀가 얼굴의 반을 가리고 있는 은색 면사를 쓰고 있다는 점이다.

비선은 그 면사를 벗겨 코와 입술까지 보고 싶은 욕망이 불쑥 치솟았다. 면사를 쓰고 있음에도 아름다우니 면사를 벗겨 보면 얼마나 아름다울지 상상조차 되지 않았다.

그때, 갑자기 백랑이 여인을 향해 빠르게 달려들었다. 멍하니 여인들을 쳐다보던 청려린이 땅에 엉덩방아를 찧으며 떨어졌다.

"어머, 백랑아."

그녀는 놀란 음성으로 소리쳤지만 백랑은 뒤도 돌아보지 않고 앞으로 쏜살같이 내달렸다.

스릉!

면사를 쓴 여인을 호위하듯 지키던 나머지 여인들이 일제히 검을 뽑아 앞으로 걸음을 내디디며 가까이 다가온 백랑을 향해 검을 휘둘렀다. 일제히 망설임없는 동작으로 검을 휘두르는 모습에서 평소의 수련이 녹록하지 않다는 것을 알 수 있었다.

슉!

그러나 백랑은 높게 허공으로 뛰어올라 검을 피하며 여인들의 뒤쪽으로 날아올랐고 곧장 정확히 면사를 쓴 여인의 앞에 떨어졌다. 어찌나 빠른 움직임인지 여인들이 미처 뒤를 돌아볼 틈도 없었다.

"그냥 놔두어라."

옥구슬이 쟁반에 구르면 저런 소리가 날까 싶은 생각이 들 정도로 아름다운 음성이었다. 듣는 사람의 기분까지 맑게 해줄 만큼 청아했다.

아름다운 얼굴에 음성까지 그러하니 사내들로 하여금 넋

이 나가게 하기에 충분했다.

비선과 마찬가지로 넋 놓고 그녀를 바라보던 하삭이 나직이 중얼거렸다.

"사람이야? 귀신이야?"

그의 말에는 믿을 수 없다는 의문이 강하게 제기되었다.

백랑이 꼬리를 마구 흔들며 그녀의 발에 얼굴을 비벼댔다. 그녀의 촉촉한 눈망울이 작게 접히며 웃음 방울을 터뜨렸다. 그녀는 싫은 내색 하나 없이 백랑의 머리를 쓰다듬었다.

백랑은 그녀의 손길에 기분이 좋은지 두 눈을 꼭 감고 그녀의 발에 고개를 숙였다. 한동안 백랑의 머리를 쓰다듬던 그녀는 이내 눈을 들어 진설을 바라보았다.

"의뢰파의 문주 진설이란 분이 맞으신지요?"

그녀의 옥용(玉容)을 아무렇지도 않은 표정으로 바라보던 진설은 고개를 끄덕이며 간단히 말했다.

"그렇소."

"그렇다면 소녀가 제대로 찾아온 모양이로군요."

그녀의 아름다운 음성을 듣던 진설은 이내 피식 웃으며 천연덕스럽게 말했다.

"수정각(蒐情閣)의 청선녀(淸仙女)께서 보잘것없는 본인을 찾은 이유가 무엇이오?"

그의 말에 비선이 깜짝 놀란 얼굴로 진설을 바라보았다.

"청선녀라구요? 그렇다면 천하제일미인(天下第一美人)이라

불리는 선아령(善娥鈴)이란 말입니까?"

그의 열변에 진설이 소매를 들어 뺨을 한 차례 문질렀다.

"막내야, 침 튄다."

비선이 민망한 표정으로 입가를 닦으며 청선녀라는 별호를 가지고 있는 선아령에게 다시금 시선을 돌렸다. 좀처럼 눈을 뗄 수가 없었다.

선아령의 눈이 또다시 웃음을 지었다.

"소녀는 협상을 하기 위해 왔답니다."

진설은 뒷짐을 풀며 섭선을 활짝 폈다. 흥미롭다는 표정이었다.

"협상이라. 좋소. 한번 들어나 봅시다."

선아령의 눈빛이 영롱하게 빛났다.

"저 아이가 절세무존의 손녀인가요?"

선아령은 섬섬옥수(纖纖玉手)를 들어 엉덩이를 털고 있는 청려린을 가리켰다. 그녀의 말에 청려린은 의아한 표정을 지었다.

"그렇소."

진설은 시원스레 섭선을 흔들며 대답했다. 그의 말에 선아령은 그를 똑바로 직시하며 말했다.

"협상을 하기 전에 먼저 한 가지 알려 드릴 사실이 있어요."

아까와 마찬가지로 궁금증을 유발시키는 말투였지만 진설

의 표정은 별다른 변화가 없었다. 오히려 능글맞은 웃음을 지으며 묻는 눈초리를 보냈다.

그의 행동에 선아령은 잠시 눈을 아래로 깔며 생각에 잠겼다가 입을 재차 열었다.

"현재 무림에는 절세무존의 비급에 관한 이야기가 퍼지고 있어요. 정확하게 절세무존의 손녀, 청려린이 비급을 지니고 있다는 것이지요. 절세무존의 비급뿐만 아니라 검신의 비급까지 가지고 있다는 말이에요."

그녀의 말에 진설은 피식 웃으며 청려린을 바라보았다.

"의뢰인, 비급을 가지고 있소?"

"아니요."

청려린은 왠지 당황한 기색으로 다급히 고개를 가로저었다. 그의 행동에 선아령은 작게 웃음을 지었다.

"하지만 저 아이는 비급이 있는 장소를 알거나 비급에 관한 어떤 표식은 가지고 있겠지요."

선아령은 엇비슷하게 꿰뚫어보고 있었다. 그건 바로 무림에서도 그렇게 소문이 퍼져 있다는 것이다.

그녀의 말에 진설은 잠시 생각에 잠겼다.

선아령은 그런 그에게 생각할 시간을 충분히 주며 더 이상 입을 열지 않았다.

"당신의 말이 맞소."

진설은 이내 솔직하게 대답했다.

비선은 진설이 대화를 나누고 있는 중이라 끼어들지 않았지만 의아함을 감출 수가 없었다.

최대한 발뺌하는 것이 좋다. 이런 일은 새나가면 해가 된다.

그렇지 않아도 천살문이 달려든 이상, 점점 그들을 노리는 자들이 늘어날 것은 자명한 일인데 비선은 진설의 대답이 이해가 되지 않았다.

없다고 발뺌해야 정상이지, 왜 굳이 비급이 있는 장소를 알고 있는 것처럼 행동하는지 이해가 되지 않았다.

"그렇다면 소녀에게 그것을 알려줄 수 있나요?"

선아령이 눈빛을 반짝이며 물었다.

진설은 피식 웃으며 고개를 가로저었다.

"당연히 안 되오."

비선은 입맛을 다셨다. 왠지 아쉬운 마음이 들었다.

그럴 줄 알았다는 듯이 선아령이 생긋 웃었다.

"오해는 마세요. 공짜로 듣겠다는 이야기는 아니니까요."

선아령은 옆의 여인에게 손짓을 했다.

그러자 옆에 있던 여인이 품속에서 종이 하나를 꺼내 진설에게 다가가 그것을 주었다.

진설은 침착한 동작으로 그 종이를 살펴보았다.

"대륙전장(大陸錢莊)의 전표로군. 어디 보자. 황금 십만 냥?"

그는 눈가를 가늘게 좁히며 선아령을 바라보았다. 그러나 선아령은 매력이 가득 담긴 웃음으로만 대할 뿐, 더 이상 말문을 열지 않았다.

진설의 눈동자가 생각으로 얼룩졌다.

"이 돈을 줄 테니 그 비밀을 말해 달라는 것이오?"

"그래요."

비선은 그들의 대화를 들으며 입맛을 다셨다.

선아령에 대한 안타까움과 동시에 돈에 대한 아쉬움이 가슴 깊이 피어올랐다.

당연히 안 될 일이고 진설은 분명 수긍하지 않을 것이다. 결국 선아령은 씁쓸한 얼굴로 돌아가게 될 것이고 비선은 그것이 못내 아쉬웠다.

'나한테 부탁하면 들어줄지도 모르는데.'

그때, 비선의 귓가로 믿을 수 없는 말이 들렸다.

"좋소."

진설이 응낙한 것이다.

"형님!"

자신의 할 말을 가로채 버린 듯한 느낌을 받으며 비선이 진설을 바라보며 소리쳤다. 그러자 진설이 가만히 있으라는 눈초리를 보냈고, 그는 입을 다물었다. 그러나 비선은 결코 그것을 이해할 수가 없었다.

'그 문신이 뜻하는 바가 정확하게 뭐인지 모르는 상태에서 그걸 보여주다니?

도대체 진설이 무슨 생각으로 그러는지 좀처럼 가늠하기 어려웠다.

"좋아요. 돌아가자마자 그 전표를 곧바로 돈으로 바꿀 수 있게 조치를 취해 드릴게요. 협상에 이렇게 응해주서서 고마워요."

선아령이 보는 사내로 하여금 심금이 울릴 정도로 환하게 웃었다. 진설이 마주 웃으며 입을 열었다.

"말로 설명하는 것보다 직접 보는 것이 낫지 않겠소?"

"그야 그렇지만."

선아령의 눈동자에 의문이 담겼다. 너무나 적극적인 진설의 행동 때문이었다.

진설이 터벅터벅 청려린을 향해 걸어왔다.

그들의 이야기를 듣던 청려린이 소리를 질렀다. 그녀도 대강 감을 잡은 모양이다.

"아저씨!"

그러자 진설은 그녀에게 한쪽 눈을 지그시 감고 빙긋 웃으며 고개를 끄덕였다.

"나를 믿으시오."

작게 속삭이는 음성.

청려린의 통통 부은 얼굴이 약간 풀렸다. 잠시 고민하는 듯했지만 이내 고개를 끄덕였다.

선아령은 그의 뒤쪽에 있었기에 진설의 행동과 말을 볼 수 없었다.

"자, 한번 보시오."

진설은 청려린의 소매를 살짝 들춰 선아령에게 보여주었다. 한쪽 소매만 들춰주어 두 마리의 뱀이 휘감은 문신을 볼 수 있게 해주었다.

선아령의 촉촉한 눈동자가 그곳에 잠시 머물렀다.

그녀의 눈동자가 그곳을 기억할 만하다고 생각될 무렵, 진설이 손을 내렸다.

"자, 이제 협상은 끝났소."

"그렇네요. 고마워요."

선아령은 나직이 한숨을 쉬며 말했다. 그녀의 말에 진설이 피식 웃으며 말했다.

"무슨 말씀을. 오히려 내가 고맙소."

예의상 하는 말인지, 의미가 있는 말인지 어중간한 말투였다. 선아령은 잠시 그의 말을 되새기는 듯 서 있다가 이내 몸을 돌렸다.

"다시 또 만날 수 있으면 좋겠군요."

"반드시 만날 것이오."

진설의 의미 있는 말에 선아령의 몸이 잠시 멈칫했지만 이내 걸음을 옮겨 가마 안으로 들어갔다.

그때까지 그녀의 발밑에 고개를 숙이고 냄새를 맡고 있던 백랑이 몸을 벌떡 일으켰다. 다행히 더 이상 선아령을 향해 달려들지 않았다.

여인들은 가마를 들고 총총걸음으로 왔던 길로 사라져 갔고 아까와 달리 비파 소리는 더 이상 들리지 않았다.

선아령이 사라지자 그녀의 향긋한 내음만이 그 자리에 잠시 머물렀다.

그제야 비선은 물을 수 있었다.

"큰형님, 대체 어떻게 하시려고 그러셨습니까?"

다분히 책망이 섞인 말투였다. 그러나 진설은 대수롭지 않다는 듯 말했다.

"뭘 어떻게 해? 십만 냥이 공짜로 들어왔으니 좋은 일이지. 의뢰인, 우리 이 돈은 절반씩 나눕시다."

동문서답이었고 청려린은 의아한 표정을 지었다.

"돈은 필요없는걸요."

하삭도 진설의 행동에 의문이 생긴 듯 말했다.

"형님, 아무리 생각해 보아도 형님의 행동은 우리가 그 비급을 가지고 있다는 듯이 보였습니다."

하삭은 말끝을 흐렸다.

긴가민가하던 무림인들이 벌 떼같이 달려들 것을 우려한 모양이다. 너무 확실하게 알려주었다.

이상하게도 진설은 비급의 존재 유무를 확실하게 말하지 않았다.

진설은 피식 웃으며 한가하게 부채질을 했다.

"천하제일미인이 부탁하는데 안 들어줄 수는 없지."

비선은 저절로 고개를 끄덕였다.

"그건 그렇습니다."

진설은 정신 차리라는 듯이 비선의 머리를 섭선으로 툭툭 쳤다.

"하지만 부탁이 아니라 협상이었지?"

"에, 예?"

정신이 번쩍 든 비선이 말을 더듬었다.

진설은 선아령이 사라진 곳으로 시선을 돌렸다. 그런 그의 눈동자가 잘게 웃음을 지었다.

"무림인들은 비급을 노리고 있지. 아까 그녀가 말한 것처럼 여기 꼬마 의뢰인을 노리고 있다는 말이 되지. 수정각은 개방과 더불어 무림 최대의 정보 단체이다. 다시 말해 수정각 주의 딸이자 청년녀인 그녀의 말은 상당히 신빙성이 있다는 말이야. 그녀는 누군가에게 이 정보를 팔게 될 테고 그자는 비급의 위치를 찾으려고 하겠지. 그런 과정에서 알게 모르게 말이 새어나가게 될 것이다. 그러자면 우리를 노리는 무림인들은 저절로 분산이 되지. 오히려 우리에게는 더 잘된 일이야. 아마 그녀는 아까 보여준 그 문신이 비급이 숨겨진 장소라고 판단할 것이야."

그제야 비선의 얼굴이 밝아졌다.

"아하! 잘못된 정보를 전달해 주어 분산시킨다는 말이죠?"

"뭐, 그런 셈이지."

곰곰이 진설의 말을 듣고 있던 청려린이 불쑥 물었다.

"아저씨, 대충 무슨 뜻인지 알겠는데 그럴 필요가 있을까요? 제 의뢰는 도대체 언제 처리해 주시나요?"

진설이 그제야 청려린에게 시선을 돌렸다.

"꼬마 의뢰인, 청쇄문을 멸문시킨 사람들을 찾고 싶어 한다고 하지 않았소?"

"당연히 찾고 싶지만."

청려린은 기대에 찬 눈빛으로 진설을 바라보았다.

"이건 저절로 굴러온 기회란 말이오. 돈까지 덤으로 얹어서. 그런데 말이오."

진설이 피식 웃으며 청려린을 빤히 바라보았다.

"비급은 어디에 숨겨 두었소?"

쿠쿵!

모두의 안색이 돌변했다.

第九章

합비에 들어서다

진설묵

珍說楸

갑작스런 그의 질문에 청려린은 적잖이 당황하는 기색이 역력했다.

"비급을 정말 가지고 있단 말입니까?"

비선도 놀란 표정을 지었고 청려린은 애써 부인했다.

"어, 없어요."

진설은 그의 반응은 신경 쓰지 않고 당황하며 말을 더듬는 청려린에게 차분히 말했다.

"다음에 누군가가 비급에 관하여 묻는다면 지금처럼 당황하지는 말고 꼭 숨기길 바라오."

진설은 시선을 거두었고 잠시 주위가 침묵에 휩싸였다. 그것도 잠시 이내 진설은 천천히 걸어나가기 시작했다. 그런 그의 곁으로 하삭이 바짝 다가서며 낮은 음성으로 물었다.

"형님, 그걸 어떻게 아셨습니까?"

진설이 알고 있음에 궁금한 모양이었다.

"몰랐지."

"예?"

하삭은 어리둥절한 표정을 지었다.

진설은 콧등을 매만지며 아무렇지 않게 말했다.

"하지만 지금은 알았잖아."

"그럼 일부로 떠본 것입니까?"

"그래. 내가 귀신도 아닌데 그걸 어떻게 알아?"

"허."

하삭은 맥이 빠졌다.

그런 그를 뒤로 하고 진설은 성큼성큼 앞을 향해 나아갔고 비선이 그를 뒤따르며 선아령이 떠나간 곳을 바라보았다. 문득 곁눈질로 그를 본 진설이 걸음을 멈추며 그의 등을 두드렸다.

"막내야, 선아령은 이미 정혼자가 있다."

"예? 정말입니까?"

비선은 갑자기 찬물을 끼얹은 기분이 되었다.

"사마세가(司馬世家)의 장자(長子)인 사마수(司馬秀)라는 사람이지."

피식 웃으며 말하는 진설을 바라보며 비선은 똥 씹은 표정이 되었다.

"윽, 실망이야."

그들의 대화를 지켜보던 하삭이 빙긋 웃으며 말했다.

"그럴 줄 알았습니다. 그렇게 아름다운 여인은 가만 놔둘 사내가 어디 있겠습니까?"

"에휴."

비선은 한숨을 내쉬었다.

문득 그의 눈에 백랑이 보였다. 백랑은 여전히 선아령이 있던 자리에 앉아 킁킁대며 냄새를 맡고 있었다.

비선의 눈가에 눈살이 구겨졌다.

"저놈이 부러운 날이 올 줄이야."

선아령의 매혹적인 눈빛이 한동안 비선의 머릿속에 공허하게 머물렀다.

*　　　*　　　*

중원(中原)과 강남(江南)을 잇는 합비는 노주(蘆州)라고도 불렸다. 무척 큰 마을에 속하고 강북과 강남의 문물 교류가 빈번하여 상인들이 많았다.

진설 일행은 드디어 도시다운 도시에 처음으로 도달할 수 있었다. 주변을 기웃거리던 비선이 말문을 열었다.

"여기는 사람이 꽤나 많군요."

진설이 지나가는 말처럼 그의 말을 받았다.

"이곳은 상업적인 도시니까 당연히 그럴 수밖에."

그는 섭선으로 손등을 탁 치며 중얼거렸다.

"그런데 이상하단 말이야."

진설의 눈이 주위를 훑어보았다.

"뭐가 말입니까?"

비선의 물음에 진설은 고개를 가로저었다.

"아무것도 아니다."

그는 이내 앞쪽의 커다란 객잔을 가리켰다.

"저기서 요기나 하고 가자."

진설은 그렇게 말하며 품속에서 선아령이 주고 간 대륙전장의 전표를 꺼내어 비선에게 건넸다.

"막내는 가서 전표를 바꿔와라."

"예?"

비선이 눈을 크게 떴다.

"큰형님, 저는 대륙전장이 어디 있는지 모릅니다."

진설이 피식 웃으며 말했다.

"중원에서 가장 큰 전장이니만큼 분명 이 합비 안에 있을 것이다. 잘 둘러봐서 찾아라. 그리고 이 객잔으로 와라."

비선은 잠시 입맛을 다시다가 고개를 끄덕였다.

"알겠습니다."

비선이 걸음을 옮겨 사라지자 하삭이 뒤통수를 긁으며 진설에게 말했다.

"혼자서는 너무 위험하지 않겠습니까? 상처도 완전히 낫지 않은 데다가 누가 언제 어디서 덤벼들지도 모르는 상황입니다."

진설이 섭선을 들어 휘휘 저었다.

"그렇다면 오히려 잘됐지. 무림은 항상 목숨을 내놓을 각오를 하고 다녀야 한다. 만약 그래서 죽는다면 그건 막내의 명이 그것밖에 안 되는 것이니 어쩔 수 없지."

냉정하리 만큼 비정한 말에 하삭은 더 이상 대꾸하지 않았다. 결코 틀린 말이 아니었음을 잘 알기 때문이다.

진설은 합비객잔(合肥客棧)이라고 크게 쓰인 현판이 걸려 있는 곳으로 걸음을 옮겼다.

"백랑, 밖에서 기다려."

나직한 그의 말에 백랑은 문 앞에 멈춰서고 주저앉아 진설을 바라보았다.

객잔 안에는 대부분 상인으로 보이는 장사치들이 봇짐을 내려놓고 요기를 하고 있었다.

이층으로 되어 있는 꽤나 큰 객잔임에도 빈자리가 거의 안 보일 정도로 꽉 차 있었다.

진설의 눈이 가장 구석에 있는 빈 탁자로 돌려졌다.

진설은 벽 쪽의 구석 자리를 청려린에게 권한 후, 자신과 하삭은 양옆으로 보호하는 형세로 앉았다.

그들이 앉는 것을 본 점소이가 재빨리 총총걸음으로 다가왔다.

"어서옵쇼. 무엇을 드릴깝쇼?"

진설은 미리 생각해 둔 것이 있던 것처럼 망설임없이 대답했다.

"이곳까지 와서 자라 요리를 먹지 않을 수 없지. 자라 요리와 오리 한 마리를 바짝 구워주시오."

"탁월한 선택이십니다. 금방 대령해 올리도록 하겠습니다."

점소이가 굽실거리며 물러갔다.

청려린은 아미(蛾眉)를 찡그리며 진설에게 물었다.

"자라도 먹어요?"

"이곳에서 잡히는 자라는 배가 청백색이고 고기가 연하며 교질이 많소. 게다가 고기가 두껍고 흙냄새가 없어 가히 안휘 요리의 정수라 할 만하오. 그리고 이곳은 훈제로도 유명한 곳이오. 오리 고기를 훈제해서 먹으면 그 맛이 둘이 먹다가 하나 죽어도 모를 맛이란 말이오."

진설은 한 차례 침을 꿀꺽 삼켰다. 요리에 대한 상상을 했는지 식욕이 무척 당기는 모양이다.

그런 그에게 청려린이 인상을 쓰며 한마디 했다.

"자라를 먹다니, 야만인!"

요리는 오래 지나지 않아 나왔다.

청려린은 자라에는 신경도 쓰지 않고 오리 구이에서 풍겨져 나오는 구수한 향기에 입맛을 다셨다. 진설의 말처럼 보기만 해도 군침이 절로 돌았다.

안휘성 지역만의 향료를 친 탓인지 여느 곳과 다르게 약간 독특한 향내가 났다.

노릇노릇하게 구워진 오리 구이가 올라오자 청려린은 군침을 꿀꺽 삼키며 다급히 손을 가져갔다.

그때였다.

진설이 그녀의 손을 가로막았다.

"잠시만 기다리시오."

청려린은 그가 고기를 뜯어줄 것이라 생각하며 슬며시 손을 거뒀다. 진설은 오리의 뒷다리를 뜯어냈고 금세 그곳에서 모락모락 김이 피어올랐다. 그 냄새에 청려린은 자꾸만 군침이 돌았다.

당연히 진설이 자신에게 줄 것이라 생각하여 청려린은 손을 앞으로 뻗었다. 그런데 진설이 문득 고개를 돌리며 오리 고기를 밖으로 집어 던졌다. 그것은 정확히 밖에서 앉아 있던 백랑의 앞에 떨어졌다.

'치. 언제부터 백랑이 먼저 줬다고.'

괜히 내밀은 손이 부끄러웠다.

그런데 여느 때와 다르게 백랑은 냄새만 맡을 뿐, 고기를 입에 넣지 않았다.

'백랑이 아직 배가 안 고픈가? 아니면 오리 고기를 싫어하는 거야?'

"컹컹."

갑자기 백랑이 그녀를 바라보며 짖어댔다.

청려린이 의아하게 생각을 할 무렵, 문득 진설과 하삭이 자리에서 벌떡 일어났다. 진설이 주위를 훑어보며 나직이 말했다.

"어쩐지 합비에 들어왔는데 백랑이를 보고 아무도 반응이 없는 것이 이상하다 했다. 게다가 이 정도의 큰 마을에 무림인이 한 명도 보이지 않을 수가 없어. 음식에 독까지 타다니. 완전히 호랑이 굴로 들어온 모양이로군."

말을 마친 진설이 문득 섭선을 살짝 허공으로 치켜들었다.

스릉! 스릉!

그것을 기다렸다는 듯이 순식간에 객잔 안에 있던 사람들 전부가 무기를 빼 들었다. 심지어 점소이까지도 품에서 단검을 꺼내 들었다. 그와 동시에 사람들이 진설 일행을 향해 벌 떼처럼 달려들었다.

진설은 한 점 흔들림없는 눈동자로 그들을 지켜보다가 이내 살짝 손에 쥔 섭선을 힘껏 내리쳤다.

쿵!

섭선은 그들 앞에 있던 탁자의 모서리를 정확하게 내리찍었고 크지 않은 탁자가 이내 허공에 솟구쳤다. 그 때문에 탁자 위에 놓인 음식들이 사방으로 비상했다.

그것과 동시에 하삭이 벽력부를 허공에 화려하게 휘둘렀다. 어찌나 빨리 휘두르는지 그의 손놀림이 보이지 않을 정도였다.

스걱스걱!

허공에 떠오른 탁자가 벽력부의 움직임에 따라 잘게 부서져 내렸다. 진설이 문득 한 손으로 뒷짐을 지었다고 생각한 순간, 섭선을 쥔 다른 손이 기묘하게 허공을 휘저었다.

타타타탁!

잘게 부서진 탁자의 나무들이 부채에 부딪쳤다.

슈슈슝!

마치 암기처럼 그것들이 사방으로 비산했다.

"으악, 피해라."

"마, 만천화우(滿天花雨)?"

그들을 향해 달려들던 사람들이 쪼개진 나무에 강타당하며 일제히 무릎을 꿇었다. 요혈(要穴)을 적중당한 것인지 그것에 맞은 사람들은 쉽게 일어나지 못했다.

퍼퍽!

순식간에 아래층에 있던 사람들 사십여 명이 진설과 하삭의 일격에 쓰러져 내렸다.

눈을 돌려 바깥에 있는 백랑을 힐끔 바라 본 진설이 하삭에게 차갑게 말했다.

"이곳을 처리하고 와라."

그와 동시에 하삭의 육중한 몸이 허공을 날았다.

쿵!

금세 이층에 도달한 하삭이 앞에 있던 자의 얼굴을 팔꿈치로 돌려졌다.

"크악!"

광대뼈가 움푹 들어간 자가 벽을 뚫고 밖으로 날아갔다.

챙챙!

사방에서 무기를 든 이십여 명의 사람들이 달려들었다. 곁눈질로 힐끔 그들을 바라본 하삭이 벽력부로 주위를 한 바퀴 빠르게 돌렸다.

쿠쿵!

이층 바닥이 움푹 꺼졌고 달려들던 이들과 함께 하삭도 바닥으로 떨어졌다.

중심을 못 잡는 그들을 향해 하삭의 커다란 몸이 위력적으로 달려들었다.

퍽퍽!

하삭의 몸에 닿는 족족 사람들의 몸이 폭발적인 속도로 벽을 뚫고 밖으로 날아갔다. 순식간에 객잔을 정리한 하삭은 남은 한 명을 힐끔 바라보았다.

철컹!

그자가 사시나무 떨듯이 몸을 떨며 무기를 떨어뜨렸다.

"대협(大俠), 살려주십시오."

하삭이 감정 없는 눈으로 그의 멱살을 움켜쥐고 밖으로 나갈 찰나, 진설의 차가운 음성이 그의 귓가에 꽂혔다.

"데려올 필요없다."

픽!

하삭의 주먹이 그자의 얼굴에 깊숙이 박혔다. 그자의 얼굴이 산산조각나 버렸고 몸이 축 늘어졌다.

쿵!

그를 바닥에 버린 하삭은 육중한 걸음으로 밖을 향해 나갔다.

청려린은 이미 백랑의 등에 타고 있었고 진설은 뒷짐을 진채, 태연한 얼굴로 정면을 바라보았다.

밖에 나간 하삭의 얼굴이 햇살에 눈부시게 빛났다. 그 또한 주위를 찬찬히 둘러보았다.

하삭의 얼굴이 서서히 굳어졌다.

그의 눈동자로 개미 떼처럼 수없이 많은 무림인들이 그들을 포위하고 있는 것이 보였다.

땅 위와 지붕, 나무 위, 담벼락 등 새까맣게 몰려 있는 무림인들은 숫자 파악이 되지 않을 정도로 무수히 많았다. 그들이 빠져나갈 곳을 찾기가 힘들 정도였다. 어림잡아도 백여 명은 넘어 보였다.

진설이 피식 웃으며 한 손으로 뒷짐을 진 채, 다른 손을 하삭에게 뻗었다.

"말이 씨가 된다더니 막내가 위험하겠어. 설마하니 이 정도 숫자일 줄은 예상 못했지."

쿵!

하삭이 혁포를 바닥에 내려놓고 무언가를 그에게 건네주었다. 그가 꺼낸 것은 활과 화살이 들어 있는 화살통이었다.

활은 전체가 황금으로 만들어져 있었고 시위만 투명한 실처럼 만들어졌다. 화살통도 그것과 마찬가지로 황금이었다.

진설은 화살통을 옆구리에 걸고 화살 하나를 꺼냈다. 화살 또한 촉이 금색으로 물들어 번쩍거렸다.

진설은 하삭을 잠시 바라보며 말했다.

"가서 막내를 찾아라."

"알겠습니다."

하삭의 몸이 저돌적으로 앞을 향해 돌진했다.

그의 움직임에 가로막고 있던 무림인들이 주춤했고, 하삭이 위력적으로 벽력부를 휘두르자 길이 생겨났다. 하삭의 움직임이 배로 증가했다. 그를 가로막은 몇몇의 무림인들이 벽력부에 찍혀 금세 비명을 질렀다.

"으악!"

그때, 누군가가 소리쳤다.

"그냥 놔줘라. 어린 계집만 잡아가면 된다."

청려린은 그 말에 심장이 털썩 내려앉는 느낌이 들었다. 그녀는 자신도 모르게 백랑의 털을 꼭 쥐었다. 그런 그녀의 손바닥에 땀방울이 촉촉이 맺혔다.

그때, 진설은 피식 웃으며 나직이 중얼거리는 음성이 들렸다.

"이제부터 시작이로군!"

활시위에 활이 팽팽하게 걸렸다. 진설의 얼굴에서 웃음기가 사라졌다.

"나는 의뢰인을 노리는 자들을 용서하지 않아."

진설의 몸에 순간적으로 사악한 기운이 맴돌았다.

화르륵! 쉬잉!

진설의 손에서 쏘아진 화살이 매섭게 허공을 갈랐다.

비급의 소문을 듣고 달려든 소정원(昭靜怨)은 진설의 가장 앞쪽에 있었기에 그의 움직임을 자세히 바라볼 수 있었다.

진설의 손을 떠난 화살이 곧장 직선으로 소정원의 머리 위를 스치며 지붕 위를 향해 날아갔다. 마치 빛이 번쩍이며 날아가는 것 같은 느낌이었다. 눈 한 번 깜짝이는 것과 동시에 그를 스쳐 지나간 것이다.

소정원은 자신의 바로 머리 위를 날아가는 빛에 간담이 서늘해졌다. 그의 눈이 자연스럽게 화살을 따라 이동했다.

슉!

소정원의 눈이 부릅떠졌다.

지붕 위에 있던 서곤(徐鯤)은 모두의 시선이 자신에게 쏠리자 어리둥절해졌다. 그와 동시에 그의 몸이 휘청거렸고 이내 바닥으로 떨어져 내렸다. 서곤은 바닥에 떨어질 때까지 영문 모를 표정이었다.

퍽!

의문에 찬 얼굴로 바닥에 떨어진 그의 머리통이 산산조각 났다.

소정원이 놀란 눈으로 진설에게 눈을 돌리려는 찰나, 무언가 이상한 낌새가 뒤쪽에서 느껴졌다. 그는 재빨리 몸을 아래로 낮췄다.

쉬잉!

한줄기 강한 바람과 함께 무언가가 그의 머리가 있던 곳을 쏜살같이 지나가 버렸다.

턱!

진설이 손을 뻗었고 어느새, 그의 손에 금빛으로 빛나는 화살이 잡혀 있었다.

"눈치가 빠르군."

진설의 나직한 말에 소정원은 등골이 서늘해졌다.

분명 서곤은 진설의 화살에 머리를 관통당했다.

보통 엄청난 고통을 느끼거나 고통 없이 곧바로 죽음을 맞이해야 당연했다. 그런데 서곤은 바닥에 떨어져 머리가 박살 날 때까지 아무런 고통도 없어 보였다.

다시 말해 너무나 빠르게 화살이 뚫고 지나가며 통증을 느낄 틈도 없이 통점(痛點)을 일시에 제거했다는 말이다. 진설의 손에서 쏘아졌을 때에는 번쩍거리던 금빛이 자신을 스쳐 지나갔을 때에는 빛조차도 보이지 않았음을 상기했다.

게다가 화살이 다시 그의 손으로 돌아온 것을 보자 문득 한 가지 생각이 떠올랐다.

'서, 설마 무형시(無形矢)?'

소정원은 재빨리 고개를 가로저었다.

'의뢰파의 문주 따위가 무형시의 경지에 도달할 수는 없어.'

그때, 문득 진설이 활시위에 화살을 재차 얹으며 차분한 음성으로 말했다.

"한 번의 기회를 주지. 사라지든가 아니면 남든가."

왠지 모를 위압감이 소정원의 전신을 압박해 들었다.

그의 음성에 잠시 등골이 오싹해진 소정원은 애써 마음을 진정시키며 주위를 둘러보았다.

'그래. 우리 쪽에서는 겨우 한 명 죽었을 뿐이고 상대는 한 명뿐이다.'

청려린과 백랑은 눈에 들어오지도 않았다.

많은 숫자에 힘을 얻은 소정원은 진설에게서 느낀 위압감을 떨쳐 버리려는 듯 크게 소리를 질렀다.

"죽여라!"

그의 말이 떨어지자마자 수하들이 사방에서 벌 떼처럼 진설을 향해 달려들었다. 그런 그들을 바라보며 진설이 힘차게 활시위를 당겼다가 뒤쪽을 향해 쏘았다.

"피해라!"

아까 그 화살의 위력을 본 탓인지 다른 이들의 반응도 빨랐다. 진설이 시위를 놓는 순간 촤악 양옆으로 퍼지며 길이 생겨났다.

그걸 본 진설이 뒤쪽으로 몸을 돌린 상태로 높이 뛰어올랐다.

"백랑!"

그의 몸이 바닥을 박차고 날아 뒤쪽으로 한 바퀴 크게 돌았다. 백랑도 높이 날아올랐고 이내 진설의 몸 위에 도달했다. 진설의 몸이 허공에서 뒤집어지며 그의 발이 허공을 향했고 백랑은 그것을 정확하게 밟으며 더욱 높게 뛰어올랐다.

백랑이 진설의 발을 디딤 삼아 너무 높게 뛰어오르자 다른 무림인들은 미처 그것을 따라갈 수가 없었다.

금세 진설의 몸이 뒤쪽에서 덤벼들던 소정원의 수하들과 맞닿았다. 진설이 몸을 뒤집어 내려오는 것을 본 앞쪽의 사내가 그의 머리를 향해 검을 휘둘렀다.

풀썩!

진설의 몸이 바닥에 닿자마자 낮게 몸을 숙였고 사내의 검은 종이 한 장 차이로 허공을 가로지르고 말았다.

곧이어 진설은 손을 화살대의 끝으로 이동시켰고 그의 몸이 낮춰진 상태 그대로 주위를 한 바퀴 핑그르르 돌았다.

"으악!"

바닥에 뽀얀 먼지가 일어나며 화살대에 다리를 맞은 십여 명의 수하들이 바닥에 쓰러졌다. 쉽게 일어나지 못하는 것으로 보아 다리가 부러진 모양이었다.

빠르면서도 강력한 내공이 담긴 모습!

수하들이 쓰러지는 것을 지켜본 소정원의 얼굴에 식은땀이 흘렀다.

'이자, 우리의 상대가 아니다.'

그가 생각을 이어가는 찰나, 진설이 몸을 재차 허공으로 날아올랐다. 그의 움직임에 따라 소정원의 수하들이 그를 향해 같이 뛰어오르며 무기를 휘둘렀다.

그러나 그 순간 진설이 몸이 날아오를 때보다 더욱 빠르게 바닥으로 하강했다.

소정원의 수하들은 그의 움직임을 미처 따라가지 못해 허공에 떠 있는 상태로 그를 향해 공세를 펼쳤다.

파파팍!

진설이 재빠르게 열 차례 정도 몸을 뒤집었다. 다른 이들이 허공에 떠 있는 짧은 틈에 제일 뒤로 빠져버린 것이다.

너무나 빠른 움직임은 마치 순간 이동이라도 한 것처럼 보였다. 그가 다른 이들을 따돌리고 맨 뒤로 이동했기에 소정원의 수하들은 그를 향해 일렬로 달려들 수밖에 없었다.

촤악!

어찌나 그의 동작이 빨랐는지 바닥에 우뚝 선 진설의 주위에 일순간 바람이 일어났다. 그의 비단옷이 절도 있는 소리를 내며 펄럭였다.

그것을 바라본 소정원의 심장이 덜컹 내려앉았다.

마치 천신(天神)이 지상으로 하강한 듯 위엄 있고, 힘찬 동작에서 강인함이 너무나 물씬 풍겨 나왔다.

소정원은 그런 그를 바라보며 두려움에 젖어들었다.

바람에 머리가 나풀거리며 진설은 활에 화살을 재차 걸었는데 그 움직임이 너무 빨리 육안으로 확인하기 어려울 정도였다.

피융!

한줄기 빛이 번쩍이며 일렬로 다가오던 소정원의 수하들을 향했다.

"으악!"

순간적으로 쏘아낸 빠른 화살에 십여 명이 한순간, 이마에 구멍이 뚫리며 일렬로 처참하게 쓰러졌다. 앞 사람의 시야에 가려 피하기가 더욱 어려웠다.

그걸 보고 흥분한 나머지 사람들이 악에 받친 음성으로 소리쳤다.

"죽여라!"

진설은 차분한 동작으로 잠자코 기다렸다가 그들이 근처에 다가오자 살짝 몸을 허공에 올렸다.

팽그르르!

그의 몸이 팽이 돌 듯 맴돌았고 뒤이어 신음성이 뒤따랐다.

"으악!"

"윽!"

이십여 명의 사람들이 그의 활대에 맞고 바닥에 뻗었다. 빠르게 돈 탄력으로 인해 그것에 맞은 사람들은 대번에 뼈가 으스러졌다.

그러나 비록 숫자가 줄긴 했어도 아직도 육십여 명의 사람들이 남았다. 그들이 빽빽하게 진설을 포위해 들었다. 그러나 섣불리 달려들지 못했다.

바닥에 내려선 진설이 활대를 들어 조금 멀리 떨어진 소정원과 눈을 맞췄다. 사람들의 틈 사이로 진설의 얼굴만 보였다. 소정원은 의도하지 않았음에도 그의 시선과 부딪치는 것은 어찌할 수가 없었다.

"당신이 우두머리인 모양이로군."

꿀꺽!

소정원은 대답 대신 마른침을 삼켰다. 찰나의 순간을 틈타 진설이 활 시위를 놓았다.

자세히 보이지 않았지만 소정원은 대충 눈치 챌 수 있었다. 곧이어 그는 반대편으로 몸을 날렸고 한줄기 빛이 사람들의 비좁은 틈 사이로 빠져나와 소정원에게로 빠르게 날아들었다.

소정원은 전율을 느끼며 뒤도 보지 않고 좌우로 움직이며 도망쳤다. 화살을 피하기에 가장 적합한 방법을 택한 것이다.

한줄기 빛이 그의 옆을 가로질러 앞으로 지나쳐 버렸다.

그제야 안도의 한숨을 쉰 소정원을 멀리 떨어진 진설을 바라보았다. 멀리서도 그의 눈길이 느껴진 소정원은 그가 재차 화살을 날릴까 두려워 다시금 반대쪽으로 고개를 돌리며 몸을 날리려 했다.

앞쪽으로 고개를 돌린 소정원의 눈이 놀람으로 인해 눈알이 빠져나올 것처럼 부릅떠졌다.

퍽!

한줄기 빛이 그의 이마를 관통했다.

'서, 설마 이기어시(以氣馭矢)?'

쿵!

이미 동공의 초점이 사라진 소정원의 몸이 바닥에 천천히 쓰러졌다.

＊　　　＊　　　＊

"우이씨, 도대체 대륙전장은 어디 있는 거야?"

비선의 게슴츠레한 눈에 짜증이 담겼다.

마을 안쪽을 한 바퀴를 대충 빙 둘러보았음에도 대륙전장은 보이지 않았다. 그는 마을 바깥쪽으로 발걸음을 옮겼다.

"가장 큰 규모의 전장이니 마을 바깥쪽에 따로 장원이라도 만들어서 운영할지도 모르지."

밖으로 나서자 숲이 무성하게 우거져 있었고 그 사이로 무척 큰 규모의 장원 한 채가 보였다.

"저곳인가?"

비선은 고개를 갸웃거리며 터벅터벅 걸음을 옮겼다.

"찾았다."

그의 얼굴에 웃음이 떠올랐다. 대문 위에 대륙전장이라고 쓴 커다란 현판이 매달려 있었다.

쿵쿵!

문이 닫혀 있어 비선은 문을 찼다.

삐걱!

요란한 소리를 내며 문이 천천히 열렸고 문틈으로 어린 소년의 얼굴이 보였다. 소년은 살짝 문을 열어 비선을 확인한 후에 재빨리 문을 닫으려고 했다.

"잠깐."

비선이 닫히려는 문을 막으며 인상을 썼다.

"돈 바꾸러 왔는데?"

비선이 약간 신경질적으로 말하며 전표를 소년의 눈앞에서 흔들었다. 소년이 잠시 고민하는 듯 우물쭈물 망설였고 이내 사정조로 말했다.

"죄송합니다. 당분간 본 장은 거래를 하지 않습니다."

비선의 게슴츠레한 눈에 의문이 담겼다.

"그게 무슨 소리야?"

"지금 이곳 합비에 무림인들이 몰려들어 어쩔 수가 없습니다. 본 장은 무림의 일에는 끼어들 수도 없고 이렇게 무림인들이 몰리는 날은 절대 거래를 하지 않습니다."

비선은 어이없다는 표정을 지었다.

"무슨 이런 경우가 다 있어?"

"본 장의 규칙인지라 죄송합니다."

소년이 깊숙이 고개를 숙였고 그 순간 비선의 귓가에 무언가 소리가 들렸다. 장원 뒤쪽의 숲에서 나는 익숙한 소리였다.

챙챙!

무기가 부딪치는 소리를 보니 어디선가 싸우는 모양이다.

비선이 고개를 돌린 순간, 그 틈을 이용해 소년이 재빨리 문을 걸어 닫았다.

쿵!

비선의 얼굴에 황당함이 떠올랐다. 그는 문을 쾅쾅 두드리며 고함을 질렀다.

"야, 꼬맹이 너 죽을래? 문 안 열어?"

협박까지 동원해 보았지만 안에서의 기척은 없었다. 비선은 짜증스런 손길로 뒤통수를 벅벅 긁었다. 강제로 들어갈 수도 있었지만 가뜩이나 청무성의 비급을 노리는 자들 때문에 조심해야 되는 마당이라 억지로 꾹 참았다.

"으이구, 저것들 때문에 돈도 못 바꾸네."

비선은 싸움 소리가 들리는 쪽으로 고개를 휙 돌렸다.

"얼른 가서 싸움 말리고 돈을 바꿔야겠다. 저것들은 왜 이 근처에서 싸우고 난리야."

비선은 신경질적으로 몸을 날렸다.

나무들이 우거진 곳을 지나자 커다란 공터가 보였다.

비선은 잠시 나무 뒤에 숨어 게슴츠레한 눈으로 앞쪽을 살폈다. 일단(一團)의 사람들이 보였다.

두 패의 무리였다.

먼 거리여서 얼굴은 정확하게 보이지 않았지만 구분하는 데에는 크게 어려움이 없었다. 한 패는 황색 가사를 입은 다섯 명의 여승(女僧)들이었고 다른 한패는 일곱 명의 적색 장삼을 입은 사내들이었다.

여승들 중 세 명은 바닥에 쓰러져 입으로 피를 토하는 모습이 내상을 입은 모양이다. 사내들이 입은 장삼의 중앙에는 모용(慕容)이라는 글자가 보였다.

싸움은 이미 끝난 상태였고 사내들의 압도적인 승리인 모양이다.

'아미파(峨嵋派)와 모용세가(慕容世家)인가?'

잠시 생각을 하며 머리를 긁적인 비선은 이내 몸을 돌렸다. 원래 의뢰파는 무림의 일에 간섭하지 않는다. 지금까지는 청려린의 의뢰 때문에 어쩔 수 없이 마찰이 생겼다고 하지만 지금 그들이 노출되어 있는 상황에서 굳이 구대문파와 칠대세가의 힘 겨루기에까지 신경 쓸 필요는 없다.

'그런데 왜 정파끼리 싸우지?'

몸을 돌려 그냥 지나쳐 가려는 비선의 귓가로 사내의 음성이 들렸다.

"흐흐흐. 어디까지 도망치겠다는 것이냐?"

음침하고 야비하게 들리는 음성.

비선은 잠시 한숨을 가볍게 내쉬고 걸음을 옮겼다.

"수화(秀花)만 남기고 모두 죽여라."

푹! 푹!

몸을 찌르는 검의 소리가 비선의 귓가에 크게 울렸다.

"아, 아미타불!"

가녀리고 힘없는 음성.

비선은 몸을 다시 그들 쪽으로 돌렸다. 바닥에 쓰러진 세 명의 여승들은 가슴에 검이 찔린 채, 몸을 파르르 떨고 있었다.

"이, 이런 짐승만도 못한 놈들."

분노에 찬 음성과 함께 한 명의 여승이 검을 빼 들어 사내들에게로 달려들었다.

그걸 본 사내 하나가 순간적으로 여승의 옆으로 빠르게 붙더니 그대로 옆구리에 검을 찔러 넣었다.

"으윽."

여승은 고통에 찬 외마디 신음을 발하며 바닥에 털썩 쓰러졌다.

"아미파의 멸절검법(滅絶劍法)이 일절이라더니 아직 병아리 수준이군. 으하하."

득의에 찬 광소가 사내의 입에서 흘러나왔다.

이제 남은 여승은 수화라고 불린 단 한 명.

사내의 눈빛이 음란함으로 물들었고 비선은 잠시 망설였다.

'난 협객이 아니잖아.'

비선은 고개를 저었다.

"선화(善花) 사저!"

그 순간, 혼자 남은 수화가 지른 소리에 비선의 움직임이 멈췄다. 분명히 어디선가 들어본 목소리였다.

수화는 먼저 쓰러진 선화라는 여승을 가슴에 안고 울음을 터뜨렸다.

"흑흑. 사저."

듣는 이로 하여금 슬픔을 일으키게 만드는 묘한 음색이었다. 비선의 마음이 흔들렸다.

'서, 설마?'

그때, 마른 얼굴에 광대뼈가 돌출된 사내가 수화를 바라보며 음침하게 웃었다.

"나 모용철(慕容澈)을 기억하나? 이 년 전에 아미파를 방문한 적이 있었지. 그때 우연히 너를 보게 됐어. 여승을 하기에는 너무 아름다운 얼굴이야. 안으면 쫙 감길 것 같은 몸매에 군침이 돌았지. 나는 항상 상상했었어. 여승이면 숫처녀일 테고 그런 너를 범하는 기분은 어떨까 싶어서 말이야."

수화는 그런 사내를 눈물 젖은 눈동자로 바라보며 부르짖었다.

"너희는 악귀야!"

그 말과 함께 수화가 검을 빼 들고 저돌적으로 모용철이란 사내를 향해 달려들었다.

모용철은 몸을 슬쩍 뒤로 빼며 여인의 검자루를 낚아챘다. 사실 여인이 검을 휘둘렀다고 하지만 거의 형편없는 수준이었다.

모용철은 검자루를 바닥에 내팽개치며 수화의 턱을 잡았다. 수화는 몸부림을 치며 벗어나려고 했지만 모용철의 손은 바위처럼 꿈쩍도 하지 않았다.

"이 야들야들한 피부, 너무 부드러워 녹아내릴 것만 같구나."

모용철은 이내 혀를 길게 내밀어 수화의 목덜미를 한 차례 핥았다. 수화는 흡사 징그러운 벌레를 보는 듯한 시선으로 그를 바라보았다가 이내 팔을 억지로 빼내며 그의 뺨을 힘차게 쳤다.

짝!

모용철의 마른 얼굴이 험악하게 변했다.

퍽!

모용철의 손이 그녀보다 몇 배나 강한 힘으로 뺨을 때렸고 그의 강한 힘에 수화의 몸이 옆으로 풀썩 쓰러졌다.

"흑흑."

수화는 얼굴을 감싸며 서글픈 울음을 터뜨렸다.

"이런 개 같은 년, 오냐 오냐 해줬더니 겁대가리를 상실했나?"

모용철은 인상을 확 쓰며 쓰러진 수화에게 달려들었고 이내 그녀의 치마 속으로 손을 넣었다. 수화는 필사적으로 그의 손을 막으며 저항했지만 모용철의 힘을 당할 수가 없었다.

그녀의 눈꼬리를 타고 서글픈 눈물방울이 연이어 쏟아졌다.

그때였다.

퍽!

"윽."

완전 무방비 상태였던 모용철은 옆구리에 강한 충격을 받고 삼 장 밖으로 주르륵 밀려 나갔다. 모용철의 옆구리를 발로 차버린 비선은 재빨리 수화의 몸을 일으키며 그녀의 얼굴을 정확하게 바라보았다.

"초하(草荷) 누님?"

비선은 놀라움이 가득한 얼굴로 물었다.

"비, 비선아!"

수화도 갑작스런 비선의 등장에 놀란 듯 젖은 눈동자로 마주했다. 비선은 어찌 된 상황인지 파악할 수가 없었다.

상냥해 보이는 서글서글한 눈동자, 곱디고운 피부, 매혹적인 긴 속눈썹과 아기자기한 콧날.

여전히 아름답고 잔잔한 기품이 흘렀다.

머리카락을 깎아 사람이 조금 달라 보이긴 했어도 자신이 알고 있는 초하가 분명했다.

'왜 누님이 아미파에?'

생각은 짧았고 그는 이내 등 뒤로 그녀를 감추며 장검을 뽑아 들었다.

스릉!

"누님, 잠시만 기다리세요. 저놈들 먼저 처리하겠습니다."

비선은 어쩔 수 없이 싸움에 휘말려 버렸다.

비선은 게슴츠레한 눈으로 모용세가의 일곱 사내들을 바라보았다. 비선의 발에 맞고 뒤로 밀려난 모용철은 옆구리를 붙잡고 천천히 자리에서 일어났다. 일그러진 표정에서 꽤나 고통이 심하다는 것을 알 수 있었다.

"너, 이 자식."

모용철이 이를 갈며 비선을 쏘아보았다.

비선은 짧게 생각을 정리했다.

자신은 내상이 완전히 낫지도 않은 상태였고 게다가 초하까지 보호해야 하는 상태였다. 그렇다면 그들이 초하에게 시선을 돌릴 만한 여유를 주면 안 된다.

비선은 모용철과 한마디 섞지 않고 곧장 그들을 향해 달려들었다.

챙챙!

그들도 보고 있지만 않았다. 일제히 검을 빼 들어 비선을 향해 휘둘렀다.

비선은 달려가는 속도를 더욱 증가시키며 왼쪽으로 몸을 움직였다.

가장자리에 서 있던 사내는 비선이 자신을 향해 달려오자 들고 있던 쌍검을 휘둘렀다. 쌍검에서 한 차례 바람이 크게 일어났고 그것은 곧장 비선을 향해 날아들었다.

'쌍용선풍검(雙龍旋風劍)이라.'

칠대세가 중의 하나인 모용세가이기에 무공을 알아보는

것은 어렵지 않았다. 높은 무공은 아니었는지 다행히도 위력적이지는 않았다.

비선은 이자들의 무공 수준이 낮다는 것을 파악하고 되도록 살인은 피하려고 마음먹었다. 비선은 진설과 하삭과는 다르게 자신보다 무공 수준이 낮은 자들을 죽이지 못했다.

비선의 몸에서 폭풍 같은 기세가 피어올랐다.

第十章

진설, 첫사랑을 만나다

진설묵

珍說楸

비선의 눈동자가 힐끔 주위를 살폈다.

그와 동시에 그의 몸이 낮게 숙여졌고 쌍검에서 일어난 검풍이 그의 머리 위에 비껴 지나갔다. 비선의 몸이 달려든 탄력을 이용해 발을 뻗어 바닥을 한 차례 쓸어갔다.

쿵!

그의 발에 무릎을 격타당한 사내가 중심을 잡지 못하고 바닥에 쓰러졌다.

비선은 쉴 틈도 없이 우측에서 검을 빼 들어 덤벼드는 자를 향해 힐끔 검을 쳐 올렸다.

챙!

검과 검이 마주치는 순간, 비선의 손목이 살짝 옆으로 뒤틀렸고 그의 검이 상대의 검신을 타고 앞으로 쭉 밀려나갔다. 검자루까지 밀어붙인 비선은 발을 폭풍처럼 휘감아 올려졌다.

"윽!"

갑작스런 비선의 변화를 알아보지 못한 상대가 그의 위력적인 발차기에 정확하게 가슴이 걷어차이며 바닥에 널브러졌다.

뒤에서 두 개의 날카로운 예기를 느낀 비선은 발뒤꿈치로 바닥을 찍어 몸을 허공에 날렸다.

슝!

그가 서 있던 자리에 두 사내가 내지른 검이 곧장 뒤따랐고 그것을 적절하게 피한 비선은 사내의 뒤로 떨어져 내렸다. 그 상태로 비선은 허공에서 발을 현란하게 움직였다.

퍼퍼퍽!

그의 발이 사내들의 뒤통수에 정확하게 꽂혔고 힘없이 바닥에 쓰러졌다.

'남은 건 셋.'

그의 게슴츠레한 눈이 앞으로 쏠렸다.

"이얏!"

두 명의 사내가 그를 향해 달려들었다.

파파팍!

비선은 그들보다 더욱 빠르게 몸을 날렸다.

슝!

앞선 사내의 검이 그를 향해 휘둘러지는 찰나, 비선의 몸이 쑥 가라앉았고 달려든 탄력으로 앞으로 쭉 밀려나갔다. 몸을 완전히 낮춘 상태로 쏜살같이 그의 몸이 사내의 가랑이 사이를 지나쳐 나갔다.

쩡!

곧장 뒤의 사내가 휘두른 검을 정확하게 올려친 비선은 왼손으로 바닥을 힘껏 내려쳤다.

쿵!

먼지가 일어나며 비선의 몸이 뒤로 꺾였고 그의 몸이 허공을 팽그르르 도는 것과 동시에 발이 전광석화(電光石火)와 같이 뻗어졌다.

픽!

비선이 지나친 사내의 정수리에 그의 발이 강력한 위력을 동반하며 정확하게 꽂혔고 사내는 외마디 소리를 지르며 바닥에 쓰러졌다.

턱!

비선은 몸을 마저 돌려 바닥에 안착했다. 순간 가슴에서 화끈거리는 통증이 느껴졌다. 완전히 내상이 낫지 않은 상태에서 무리하게 내공을 운용했기 때문이다.

'이제 둘.'

비선은 전혀 내색하지 않고 검을 가슴 위로 곧추세웠다.

그때였다.

"검을 버려라."

그 음성에 비선의 눈동자가 재빨리 뒤로 돌아갔다.

초하를 겁탈하려고 했던 모용철이 어느 틈에 초하의 목덜미를 잡아 검을 겨누고 있었다. 검날이 어찌나 예리한지 초하의 목덜미에 닿기만 했음에도 금세 선혈이 비쳤다.

"이런 치사한 자식."

비선이 놀란 눈으로 바라보았다가 소리를 질렀다. 그리고 너무 싸움에만 몰두한 것을 후회했다.

비선은 흥분한 나머지 앞쪽에서 달려드는 사내의 기척을 뒤늦게 느꼈고 재빨리 몸을 뒤로 뺐지만 완전히 피하지는 못했다.

등의 옷자락이 길게 찢어졌고, 등이 베였다.

"큭!"

비선의 몸이 주춤거렸다.

"검을 버리라고 했다."

모용철이 비열한 웃음을 지으며 검을 쥔 손에 힘을 더 가했다. 초하의 목덜미에서 흘러내리는 선혈의 양이 점점 많아졌다.

"멈춰."

쨍그렁!

비선은 얼굴이 벌게진 채, 바닥에 검을 버렸다. 모용철이 금세라도 초하의 목을 찌를 것만 같아 보였기 때문이다.

초하는 너무나도 처연해 보이는 얼굴로 그를 지켜보았다. 자신의 나약함에 대한 한탄 때문인지 아무런 말도 하지 않고 눈물만 흘리고 있었다. 그러다 이내 검을 든 모용철의 팔을 향해 양손을 뻗었다.

'서, 설마?'

비선의 게슴츠레한 눈이 크게 떠졌다.

초하는 자결을 할 생각이다. 비선의 입에서 폭발적인 외침이 터져 나왔다.

"안 돼!"

비선의 몸이 빠르게 달려들었지만 거리가 꽤나 있는 편이어서 막을 시간이 부족했다.

초하는 눈물로 얼룩진 두 눈을 지그시 감았다. 그와 동시에 검을 든 모용철의 팔을 힘껏 잡아끌려 했고 비선의 얼굴이 사색으로 변했다.

그때였다.

쩡!

무언가가 초하와 모용철의 사이로 깜짝할 사이에 지나가 버렸다. 그와 동시에 모용철이 든 검이 반으로 뚝 부러졌다.

모용철은 깜짝 놀라 자신의 얼굴 곁으로 큰 바람을 일으키며 지나간 물체를 살폈다.

쿵!

그것은 멀리 떨어진 나무에 깊숙이 박혔다. 금빛 손잡이의 거대한 도끼였다.

"컥!"

그는 양손으로 목덜미를 잡으며 신음을 터뜨렸다.

어느 틈엔가 커다란 덩치를 지닌 사내의 손이 모용철의 목덜미를 잡고 있었다. 그 사내가 힘을 주며 손을 허공에 치켜올리자 그에 따라 모용철의 몸도 같이 허공으로 떠올랐다.

"형님!"

비선의 얼굴에 희색이 맴돌았다. 하삭이 아주 적절하게 시기를 맞추어 나타난 것이다.

그런 비선과는 표정이 상반되게 하삭의 손에 기도를 눌린 모용철은 얼굴이 온통 벌겋게 변했다.

"쿨럭쿨럭."

모용철의 잠시 바라보던 하삭은 이내 그를 잡고 있던 손을 크게 휘둘렀다.

쿵!

모용철의 몸이 나무 등걸에 큰 소리를 내며 부딪쳤다. 신음소리도 내지 못하는 그가 안쓰러워 보이기까지 했다.

하삭은 이미 정신이 반 정도 나가 있는 그의 목덜미를 팔목으로 지그시 눌렀다.

끄륵!

곧이어 모용철의 눈이 뒤집혔고 그의 몸이 축 늘어졌다.

하삭이 손의 힘을 풀자 모용철의 몸이 나무 둥걸을 타고 주르르 미끄러지며 바닥에 쓰러졌다.

하삭과 초하의 눈빛이 잠시 맞닿았고 하삭은 이내 눈을 돌려 비선을 바라보며 그의 뒤쪽을 손짓했다.

비선은 고개를 끄덕이며 모용철의 죽음에 놀란 남은 한 명의 사내에게로 몸을 돌렸다.

그의 몸이 빠르게 달려들었고 사내가 그제야 정신을 차리고 검을 휘둘렀다. 비선은 옆으로 검을 살짝 피하며 발을 뻗어 올리며 섬광과도 같은 속도로 빠르게 휘감았다.

퍽!

비선의 발이 검을 든 사내의 손목 어름을 후려쳤고 그 충격으로 사내가 검을 떨어뜨렸다.

퍼퍼퍼퍽!

비선의 발이 현란하게 사내의 얼굴을 좌우로 후려갈겼다.

"윽!"

그 충격에 비틀비틀거리며 정신을 차리지 못하는 사내를 바라본 비선은 이내 사내의 가슴을 밟아 허공에 도약했다. 그리고 바닥에 내려오는 속도에 체중을 실어 힘껏 발을 휘둘렀다.

퍽!

뼈가 부서지는 소리와 함께 사내의 왼쪽 뺨이 일그러졌다.

쿵!

그대로 사내가 쓰러졌고 비선은 만족스런 웃음을 지었다. 그걸 본 하삭이 빙긋 웃으며 고개를 설레설레 저었다.

"아무튼 막내는 마음이 약하다니까. 요혈(要穴)만 격타한 건 잘한 일이지만 이런 못된 놈들은 봐줄 필요가 없다."

그의 우렁찬 소리를 들은 비선이 어깨를 으쓱거렸다.

"되도록 살인은 피하고 싶습니다."

녹림에서도 상대방을 검집으로 상대했다. 소군보의 경우는 너무 무공이 강해서 진검으로 상대했을 뿐.

물론 비선도 이런 놈들은 봐줄 필요가 없다는 사실은 잘 알고 있었지만 되도록 살인을 피하는 이유가 있었다. 그건 그의 뇌리 속에서 떠나지 않는 자상한 음성 때문이었다.

잠시 동안 비선의 게슴츠레한 눈에 아련한 그리움이 담겼다.

그런 그를 바라보던 하삭은 고개를 가로저었다.

"그 생각 때문에 넌 언젠가 큰코다칠 날이 올 거야."

"그렇다 해도 어쩔 수 없죠."

비선이 뒤통수를 긁적이며 그렇게 말하자 하삭은 어쩔 수 없다는 표정을 지은 뒤, 초하에게 시선을 돌렸다.

"그런데 이 아름다운 여인은 누구신가?"

그 무렵, 조금 멀리 떨어진 곳에서 진설은 바닥에 주저앉아 말없이 오열을 삼키고 있는 초하를 뚫어지게 바라보고 있었다.

"아저씨, 왜 여기에서 구경만 해요? 안 가요?"

백랑의 등에 타고 있던 청려린이 이상하다는 듯이 물었지만 진설은 대답을 하지 않았다.

이상하게도 백랑도 더 이상 움직이지 않고 진설과 초하를 번갈아 바라볼 뿐이었다.

말없이 초하를 바라보던 진설의 눈빛이 처음으로 흔들렸다.

초하는 처연한 표정으로 이미 죽어버린 여인들을 바라보며 흐느끼고 있었다.

한동안 흔들리는 눈빛으로 그녀를 지켜보던 진설은 드디어 그녀를 향해 걸음을 옮겼다. 겉으로는 아무렇지 않은 듯 보였지만 그의 머릿속은 한없이 복잡했다.

다시 만나고 싶었지만 다시 만나서는 안 되는 사람이었다. 그녀의 출현으로 그의 마음속은 엉킨 실타래처럼 복잡해졌다.

진설이 걸음을 떼자 그를 바라보고 있던 백랑이 재빨리 초하를 향해 그보다 먼저 달려갔다.

청려린은 왠지 모를 무거운 분위기에 압도되어 백랑의 등에서 내려 하삭에게 다가갔다.

"컹컹."

초하에게 달려간 백랑이 그녀를 향해 짖은 후, 꼬리를 마구 흔들며 그녀의 눈물 젖은 뺨에 얼굴을 비벼댔다.

"백랑아."

초하는 백랑을 아는 것인지 백랑의 얼굴에 고개를 숙이며 뜨거운 눈물을 흘렸다.

진설은 천천히 한발 한발 그녀에게 다가갔고 백랑의 푸근한 흰 털에 얼굴을 파묻은 그녀를 바라보았다. 그는 가볍게 한숨을 쉬며 자신의 소매를 찢었다.

찌익!

진설은 찢어진 소맷자락을 들고 그녀의 곁에 마주 앉았다. 그리고 아직도 선혈이 흐르는 그녀의 목덜미에 소맷자락을 살포시 가져갔다.

초하가 문득 그의 손길을 느끼고 고개를 들어 진설을 마주 보았다.

자신을 꿰뚫어보는 듯이 맑고 투명한 눈동자에 진설은 가슴 한구석에 묻어두었던 그리움이 물밀듯이 밀려오는 것을 느꼈다. 그의 눈동자가 또다시 흔들림을 반복했다.

"진설 오라버니!"

초하의 울먹이는 음성에 진설은 자신도 모르게 그녀를 품에 안을 뻔했다.

간신히 그것을 참은 진설은 마른침을 삼키며 애써 태연한 표정으로 그녀를 향해 웃음을 지었다. 어색하고 공허한 웃음이었지만 진설은 그것으로도 충분했다.

그는 이내 어렵게 입을 떼었다.

"잘 지냈니?"

아련함이 자꾸만 진설의 가슴을 찔러댔고 입 안이 바짝 말라왔다.

하삭은 무거운 분위기에 방금 전 진설이 했던 행동에 대해 묻지 못하고 비선과 청려린을 끌어 진설과 초하에게서 조금 멀리 떨어졌다.

"저 여인은 누구야?"

하삭의 음성에는 조심스러움이 가득했다.

비선은 진설과 초하를 번갈아 바라보더니 한숨을 내쉬었다.

"후~. 초하 누님을 정말 이렇게 만나게 될 줄은 몰랐네요."

초하에 대해서는 전혀 설명도 하지 않고 비선은 딴소리만 했다. 그로서도 이곳에서 초하를 만나게 될 줄은 상상조차 못했기에 나온 말이다.

그런 비선에게 청려린도 궁금한 눈빛으로 말했다.

"자세히 설명 좀 해봐요."

비선은 잠시 지난날을 떠올리며 회상에 잠겼다가 입을 열었다.

"둘째형님이 본 파에 들어오기 이 년 전쯤의 겨울이었습니다. 그러니까 지금부터 칠 년 전쯤이로군요. 그때, 저와 큰형님은 한 가지 의뢰를 진행하고 있었습니다. 하북(河北)의 석가장(石家莊)에 도둑이 들어 중요한 문서를 훔쳐 갔는데 그 문서를 되찾는 의뢰였습니다. 둘째형님도 아시다시피 석가장은 상인의 가문으로 명성이 상당히 높지 않습니까? 그 석가장은 문서를 찾기 위해 여러 방법을 썼지만 찾지 못하자 저희한테까지 의뢰를 했던 것입니다."

잠시 숨을 고른 비선은 이내 말을 이어나갔다.

"큰형님은 워낙 치밀하신 분이지 않습니까? 큰형님은 세세하게 여러 가지의 정황과 흔적을 살펴보고 마침내 도둑의 정체를 밝혀내었습니다."

"그게 누군데?"

하삭이 고개를 갸웃거리며 물었다.

"신투(迅偸)라 불리는 가등(柯鄧)이었습니다. 그 사람을 잡아내었고 문서도 찾아내어 의뢰는 무사히 완수하게 되었습니다. 그 뒤로 본 파가 제법 알려지기 시작했습니다. 물론 대가로 받은 돈도 상당했습니다."

"그게 저 여인과 무슨 상관이야?"

하삭의 물음에 비선은 드디어 본론을 꺼냈다.

"큰형님과 저는 그 의뢰를 마치고 돌아오던 길에 안휘를 지나치게 되었습니다. 그리고 안휘의 초가장(硝柯場)이 악비문(惡飛門)의 습격을 받아 멸문했다는 이야기를 듣게 되었습니다. 저희야 본래 무림의 일에는 상관을 하지 않다 보니 별 신경을 쓰지 않고 돌아가려고 했습니다. 그런데……."

"그런데요?"

청려린은 그의 다음 말을 기다리며 눈빛을 초롱초롱 반짝였다.

"황산(黃山)을 지나던 도중에 한 명의 여인이 사내에게……."

비선은 미처 말을 끝맺지 못하고 어색한 표정으로 청려린을 바라보았다. 청려린은 눈을 동그랗게 뜨고 빤히 비선을 마주 보았다.

비선은 괜한 헛기침을 터뜨리며 그 부분을 살짝 건너뛰었다.

"아무튼 그런 일을 목격한 큰형님이 그 사내를 단칼에 죽여 버렸고 여인을 구했습니다. 그 여인이 바로 저 초하 누님입니다. 나중에 알고 보니 그놈이 바로 악비문의 문주였던 악완형(惡婉鳌)이었습니다. 악완형은 초하 누님의 미모에 눈독을 들이다가 계획적으로 초가장을 급습했고, 초하 누님은 간신히 도망치다가 그놈에게 그걸 당한 것입니다."

"그게 뭐예요?"

비선은 여전히 똘망똘망한 눈빛으로 진지하게 묻는 청려린에게 어떻게 설명해 줘야 될지 난감했다.

"그건, 음음."

비선은 뒤통수를 긁적이며 쉽게 말하지 못했다. 그러자 하삭이 빙긋 웃으며 입을 열었다.

"아직 어린 의뢰인은 몰라도 되는 일이오."

아직 열네 살밖에 안 된 청려린이 그런 일에 대해 전혀 모르는 것은 당연할 터였다.

하삭의 말에 청려린이 입술을 삐죽 내밀었고 다행히 더 이상 묻지 않았다.

잠시 뒤통수를 긁적인 비선은 안도의 한숨을 쉬며 말을 이어나갔다.

"그 뒤로 초하 누님은 저희와 같이 살았습니다. 큰형님과 초하 누님은 잠잘 시간만 빼면 항상 같이 붙어 다녔고 사이가 너무 좋아보였습니다. 큰형님은 초하 누님이 그때 일의 충격에서 벗어날 수 있게 정말 많이 노력하고 도와주었습니다. 초하 누님이 말수가 무척 적긴 했지만 큰형님을 좋아한다는 사실은 알 수 있었습니다. 초하 누님은 지나가는 개미 한 마리도 죽이지 못하는 무척 맑고 착한 심성을 지닌 사람입니다."

비선은 하삭을 바라보며 물었다.

"둘째형님, 저희가 왜 의뢰를 해서 돈을 버는지 이유를 아시죠?"

하삭이 고개를 냉큼 끄덕였다.

"당연히 알지. 버려진 아이들을 위해서가 아니더냐?"

얼른 대답한 하삭은 잠시 생각에 잠겼다가 말했다.

"그러고 보니 우리 진설대(進屑隊), 하삭대(河朔隊), 비선대(備善隊)의 아이들이 보고 싶네. 이렇게 의뢰가 길어질 줄 알았으면 그 아이들도 경험 삼아 데려올 걸 그랬어."

비선이 그의 말을 맞받았다.

"나중에 조금 더 크면 큰형님이 의뢰를 시킨다고 했으니까 그때 배워도 늦지 않겠죠."

하삭은 고개를 끄덕였다.

"그건 그렇고 얘기가 옆길로 빠졌네. 그래서 초하 누님이라는 사람이 어떻게 했다는 거야?"

"지금이야 백 명도 넘는 아이들이지만 그때에는 아이들이 대략 이십 명 정도였는데 초하 누님은 그중에서 어린아이들을 일일이 씻기고 잠자리도 돌보아주고 놀아주고 그랬었습니다. 말이 쉽지 한두 명도 아닌 그 아이들을 일일이 돌봐주었다는 것은 지금 생각해도 정말 대단한 것 같습니다."

하삭은 턱을 긁으며 말했다.

"그러게. 막내, 너는 귀찮다고 아이들하고도 잘 놀아주지도 않잖아. 그나마 큰형님이 무공을 가르쳐 주라고 해서 어쩔 수 없이 가르쳐 주는 거지?"

비선이 다급히 손을 내저었다.

"제가 언제요?"

"아님 말고."

하삭이 빙긋 웃자 비선은 입맛을 다셨다.

"아무튼 아이들도 지극 정성으로 돌봐주는 초하 누님에게 그때 저는 선녀와 같은 마음씨를 느꼈습니다. 가끔은 저도 초하 누님에게서 어머니와 같은 느낌을 받았을 정도니까요. 아이들도 그런 초하 누님을 무척 잘 따랐습니다. 그렇게 일 년이 지나갔습니다. 그런 착한 마음씨와 아름다운 미모를 지닌 초하 누님에게 큰형님은 마음을 빼앗기고 만 것입니다. 그래서 어느 날, 정식으로 초하 누님에게 청혼을 하게 되었습니다. 초하 누님도 큰형님을 좋아하고 있었다는 것을 알고 있었기에 저는 기쁜 마음으로 결과를 기다렸습니다. 그런데 그게 문제였습니다."

"문제?"

하삭의 눈이 휘둥그레졌다.

"큰형님의 청혼에 초하 누님은 무척 기쁜 듯이 보였습니다. 다음날, 저와 큰형님은 의뢰가 들어와서 삼 일 동안 의뢰를 처리하기 위해 잠시 자리를 비웠지요. 그런데 저희가 없는 사이에 청혼한 이야기를 들은 아이들이 초하 누님을 졸라 혼인을 할 때 필요한 물품들을 사러 아랫마을로 내려간 모양입니다. 그런데 그곳에서 악비문의 그놈들을 우연히 만난 것입니다."

"그래서?"

하삭이 마른침을 꿀꺽 삼키며 귀를 기울였다. 비선은 한숨을 가볍게 쉬며 말을 이어나갔다.

"저와 큰형님이 돌아왔을 때에 아무도 없어 이상하게 생각했는데 갑자기 아이들이 헐레벌떡 달려와서 그 일을 알렸습니다. 이미 초하 누님은 악비문으로 끌려간 후였고, 그것을 막아보고자 덤볐던 열다섯 살난 아이 두 명이 그들에게 목숨을 잃었던 것입니다."

"음."

하삭은 상황이 대충 짐작이 갔다.

"저는 큰형님이 분노한 모습을 그때 처음으로 보았습니다. 마치 다른 사람처럼 변한 듯 보이는 큰형님은 제가 따라오지도 못하게 하시고 혼자서 악비문을 찾아갔습니다. 그날, 이후 악비문은 영영 무림에서 자취를 감추었고 큰형님과 초하 누님은 다시 돌아왔습니다. 전신에 피를 뒤집어쓴 큰형님에게서 저는 처음으로 지독한 무서움을 느꼈습니다. 마치 악귀(惡鬼)와도 같은 모습이었습니다."

"아."

하삭은 진설과 초하의 심경을 어느 정도 예상할 수 있었다. 진설은 아이 두 명이 죽은 것에 큰 충격을 받았을 것이고 초하는 그 두 아이의 죽음 때문에 심한 자책감에 시달렸을 것이다.

비선도 그때의 기억이 떠오르는지 얼굴빛이 좋지는 않았다.

"그 뒤로 초하 누님은 우울증에 시달리셨습니다. 아무 말도 하지 않고 하루 종일 멍하니 하늘만 바라보는 경우가 허다했습니다. 그리고 얼마 뒤에 떠난다는 간략한 글귀가 적힌 서찰을 남겨놓고 사라지셨습니다."

하삭은 가여운 생각이 들었다.

심한 죄책감으로 인해 우울증이 생겼고 아마 미칠 것만 같은 심경이었을 것이다.

"그때 큰형님의 표정이 아직까지도 생생합니다. 하루아침에 세상을 다 잃은 듯한 표정으로 넋 나간 사람처럼 세 달 동안 집 안에만 머물고 계셨습니다."

하삭은 비선에게 물었다.

"찾을 생각은 안 했어?"

하삭의 질문에 비선은 고개를 가로저었다.

"저야 물론 찾아보자고 얘기했지만 큰형님은 초하 누님이 그 길을 택해 참혹했던 지난 일을 잊을 수만 있다면 보내줘야 하는 것이 사람의 도리라고 했습니다. 뭐 저야 그런 적이 없어서 잘 이해는 가지 않았지만 큰형님이 담담한 음성에서 괴로움이 절실하게 느껴졌습니다."

하삭은 비선의 말에 왠지 가슴이 뜨거워지는 것을 느낄 수가 있었다.

"그런데 갑자기 초하 누님이 아미파의 사람이 되어 나타나서 깜짝 놀랐습니다."

비선은 고개를 갸웃거렸다.

하삭은 묵묵히 고개를 끄덕였다.

"어쩐지 그렇게 아름다운 선아령이 나타났을 때에도 큰형님은 별다른 반응을 보이지 않더라니. 마음 깊이 숨겨둔 여인이 있었군."

청려린은 갑자기 새침한 표정을 지으며 물었다.

"저 언니가 진설 아저씨랑 사랑하는 사이였나요?"

"아마 지금도 사랑하는 사이일 겁니다. 큰형님의 마음속 여인은 초하 누님뿐이니까요. 큰형님은 '무릇 사내라면 불타는 가슴으로 단 한 명의 여인만을 품어야 한다. 그것은 충(忠)이 두 마음을 품지 않는 것과 의(義)가 자신의 맹세를 저버리지 아니함과 같다'라고 했으니까요."

"아! 뭔지 잘 모르겠지만 멋진 말 같은데."

청려린은 또렷한 눈망울로 진설을 잠시 바라보았다.

비선도 육 년 만에 재회하는 진설과 초하에게 눈길을 돌렸다.

진설은 한동안 초하를 바라보다가 몸을 일으키며 조금 멀리 떨어진 나무에 기대고 바닥에 앉았다. 그의 시선은 아직도 넋이 나간 듯 정신을 제대로 차리지 못하고 있는 초하에게로 향했다. 아미파에서 동고동락(同苦同樂)했던 사람들의 죽음에 저런 모습을 보이는 것은 당연했다.

그런 그녀를 바라보자 예전에 악비문에게 죽임을 당한 두 아이의 얼굴이 선명하게 떠올랐다.

진설은 자신도 모르게 한숨을 내쉬었다. 그런 그의 곁으로 하삭이 조심스럽게 다가와 그의 곁에 앉았다.

"형님."

하삭의 음성에 진설이 눈을 돌려 그를 바라보았다.

"막내한테 대충 얘기는 들었습니다. 어찌하실 생각이신지."

진설이 피식 웃으며 그의 등을 툭툭 쳤다.

"어찌하긴. 예정대로 천살문으로 간다."

진설이 웃자 무거웠던 분위기가 조금은 가벼워졌다. 그제야 하삭도 긴장을 풀고 진설에게 편히 말을 건넸다.

"천살문으로 가서 어떻게 하실 생각이십니까?"

하삭의 물음에 진설은 솔직하게 생각하는 바를 알려주었다.

"청쇄문을 멸문시킨 자는 청무성의 손녀가 우리와 같이 있다는 사실을 알고 있다. 그런데 청무성의 손녀가 과연 비급을 가지고 있는지 아니면 위치라도 알고 있는지 확인하기 위해 선아령을 보냈던 것이야."

"그렇다면 선아령을 찾는 것이 빠르지 않겠습니까?"

하삭의 물음에 진설이 또다시 피식 웃었다.

"그녀가 쉽게 대답해 줄까?"

그의 말에 하삭이 뒤통수를 긁적이며 대답하지 못했다.

"청쇄문을 멸문시킨 연합 세력을 뒤에서 조정한 자는 내가 보기엔 무척 영리하다. 지난번에 말한 것처럼 비급의 위치를 선아령에게 알려주는 것으로 무림인들의 시선을 돌려 보려고 했는데 그자는 아예 그걸 역이용했지. 오히려 무림인들에게 우리의 위치를 알려주었지. 그래서 이렇듯 많은 무림인들이 몰려든 것이고. 그자는 청무성의 비급을 탐내지 않아도 될 정도로 무공이 고강하다는 말이 된다."

"그렇다면 사독악이나 마무돌?"

진설은 섭선을 들어 손등을 탁탁 치며 말했다.

"그럴 수도, 아닐 수도 있지. 냄새가 진하긴 하지만. 아무리 생각해 보아도 정파가 의심스러워."

"정파가 말입니까? 수정각과 관련하여 생각해 보면 사파의 소행일 가능성도 높습니다."

하삭은 사파나 마교에 중점을 두었는데 진설의 생각은 틀린 모양이었다.

"수정각이 사파에 속해 있기는 하지만 선아령이 정파인 사마세가의 사마수와 정혼 사이인 것을 보면 꼭 사파라고 단정 짓기는 어렵지. 확실한 것은 수정각과 사마세가가 분명 이 일과 상관이 있을 거야."

그의 이야기를 듣던 하삭이 바닥에 쓰러진 아미파와 모용세가의 사람들을 바라보았다.

"그런데 왜 아미파와 모용세가의 사람들이 싸우고 있었을

까요?"

처음 이곳에 보았을 때, 진설도 그것을 생각했었다.

"단순한 마찰이 아닌 것은 분명하지. 구대문파 중의 하나인 아미파와 칠대세가 중의 하나인 모용세가가 사소한 마찰로 인해 이렇게 죽일 수는 없는 법이야. 그렇다면 결론은 하나이지. 둘 중 누군가가 싸움을 걸었다는 말이지. 그것도 같은 정파끼리 말이야."

"아무래도 모용세가보다는 아미파가 한 수 위니 모용세가가 먼저 싸움을 걸지는 않았을 테니."

진설은 고개를 흔들었다.

"모용세가가 먼저 싸움을 걸었다."

하삭은 의아한 눈빛으로 그를 바라보았다.

"이곳을 보면 모용세가가 일방적으로 싸움에서 승리를 거두었지. 그건 다시 말해 확실한 우위를 점할 것을 알고 있었기 때문이라는 이야기야. 기다렸고 노린 거야."

진설은 피식 웃으며 말을 이어나갔다.

"호랑이가 없는 굴에 토끼가 왕 노릇 한다더니 정파제일인이 사라지니 아무래도 서로 눈치만 보던 구대문파와 칠대세가가 본격적으로 싸움에 돌입한 것 같구나. 칠대세가가 먼저 움직였어. 정파의 자리싸움이야."

"그렇다 하더라도 저희와는 상관없는 무림의 일 아닙니까?"

진설은 또다시 고개를 저었다.

"상관있지. 청쇄문을 멸문시킨 세력에 분명 그들도 포함되어 있을 거야. 천살문, 수정각, 사마세가로 연결되는 무언가가 있다."

진설은 초하에게서 시선을 거두며 하늘을 올려다보았다. 왠지 모르게 오늘 따라 맑은 하늘이 슬퍼 보였다.

*　　　　*　　　　*

"삼사문(三射門)의 백여 명의 문도들 중 문주인 소정원을 포함 육십여 명은 몰살당했습니다. 남은 사십여 명의 문도들은 전부 도주했습니다."

보고를 듣고 있던 사내는 손가락으로 탁자를 툭툭 쳤다.

"생각보다 강한 모양이군."

"들어온 보고에 의하면 의뢰파의 문주인 진설이란 자가 이기어시를 사용했다고 합니다."

"이기어시?"

사내의 손가락이 움직임을 멈췄다.

"그 정도란 말인가?"

"생존자의 말입니다만 그 말을 한 자의 무공 수준이 낮아 확실하게 판단하지는 못했을 것으로 사료됩니다."

사내의 입이 잠시 침묵에 젖어들었다. 잠시 곰곰이 생각하는 듯 보이는 사내의 입이 천천히 열렸다.

"잘못 보았겠지. 그들의 위치는?"

"아직 합비를 벗어나지 못했다고 합니다."

"으음. 그렇단 말이지?"

사내는 주먹을 쥐었다 폈다를 반복했다.

"이미 개방이 갔을 것이다. 이곳의 우리 일이 끝나기 전까지 그쪽으로 시선을 돌리면 된다. 개방이 이미 관여했으니 그놈이야 끝장날 터이고 개방도 이쪽으로 당분간 시선을 돌리지 못할 것이야. 모든 정보를 그쪽으로 돌려서 비급을 놓고 다투게 만들어라."

"존명!"

보고를 마친 자가 사라지자 사내의 입술이 꿈틀거렸다.

"단 한 번의 의뢰도 실패하지 않았다고 하지? 이번 의뢰는 결코 성공하지 못할 것이다."

어둠 속에서 사내는 하얗게 웃었다.

*　　　*　　　*

조금 시간이 지나자 초하의 흐느낌이 점차 잦아들더니 이내 옆으로 힘없이 쓰러졌다.

"누님!"

그녀를 지켜보고 있던 비선이 깜짝 놀란 음성으로 얼른 그녀에게 다가갔다.

진설도 그녀를 바라보고 있었지만 별다른 움직임 없이 이내 뒤를 돌아보았다.

"더 이상 머물지 못하겠군."

그는 나직이 중얼거린 후, 하삭에게 시선을 돌리며 말했다.

"초하를 맡기겠다."

"알겠습니다, 형님."

하삭은 혼절해 버린 초하에게 성큼성큼 다가가 조심스럽게 그녀를 어깨에 올려놓았다.

진설은 뒤로 힐끔 시선을 돌렸다. 멀리서 뿌연 먼지가 높게 피어오르는 것이 그의 눈 속에 사로잡혔다.

진설은 급히 청려린에게 다가가 그녀를 백랑의 등에 올렸다.

"백랑, 앞장서고 위치는 알지?"

진설이 머리를 쓰다듬으며 묻자 백랑은 그를 바라보며 눈을 껌뻑였다.

"좋아. 뒤도 돌아보지 말고 달려라."

그가 한 차례 백랑의 엉덩이를 치자 백랑의 다리가 빠르게 앞을 향해 움직이기 시작했다. 그와 함께 비선이 재빨리 그 뒤를 따랐고 하삭은 우뚝 서 있는 진설을 바라보았다.

진설이 먼저 가라는 눈짓을 보내자 하삭이 곧바로 몸을 돌렸다. 진설은 화살을 뽑아 활시위를 힘껏 당겼다.

"이거 생각보다 너무 많은데."

그의 웅얼거림이 끝남과 동시에 화살이 허공을 향해 크게 포물선을 그리며 넓게 날아갔다.

피융!

곧바로 다른 화살이 빛을 번쩍이며 뒤따랐고 그 뒤로 또다시 화살이 날아갔다.

진설의 손놀림이 신기에 가까울 정도로 보이지도 않게 빨리 움직였고 이내 그의 활시위를 벗어난 열 개의 화살이 허공에 빛을 뿌리며 쏜살같이 날아갔다.

먼지를 헤치고 무림인들이 모습을 드러냈다. 들고 있는 무기와 옷차림이 각양각색인 무림인들의 숫자는 헤아릴 수 없을 정도로 많았다.

그럼에도 진설의 눈동자에는 흔들림이 없었다.

그때였다.

퍼퍼퍽!

제일 앞서 달려오던 무림인들의 가슴에 화살이 박혔다.

"윽!"

달리던 속도 그대로 무림인이 쓰러졌고 그와 동시에 나머지 아홉의 신음이 뒤따랐다.

"으악!"

그걸 본 진설이 손가락을 까딱였고 그들의 가슴에 박힌 열 개의 화살이 빠른 속도로 진설을 향해 되돌아갔다. 자세히 보니 화살에는 투명한 실이 감겨져 있었고 그 실은 진설의 손가락 끝에 연결되어 있었다.

투명했기에 아무리 안력이 좋은 사람이라도 자세히 살펴보지 않으면 찾아내기 힘들었다.

진설은 손가락을 움직여 천잠사(天蠶絲)를 당겨 화살을 회수하며 가라앉은 눈빛으로 정면을 응시했다.

척!

진설은 화살을 받아들었고 망설임없이 재차 활시위를 당겼다. 개미 떼처럼 달려오던 무림인들은 앞서 가던 열 명의 사람들이 쓰러지자 잠시 주춤했지만 곧이어 진설을 향해 달려들었다.

휘잉!

열 개의 빛줄기가 허공을 갈랐고 곧이어 무림인의 심장을 정확하게 꿰뚫었다. 또다시 열 명의 사람들이 가슴을 부여잡고 쓰러졌지만 무림인들의 걸음은 좀 전과 마찬가지로 주춤하지 않았다. 오히려 진설을 향해 더욱 빠르게 달려들었다.

그들은 얼핏 보아도 천여 명은 넘어보였다. 그 정도의 숫자는 보는 사람으로 하여금 싸울 의욕을 상실할 정도였다.

'시간이 더 필요해.'

그들 삼형제만 있다면 모를까 혼절한 초하와 청려린이 있는 한 이들에게 둘러싸인다면 쉽사리 빠져나가지 못한다.

진설의 활시위가 재차 당겨졌고 그 순간 무림인들이 그의 삼 장 앞으로 바짝 다가왔다.

"으악!"

열 명의 무림인들이 쓰러지는 것을 본 진설은 화살을 회수함과 동시에 그들을 향해 달려들었다.

그의 발이 앞쪽에 있던 무림인의 머리를 밟고 허공으로 높게 뛰어올랐고 그의 손에 화살이 회수되어 돌아왔다.

팽팽!

그의 손이 현란하게 움직였고 마치 열 개의 화살이 동시에 쏟아진 것처럼 허공을 가르며 번개처럼 날아들었다.

또다시 몇몇의 사람들이 쓰러졌고 진설은 그들의 한가운데로 뛰어들었다.

어느 틈인가 진설의 양손가락 사이에 화살이 마치 갈고리처럼 잡혀 있었고 무림인들의 중심에 내려선 그는 화살을 쥔 손으로 한 차례 주변을 휩쓸었다.

"크악!"

"큭!"

그를 감싸고 무기를 휘두르던 무림인들이 비명을 지르며 얼굴을 감싸 쥐었다. 역겨운 피비린내가 진하게 진설의 콧속으로 스며들었다. 그러나 그는 감정없는 눈빛으로 재차 몸을 허공에 올렸다. 그런 그를 향해 무림인들이 일제히 무기를 힘껏 쏘아 붙였다. 진설의 몸이 웅크려졌고 앞뒤로 빠르게 회전했다.

챙챙챙!

그의 몸이 금빛에 물드는가 싶더니 그를 향해 무림인들이 휘두른 무기가 그와 부딪히자마자 산산조각이 나버렸고 그것들의 파편이 사방으로 비산했다.

"으악!"

몇몇 무림인들이 파편에 맞아 선혈을 뿌리며 쓰러졌다. 바닥에 내려앉은 진설의 몸이 급격히 낮아졌고 그의 손에 들린 활이 금빛을 발산하며 낮게 주변을 번개처럼 휘감았다.

퍼퍼퍽! 빠직!

다리뼈가 부서지는 소리와 함께 십여 명의 사람들이 대번에 그 자리로 쓰러졌고 뒤에서 고함을 지르던 무림인들이 쓰러진 사람들을 짓밟고 진설을 향해 달려들었다.

진설은 앞에서 내려쳐지는 검을 막은 뒤, 몸을 회전시켜 뒤쪽에 있던 무림인의 허리를 강타했다.

퍽!

"우웩!"

가죽북이 터지는 소리와 함께 그것에 맞은 무림인이 핏물을 토해냈다. 이미 바닥은 선혈로 강을 이룰 정도였다.

진설은 눈썹 하나 꿈쩍하지 않고 몸을 돌리며 재차 활을 휘두르려는 찰나, 문득 등 뒤에서 예리하고 강한 기운이 그를 향해 날아드는 것을 느꼈다.

진설은 재빨리 몸을 숙여 앞쪽의 검을 피한 후, 활로 강한 기운이 담긴 그것을 후려쳤다.

펑!

고막이 터질 정도로 강렬한 폭발음이 울려 퍼졌다.

진설은 주춤 뒤로 한 걸음 물러나며 재차 자세를 가다듬었지만 그의 눈동자에 놀라움이 스며들었다. 활을 잡은 그의 손목이 파르르 경련을 일으켰다.

그의 활과 부딪친 것은 하나의 봉(棒)이었다. 활과 부딪친 그것은 허공에 포물선을 그리며 주인에게 되돌아갔다.

'타구봉(打狗棒)?'

개방방주의 신물이 등장한 것이다.

진설은 날아드는 검을 가볍게 몸을 날려 피한 후, 그것의 주인을 곁눈질로 힐끔 바라보았다.

환갑은 족히 되어보이는 노인이었다.

너덜너덜한 더러운 옷을 입었는데 세수를 하지 않았는지 덕지덕지 때가 붙어 있는 얼굴이었다. 매서운 눈초리가 인상적이었다.

'개방방주 등개(騰丐)?'

진설의 눈초리가 가늘게 좁혀졌다.

노인은 한 차례 진설을 쏘아본 뒤, 돌아온 타구봉을 아무렇게나 집어 던졌다.

피슝!

개미 떼처럼 많은 사람들의 틈을 교묘하게 빠져나간 타구봉이 진설의 등 뒤로 정확하게 향했다. 마침 진설은 무림인들의 공세를 피하느라 몸을 뒤집은 상태여서 낮게 날아든 타구봉을 쉽게 피하지 못할 듯 보였다.

진설의 왼손이 빠르게 품속을 헤집었고 이내 손을 뒤로 뻗어 한 차례 크게 빈 공간을 휘둘렀다.

휘잉!

그의 손에 들린 섭선에서 크게 바람이 일어났다. 바람이 얼마나 강했던지 정면으로 그 바람을 맞은 사람의 몸이 뒤로 급격하게 꺾이며 휘청거렸다.

턱!

진설은 위력이 현저하게 줄어든 타구봉을 발로 짓밟았고 이내 노인을 향해 피식 웃었다. 아주 짧은 순간이었지만 그의 표정을 노인은 똑똑히 보았다.

노인의 눈가가 잘게 접혀지는 것처럼 보이는 순간, 진설의 몸이 허공을 향해 높게 날아올랐다.

그런 그에게서 무언가가 쏜살같이 노인을 향해 날아들었지만 노인은 눈 하나 꿈쩍하지 않고 손만 뻗었다.

턱!

노인은 타구봉을 되돌려 받았고 진설은 무림인들의 몸을 짓밟고 멀리 몸을 날렸다. 그런 그를 향해 무림인들이 또다시 우르르 몰려갔다.

"이놈!"

뿌드득!

노인은 이를 세차게 갈았고 불타는 눈빛으로 사라지는 진설의 뒷모습을 바라보았다.

백발이 성성한 노인, 개방방주 등개는 빠르게 사라진 진설의 모습을 놓치지 않았다.

"잡아라!"

무림인들이 고함을 지르며 벌 떼처럼 그 뒤를 쫓아 몰려갔지만 진설의 움직임이 너무나 빨라 쫓을 수가 없었다. 단지 진설이 사라진 방향을 향해 마구 달려갈 뿐이었다.

등개는 천천히 걸음을 옮겼다. 개방 호법인 방립(放粒)은 그를 뒤따랐다.

'굳이 방주께서 친히 나설 필요까지야.'

여러 번 방주를 말렸지만 씨알도 안 먹혔다. 불같은 성격의 방주는 팔을 걷어붙이고 나서며 아무도 따라오지 못하게 했다. 그나마 자신이 간신히 사정하여 그만이라도 온 것이 다행이라면 다행이었다.

구대문파와 어깨를 나란히 하는 개방의 방주가 이렇게 쉽게 모습을 드러낸다는 것이 그로서는 못마땅했지만 방주가 저렇게 펄쩍 뛰며 우겨대자 그는 물론이고 장로들조차도 손쓸 방법이 없었다.

방립은 잠시 생각에 잠겼다.

'저자의 무공이 상당하던데.'

방주가 집중하여 타구봉을 던진 것은 아니지만 그자는 그 것을 쉽게 막았다. 그것도 수많은 사람들에게 둘러싸여 난전을 벌이는 상태로 말이다.

고도의 집중력과 엄청난 감각을 가진 자이다.

'분명 비급의 위치를 알고 있다.'

모른다면 굳이 저렇게 도망칠 이유도 없다. 개방에 흘러들어 온 정보는 확실했다.

이백 장 정도 걸었을까?

그가 생각에 잠기며 무의식적으로 걷는 사이에 문득 개방 방주 등개가 걸음을 멈췄고 이내 왼쪽의 수풀이 우거진 곳으로 시선을 돌렸다. 무림인들이 쫓아간 방향과 반대 방향이었다.

등개의 시선이 점차 높아졌고 그를 바라보던 방립의 시선도 자연스레 위를 향했다.

턱!

그때, 높은 나무 위에서 한 명의 사내가 곧장 아래로 뛰어내렸다. 꽤나 잘생긴 미남형의 얼굴을 가진 사내는 등에 금빛으로 빛나는 활을 걸고 있었다.

방립의 얼굴에 의아함이 떠올랐다. 방금 도망쳤던 그자였기 때문이다.

'도망친 것이 아니었단 말인가?'

당당하게 모습을 드러낸 사내의 의중이 의심스러웠다.

"이놈, 비급의 위치를 말하라!"

등개의 입에서 대뜸 호통이 터져 나왔다. 그러나 사내는 눈 하나 꿈쩍하지 않았다.

'천하의 개방방주를 보고도 저런 의연함이라니.'

방립은 감탄이 먼저 나왔다. 분명 사내는 방주를 알아보았을 것이다.

"개방도 비급을 탐내시는 겁니까?"

사내는 등개의 말에는 대답하지 않고 오히려 물었다. 그의 말에 등개의 얼굴이 붉게 달아올랐다.

"이런 고얀 놈을 봤나. 지금 노부가 하는 말이 들리지 않더냐?"

등개의 노성이 쩌렁쩌렁하게 주위에 울려 퍼졌다. 그래도 사내는 여전히 꿈쩍하지 않고 잔잔한 눈망울로 등개를 직시했다.

"제 물음에 대한 대답을 먼저 해주신다면 저도 대답을 해드리겠습니다."

당돌한 사내의 말에 방립은 어이가 없었다.

'간이 배 밖으로 나온 모양이군.'

이건 방주가 들었을 때에 아마 모욕적으로 들렸을 것이다. 악(惡)은 절대 용서하지 않는 다혈질의 방주는 이미 비급의 위치를 알고 있는 저 사내를 악이라 단정 지었을 것임에 분명했다.

그의 생각처럼 등개는 타구봉을 쥔 손이 부르르 떨렸고 이내 그를 향해 몸을 날렸다.

"이놈, 노부의 무공을 막을 수 있다면 그리해 주겠다!"

벽력같은 고함 소리가 먼저 사내에게 도달했고 곧이어 그 뒤를 타구봉이 무섭게 바람을 가르며 쇄도해 들어갔다.

타구봉법(打狗棒法)!

등개의 타구봉이 순간적으로 수십 개가 불어난 것처럼 보였다. 이름 그대로 마구잡이로 사내의 모든 방위를 점하며 강력한 폭풍처럼 몰아쳤다.

『진설무 2권에서 계속.』

저주용병 귀환기

The Return of Doomed Mercenary

초마전기, 불가살이의 작가, 서정호.
그가 저주받은 용병과 함께 돌아왔다!

대륙 역사상 유래없던 용병이 들이닥쳤다!
운명을 거스른 말년 병장 박태수의 흥미진진 용병생활.

황금에 눈이 먼 순진한(?) 남작, 지라르.
용병이 돈 버는 법을 가르쳐 주겠다!!

시원하고 깔끔한 액션 판타지의 진수! 저주받은 운명의 끝은 어디인가.

예측, 그 무엇도 통하지 않는다.
한방에 날려버리겠어!

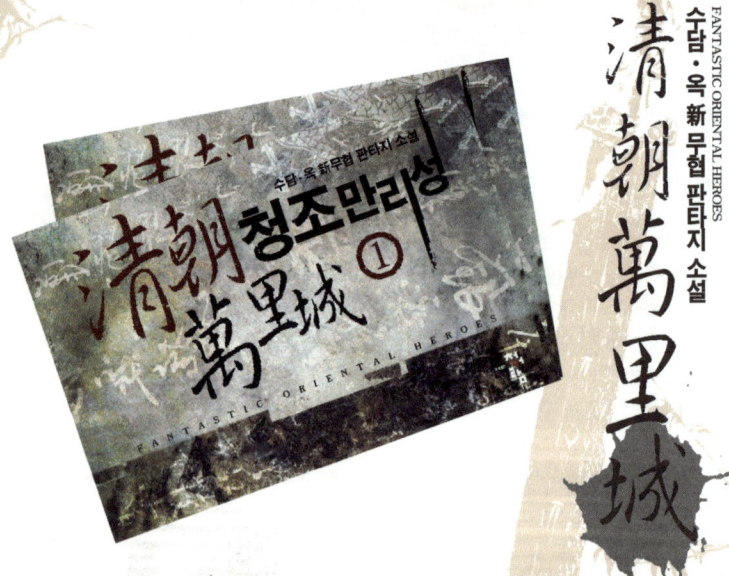

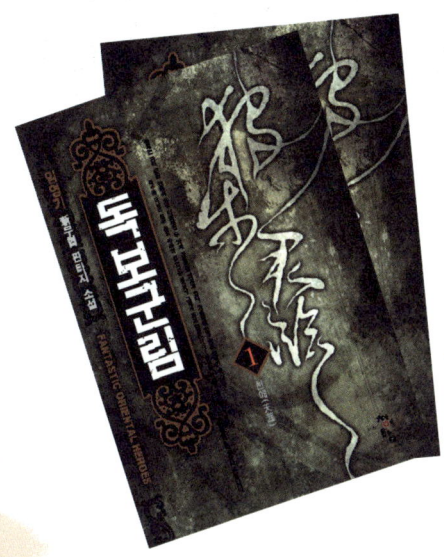

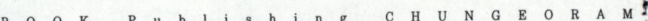